Susanne Roßbach

Rache im Odenwald

Das Buch

Ein neuer Fall im Odenwald

Es ist Halloween im Odenwald und Alex und Hauptkommissar Tom besuchen das Fest auf der Burg Frankenstein. Dort treiben sich alle möglichen Gruselgestalten herum. Als Alex einen auf dem Bauch liegenden Mann mit einem Messer im Rücken entdeckt, hält Tom ihn zunächst für einen Halloween-Scherz. Doch Alex hat den besseren Instinkt: Es handelt sich tatsächlich um einen Toten. Der Fall wird von der Darmstädter Polizei übernommen, aber Alex, die Hauptzeugin, macht sich auf eigene Faust an die Ermittlungen. Dabei gerät sie prompt ins Visier des Täters ...

Von Susanne Roßbach sind bei Midnight by Ullstein erschienen:

Der Tote vom Odenwald (Alexandra König ermittelt 1)

Schatten über dem Odenwald (Alexandra König ermittelt 2)

Die Autorin

Susanne Roßbach, geboren 1966, ist Diplom-Betriebswirtin und Diplom-Psychologin und arbeitet als Senior Business Analystin in einer Großbank. Eine ihrer großen Leidenschaften ist das Schreiben von Romanen. Sie bereiste halb Europa, Nordafrika, war mehrmals in den USA und in Japan. Heute lebt sie mit Partner und Tochter im Süden Frankfurts und widmet sich in ihrer Freizeit ihrem Pferd und ihren Büchern.

Susanne Roßbach

Rache im Odenwald

Alexandra Königs neuer Fall

Kriminalroman

MIDNIGHT

Midnight by Ullstein
midnight.ullstein.de

Originalausgabe bei Midnight
Midnight ist ein Verlag
der Ullstein Buchverlage GmbH, Berlin
September 2019 (1)

Umschlaggestaltung:
zero-media.net, München
Titelabbildung: © FinePic®
Autorenfoto: © privat
Innengestaltung: deblik Berlin
Gesetzt aus der Quadraat Pro powered by pepyrus.com
Druck- und Bindearbeiten: CPI books GmbH, Leck

ISBN 978-3-95819-274-4

KAPITEL 1

»Arrrgh!« Jemand packte mich von hinten am Hals und drückte zu. Eine Hitzewelle schoss durch meinen Körper und versetzte mich in Alarmbereitschaft. Ich spürte meine Lunge brennen und griff instinktiv in meinen Nacken, um den eisernen Griff zu lockern. Da der Angreifer nicht reagierte und mir weiter die Luft abschnürte, erfasste mich Panik.

Mit dem rechten Arm schlug ich wie wild nach hinten, wo ich seine Arme vermutete, und tatsächlich ließ er endlich los. Ich keuchte.

»Au-a!«, rief ich vorwurfsvoll. Ich drehte mich um und schaute Frankensteins Monster in die Augen, die ich durch die zwei kleinen kreisrunden Löcher sehen konnte. Hinter der Maske hörte ich ein Kichern. Ich rieb meinen Hals. »Das hat wehgetan!«

Tom hob lässig seine Hand und machte eine wedelnde Bewegung, als ob er eine Fliege vertreiben wollte. »Zisch ab!«

Frankensteins Monster umrundete uns und entfernte sich glucksend. Offensichtlich nahm er bereits das nächste, vor ihm laufende Pärchen ins Visier.

»So ein Blödmann!«, schimpfte ich. »Der hat mir richtig die Luft abgedrückt.« Ich räusperte mich demonstrativ.

»Zeig mal.« Tom trat auf mich zu und beugte sich zu mir herab. Er hielt sein Gesicht sehr nah an meinen Hals. Durch meine Maske hindurch konnte ich nicht richtig sehen, was er tat. Aber ich spürte seinen Atem ... seine Lippen ... dann etwas Spitzes.

»Au!« Ich drückte ihn weg. »Hast du mich etwa gebissen?«

Tom richtete sich auf und grinste, sodass seine Vampirzähne zum Vorschein kamen. »Du wolltest doch, dass ich als Vampir gehe. Ich dachte, das macht dich scharf.« Er lachte und sah trotz seiner fünfunddreißig Jahre irgendwie niedlich aus mit seinen spitzen Eckzähnen.

»Etwas mehr Rücksicht auf meinen gequälten Hals wäre nett gewesen«, erwiderte ich. »Du hast wohl vergessen, dass ich das Gebiss in ›extra large‹ kaufen musste. Das pikst ganz schön.«

Tom lachte immer noch. »Ich hätte dich auch lieber auf den Mund geküsst, als dich in den Hals zu beißen, aber deine Warzenschweinmaske hat das verhindert.«

Ich wandte mich ab und antwortete pikiert: »Das ist kein Warzenschwein, das ist ein Werwolf!«

Tom hielt sich den Bauch vor Lachen. »Der Verkäufer hat dich beschissen. Der liegt jetzt noch hinter dem Tresen und lacht sich tot.«

Ich stapfte davon. Hatte ich nicht gleich gesagt, dass dieses Halloweenfest auf Burg Frankenstein nichts für mich war? Tom hingegen war offensichtlich bester Laune. Hoffentlich würde er sich heute Abend auch mal so richtig erschrecken. Den Blick zu Boden gerichtet, lief ich missmutig weiter.

Plötzlich schrie eine Frau, und ich schaute auf. Frankensteins Monster hatte das nächste Opfer gefunden und von hinten an der Gurgel gepackt. Ich rieb mir noch einmal den Hals.

Der Pulk, der mit uns aus dem Bus gestiegen war, staute sich nun vor dem Haupttor. Tom nahm meine Hand. »Ist doch lustig. Guck mal da drüben, er hat das gleiche Teufelskostüm wie der vor uns. Ich bin gespannt, wie viele Leute bei den Sonderangeboten der Online-Shops zugeschlagen haben.«

Aus den vier Schlangen, in denen wir mit den anderen Besuchern anstanden, wurden zwei. Unsere Eintrittskarten und Taschen wurden kontrolliert, und danach passierten wir ein Drehkreuz. Dann betraten wir die Vorburg.

»Hoffentlich versucht nicht noch jemand, mich zu erschrecken.« Ich sah mich immer wieder um.

Tom schaute auf mich herab. »Warum drehst du den Spieß nicht um und erschreckst selber jemanden?« Er breitete seinen Umhang aus, beugte sich zu mir vor und gab einen Zischlaut von sich.

Ich kicherte. »Hör auf, das ist eher lächerlich als gruselig.« Ich legte meine Hand auf seine Brust und drückte ihn von mir weg.

Doch als ein blutverschmierter Zombie mit ausgestreckten Armen und seltsam steifen Schritten auf mich zukam, probierte ich Toms Ratschlag aus. Ich riss die Arme hoch und schrie: »Wuähhhhaha!«

Er ließ die Arme sinken und sah mich unschlüssig an. Erschrecken ging anders, aber immerhin hatte ich ihn verunsichert.

Tom grinste. »Für den Anfang nicht schlecht.« Er nahm wieder meine Hand.

Zum Glück hatte ich, statt eines kompletten Kostüms, nur die Maske auf und ansonsten meine normalen Winterklamotten angezogen. Es war bereits jetzt recht frisch, und mit fortschreitender Nacht würde es sicher noch kälter werden. Tom wärmte eine meiner Hände, die andere steckte ich in die Jackentasche. Wir schlenderten hinüber zum Torturm und wandten uns dann nach links.

»Bis letztes Jahr verlief der Rundweg hier rechts herum, aber seit es mal geregnet hatte und die steile Treppe auf der gegenüberliegenden Seite glitschig geworden war, wollte man die Leute lieber treppauf schicken anstatt treppab«, erklärte Tom. »Der Veranstalter war der Meinung, dass dadurch weniger Besucher auf die Fresse fliegen.«

Ich kicherte. »Er hat es aber bestimmt vornehmer ausgedrückt als du.«

Tom zuckte mit den Schultern.

Es gab so viel zu sehen, dass ich gar nicht wusste, wo ich zuerst hinschauen sollte. Überall waren Grabsteine aufgestellt. Herumliegende Leichen, die teilweise zum Leben erwachten, wenn ihnen ein Besucher zu nahe kam, boten einen schrecklichen Anblick. Tom und ich klapperten alle Schauplätze ab: Es gab eine Hexenverbrennung, eine Hinrichtung und aus sicherer Entfernung betrachteten wir das Geschehen um eine im Boden eingegrabene Kiste. Wer ihr zu nahe kam, wurde von gruseligen Gestalten gepackt und wahrhaftig mehrere Minuten darin eingeschlossen. Auf diesen Nervenkitzel konnte ich verzichten. Allerdings kam, während wir uns auf die Kiste konzentrierten, eine blutverschmierte Braut über den Boden auf uns zugekrochen und fasste Tom am Bein. Er lief ein paar Schritte, doch sie ließ nicht locker und wurde mitgeschleift, wobei sie furchtbar stöhnte. Als Tom sein Bein schüttelte, um die Dame endlich loszuwerden, kam er zwar plötzlich frei, stattdessen hielt die stöhnende Braut nun jedoch seinen Schuh in der Hand.

Wir stutzten erst, dann brachen wir alle drei in schallendes Gelächter aus. Tom bekam seinen Schuh zurück, und wir schlenderten weiter.

Die groteske Szene mit der stöhnenden Braut hatte meine schlechte Laune vertrieben, und so stellte ich mich mit Tom als Nächstes am Folterturm an. Hier fiel mir ein Mann mit einem flachen, grauen Hut ins Auge. Er trug eine voluminöse Armeetasche und eine große Kamera mit überdimensionalem Objektiv. »Nikon D850« stand auf dem Umhängegurt. Gerade wechselte er das Objektiv gegen ein anderes aus seiner Umhängetasche aus.

»Guck mal«, flüsterte ich Tom zu, »ein Journalist ist auch gekommen. Ich möchte aber nicht in die Zeitung.« Ich hatte völlig vergessen, dass ich unter der Maske sowieso nicht zu erkennen war.

»Das verstehe ich.« Tom drückte mich an sich. »Wäre mir auch peinlich, wenn mich meine Freunde mit einer Warzenschweinmaske in der Zeitung entdecken würden.« Meine auf Toms Brust liegende Wange vibrierte durch sein Lachen.

Ich stieß ihn mehrmals mit dem Gesicht an, aber die Latexnase des Werwolfs gab zu sehr nach, als dass Tom meinen Tadel wirklich zu spüren bekommen hätte. Außerdem durften wir jetzt den Folterturm betreten. Da Tom mich vorgewarnt hatte, dass hier üblicherweise ein Besucher aus der Menge herausgegriffen und auf die Streckbank geschnallt wurde, versteckte ich mich hinter seinem Rücken und trat erst wieder vor, als die zu Schabernack aufgelegten Schergen sich ein Opfer ausgesucht hatten. Der Journalist schoss unzählige Fotos, aber auch ich selbst drückte mehrmals auf den Auslöser, denn die gestellten Folterszenen waren nicht furchteinflößend und erinnerten eher an eine Comedy-Show.

Nach dieser Vorführung setzten wir den Rundweg fort und stapften schließlich die steile Treppe hinauf. Kaum oben angekommen, wurde eine neben mir stehende Besucherin von einer halbverwesten, mit Spinnweben überzogenen Gestalt angegriffen; sie sprang hysterisch kreischend zur Seite und stieß mich dadurch beinahe um – doch zum Glück wurde mein Fall abgebremst. Ich landete auf dem Journalisten, der offensichtlich gerade seine SD-Karte wechselte.

»Huch, entschuldigen Sie bitte ...« Ich wollte zu einer Erklärung ansetzen, aber er lächelte bereits unbefangen.

»Immer langsam mit den jungen Schweinen.« Sein Lächeln ging in ein Grinsen über, und er schob sich seinen grauen Hut zurecht.

Ich lächelte verhalten zurück. Gleichzeitig nahm ich mir vor, das nächste Mal statt einer Werwolfmaske mit Interpretationsspielraum die furchterregendste Maske überzuziehen, die ich nur finden konnte, und noch zehn Liter Kunstblut darüber zu schütten.

»Wieso werden eigentlich fast nur Frauen von den Monstern angegangen?«, beklagte ich mich bei Tom.

»Weil ihr willfährige Opfer seid. Klein, ängstlich und hilflos.« Er verzog keine Miene.

»Quatsch«, widersprach ich. Aber wahrscheinlich hatte er recht. An diesem ungleichen Verhältnis musste unbedingt etwas geändert werden.

Die zweite Hälfte des Rundgangs absolvierte ich selbstbewusster als die erste. Mehrere Male kam ich den Schreckensgestalten zuvor und terrorisierte sie meinerseits durch hochgerissene Arme und wüstes Geschrei, was Tom mit einem Lächeln quittierte. Wir waren schon fast am Ende angekommen, als wir an einer seitlich an der Burgmauer liegenden Leiche vorbeikamen. Ihr Gesicht zeigte nach unten, die Gliedmaßen waren seltsam verdreht und im Rücken steckte ein sehr echt aussehendes Messer.

»Sie haben sich wirklich Mühe mit den Leichen gegeben, hier am Ende des Rundwegs lagen letztes Jahr keine mehr.« Tom warf einen flüchtigen Blick auf den Darsteller und lief weiter.

Ich folgte ihm zunächst, doch dann schaute ich mich noch einmal um und blieb stehen. »Warte mal.« Eine seltsame Ahnung hatte sich meiner bemächtigt. Aber vielleicht war ich auch nur eine hysterische Trulla, deren Nerven beim Rundgang zu sehr gelitten hatten. Es kam mir jedoch komisch vor, dass der Schauspieler sein Gesicht derart stark in die Erde drückte. Und seltsam regungslos war er auch. Also so richtig regungslos. Ich trat an ihn heran, darauf gefasst, dass er gleich aufspringen und »Buh« rufen würde.

Tom stellte sich hinter mich und legte seine Hände an meine Oberarme. »Siehst du schon Gespenster?«, frotzelte er.

»Nein ... guck doch mal.« Ich hatte konzentriert auf den leblosen Oberkörper gestarrt. »Bei dem bewegt sich wirklich nichts.« Den schützenden Tom im Rücken wissend, streckte ich vorsichtig mein Bein aus. Vorbeilaufende Besucher sahen zu uns herüber, zeigten mit dem Finger auf mich und lachten. Ich reckte meine Zehen und berührte ganz sacht mit dem Fuß das Messer, das der Leiche im Rücken steckte. Ich tippte es an. Ich lehnte mich an Tom und drückte regelrecht dagegen. Noch fester.

Als ich mehr Kraft aufwandte, drehte der Körper sich durch meinen Druck leicht seitlich. »Äh!«, stöhnte ich und wich zurück. Übelkeit stieg in mir auf. Die leblose Art, in der die Leiche dem Druck nachgegeben hatte, hätte der beste Schauspieler der Welt nicht darstellen können.

Tom, der in meinem Rücken immer mehr Körperspannung aufgebaut hatte, drückte mich kurz mit seinen Händen, um mir zu bedeuten, stehenzubleiben. Dann schob er sich an mir vorbei, schlug mit beiden Händen seinen Umhang zurück und hockte sich mit Bedacht neben den leblosen Körper. Für einige Sekunden fühlte er den Puls, dann leuchtete er dem Mann mit seinem Handy in die Augen und drückte an ihm herum. Anschließend richtete er sich auf und sah mich ernst an. Er zog sein Handy aus der Hosentasche und wählte den Notruf.

Ich fühlte mich seltsam niedergeschlagen. Warum musste ich schon wieder einen Toten finden wie damals in meinem ersten Urlaub im Odenwald? Dieser hier war mit Sicherheit ermordet worden, denn ein im Rücken steckendes Messer konnte keinesfalls durch einen Unfall an seinen Platz geraten sein. Wer hatte diesen Menschen derart gehasst, dass er ihm eine Stichwaffe in den Rücken gerammt hatte? Nachdem ich den Toten mit dem Fuß am Messer bewegt hatte, hatte ich eine Ahnung davon, mit welcher Wucht der Stich ausgeführt worden sein und die Waffe den Körper durchdrungen haben musste. Ich griff nach Toms Hand.

Nachdem Tom die Polizei benachrichtigt hatte, fragte ich ihn, ob wir den Raum um die Leiche herum nicht irgendwie absperren müssten, aber Tom meinte, er hätte erstens kein Absperrband dabei und zweitens wollte er keine Gaffer anlocken, solange keine Verstärkung eingetroffen war. So stellten wir uns nur schützend vor den Toten und jeder Besucher, der uns zu nahe kam, wurde von Tom mit einem Vampirfauchen vertrieben. Ob es nun sein Gebaren war oder seine schiere Größe, niemand versuchte, sich den Toten, von dem nur wir wussten, dass es sich um eine reale Leiche handelte, genauer anzusehen.

Endlich trafen die ersten Polizisten ein. Sie begannen sofort, den Bereich um den Ermordeten herum zu sichern. Tom wirkte daraufhin sichtlich entspannter. Er hatte sich den Beamten als Kollege von der Polizeidirektion Odenwald vorgestellt und unsere Personalien angegeben – die Burg Frankenstein gehörte, wie mir Tom erklärte, zur Polizeidirektion Darmstadt-Dieburg. Die beiden Absperrungen verliefen jeweils quer über den Rundweg, sodass sich die Besucher dahinter stauten. Der Leichenfund hatte sich rasch herumgesprochen, und jeder wollte einen Blick auf die echte Leiche werfen.

Tom sorgte noch dafür, dass einer der Polizisten nach dem

Journalisten suchte, da sein Darmstädter Kollege respektive seine Kollegin höchstwahrscheinlich dessen Fotos würde auswerten wollen. Dann traten wir zurück, lehnten uns gegen die Burgmauer und warteten auf jemanden, der die zu erwartende Zeugenbefragung bei uns vornehmen würde.

Der Veranstalter erschien und beriet sich mit einem Polizeibeamten über das weitere Vorgehen. Zweimal wurden wir von neu eintreffenden Polizisten angewiesen, hinter das Absperrband zu treten, und Tom erklärte jedes Mal geduldig unsere Daseinsberechtigung.

»Sag mal, könnte der Mörder nicht noch hier auf der Burg herumlaufen? Willst du die Polizisten nicht bitten, die Ausgänge zu sperren, so nach dem Motto: Keiner verlässt den Raum?« Ich dachte bereits wie eine Ermittlerin und wollte den Mörder unter gar keinen Umständen davonkommen lassen.

»Das dürfte zwecklos sein«, antwortete Tom. »Den Leichenflecken und der fehlenden Pupillenreaktion nach zu urteilen, ist der Mord ein bis zwei Stunden her und der Täter sicherlich bereits über alle Berge. Es gibt einen Schleichweg durch den Wald nach Nieder-Beerbach, den auch die PKWs auf dem Rückweg nehmen müssen. Wenn man diesen Weg kennt, kann man mit dem Auto bis nah an die Burg heranfahren, einen Mord begehen und ganz schnell wieder abhauen, ohne aufzufallen.« Tom schaute an mir vorbei, und ich folgte seiner Blickrichtung. Der Journalist war mittlerweile auch gefunden und wartete innerhalb der Absperrung.

Langsam wurde ich müde. Außerdem fing ich an zu frieren. Tom umarmte mich und schlang gleichzeitig seinen Vampirumhang um mich. So ließ sich das Warten viel besser aushalten.

Er streichelte meinen Rücken. »Es tut mir unheimlich leid, dass unser Abend auf diese Weise enden muss. Wenn ich das gewusst hätte, hätte ich dich natürlich nicht zu der Halloween-Veranstaltung überredet.« Er legte seine Wange an meine.

»Das ist doch nicht deine Schuld! Das konnte ja nun wirklich niemand vorausahnen. Und bis wir über den Toten gestolpert sind, hat es mir ehrlich gut gefallen.« Ich drückte Tom ein wenig. »Nächstes Jahr kommen wir wieder her«, versicherte ich tapfer.

»Das können wir besprechen, wenn es so weit ist. Nächstes Mal zählt nur deine Meinung.« Tom fuhr mit seiner Nase durch meine Haare.

Schließlich kam an der ausgangsseitigen Absperrung Bewegung in die Menge. Einer der Polizisten versuchte, jemandem den Weg frei zu machen. Dieser Jemand bückte sich unter der Absperrung hindurch. Als er sich aufrichtete, schlug mein Herz etwas schneller. Ein schlanker, blonder Mann, der einem hochwertigen Modeprospekt entsprungen zu sein schien, lief auf den Toten zu. Trotz meiner gedämpften Stimmung entging mir nicht, dass es sich bei dem Fremden um einen echten Hingucker handelte. Er trug seinen halblangen, beigen Mantel lässig geöffnet, und ein feiner Wollschal hing ihm rechts und links am Hals herunter, als wäre er auf einem englischen Landsitz zum Tee eingeladen.

»Ich glaube, das ist er«, sagte Tom. Dann verstellte er seine Stimme und raunte: »Mühltal, kurz nach Mitternacht, aber die Frisur sitzt dank Drei Wetter Taft.«

Ich kicherte und zwickte ihn leicht in die Seite. »Lass ihn doch.« Wobei Tom natürlich recht hatte. Für die späte Stunde und den überraschenden Einsatz sah sein Kollege erstaunlich frisch und gepflegt aus. Und attraktiv.

Er sprach ein paar Worte mit einem der Polizisten und betrachtete die Leiche aus verschiedenen Winkeln, dann drehte er sich um und kam lächelnd auf uns zu. Er reichte erst mir, dann

Tom die Hand. »Christian von Bahlsen, RKI Darmstadt-Dieburg.« Und zu Tom sagte er: »Herr Kollege.«

Tom nickte.

»Nun, Sie haben sich den Abend mit ihrer Freundin hier sicher auch etwas anders vorgestellt.«

Von Bahlsen hatte erstaunlich ebenmäßige Gesichtszüge. Wie alt mochte er sein, etwa Anfang vierzig? Ich versuchte, ihn nicht anzustarren.

»Wie ich hörte, haben Sie die Leiche gefunden?« Er warf den Mantel leicht nach hinten und schob die Hände in die Hosentaschen. Eine Pose, in der er sich ebenfalls sehen lassen konnte.

Tom zeigte mit dem Kopf auf mich. »Meine Freundin hatte den richtigen Instinkt. Ich wäre zugegebenermaßen einfach weitergelaufen.«

»Frau König ...« Von Bahlsen blickte mich an. Er zog ein winziges bisschen die Augenbrauen hoch, wodurch mir bewusst wurde, dass ich immer noch die Werwolfmaske trug.

»Oh, entschuldigen Sie bitte.« Ich zog die Maske rasch ab und schüttelte meine Haare.

Von Bahlsen lächelte. »Dann sind Sie also meine Hauptzeugin.« Er sah mich immer noch lächelnd an. Verdammt gutaussehend, dieser Kerl.

Schließlich zeigte er in Richtung Treppe. »Also wie war das, Sie kamen mit ihrem Freund von dort?«

»Verlobtem«, korrigierte ihn Tom, aber Herr von Bahlsen schaute unverändert auf mich.

»Ja, ich äh ...« Der Unterton in Toms Stimme irritierte mich. Mein Blick wanderte zwischen von Bahlsen und Tom hin und her.

Von Bahlsen streckte seinen Arm aus, griff zwischen Tom und mir hindurch und legte sanft seine Hand auf meinen Rücken, um mich von Tom weg zur Leiche zu dirigieren. »Woran haben Sie gemerkt, dass er nicht mehr lebte?« Sein Rasierwassergeruch hüllte uns beide ein.

»Ich weiß nicht, es war nur so ein Gefühl. Ich habe ihn dann mit dem Fuß angetippt.«

Wir hielten vor dem Toten. »Gut, können Sie mir zeigen, wie genau Sie das gemacht haben?«

Ich zögerte. Der Moment, in dem ich realisiert hatte, dass der am Boden liegende Mensch wirklich tot und offensichtlich ermordet worden war, war der schockierende Teil des ganzen Leichenfunds gewesen, und ich wollte ihn ungern noch einmal nachvollziehen. Außerdem wollte ich vor diesem höchst attraktiven Mann keine peinlichen Verrenkungen mit meinen Beinen vollführen, noch dazu hätte ich mich für eine wirklichkeitsgetreue Nachstellung der Situation an jemanden anlehnen müssen. Mich jetzt an von Bahlsen anzulehnen, wo ich mich sowieso schon so durcheinander fühlte, war keine gute Idee. Aber wie sollte ich meine Befindlichkeiten erklären, oder besser, etwas sagen, ohne sie zu offenbaren?

»Entschuldigen Sie bitte, möchten Sie vielleicht mit einem Seelsorger sprechen?« Von Bahlsen legte einfühlsam seine Hand auf meine Schulter. »Ich kann gerne jemanden aus unserem Kriseninterventionsteam anrufen.«

Ich schüttelte den Kopf.

Einer der Polizisten stand auf einmal mit dem Journalisten neben uns. »Herr von Bahlsen, hier ist der Fotograf, der die Veranstaltung für das Echo fotografiert hat.«

»Ah, sehr schön, vielen Dank.« Von Bahlsen entschuldigte sich bei mir und wandte sich an den Journalisten. Sie schüttelten sich die Hände. »Christian von Bahlsen.«

»Dirk Zengel.«

»Herr Zengel, ich habe gehört, dass Sie den ganzen Abend

über fotografiert haben. Möglicherweise könnten wir auf Ihren Fotos irgendwelche Hinweise auf den Täter finden, deshalb muss ich Sie leider bitten, uns die SD-Karte aus Ihrer Kamera zu überlassen. Sie bekommen sie nach Abschluss unserer Ermittlungen natürlich wieder zurück.«

Dirk Zengel zog die Augenbrauen hoch. »Kann ich Ihnen nicht gleich morgen eine Kopie zukommen lassen? Ich benötige die Bilder für einen Auftrag des Darmstädter Echos.«

Von Bahlsen machte eine abwehrende Handbewegung. »Tut mir leid, aber wir müssen das Bildmaterial umgehend in Augenschein nehmen.«

Zengel schnaufte und holte die SD-Karte aus der Kamera. Als er sie von Bahlsen in die Hand drückte, sah er kurz an ihm vorbei und blickte mir bedeutsam in die Augen. Wahrscheinlich erinnerte er sich daran, dass ich ihn vorhin beim Wechseln der SD-Karte beobachtet hatte. Wenn ich ihn jetzt verpetzte, müsste er die ausgewechselte SD-Karte bestimmt auch noch abgeben. Dann könnte er seinen Auftrag bei der Zeitung nicht mehr erfüllen und bekäme vielleicht auch nicht mehr so schnell einen neuen. Ich wollte den Mann ganz gewiss nicht in Schwierigkeiten bringen.

Meine Überlegungen waren allerdings nicht rein uneigennütziger Natur, denn es gab noch ein weiteres Argument für meine Verschwiegenheit. Diese Fotos hätte ich mir zu gerne selbst angesehen. Schließlich hatte ich die Leiche gefunden und somit in gewisser Weise auch ein gesteigertes Interesse an der Aufklärung dieses Mordfalls.

Je länger ich darüber nachdachte, desto mehr gefiel mir der Gedanke. Tom hatte nichts mit diesem Fall zu tun und könnte mich somit auch nicht ausbremsen. Und wenn ich dem Journalisten half, seine zweite SD-Karte zu behalten und damit auch seinen Auftrag, wäre er mir etwas schuldig. Ich lächelte vor mich hin.

Von Bahlsen blickte in seine Hand. »Ah, okay, vielen Dank.« Er nickte. »Ich weiß Ihre Kooperation sehr zu schätzen. Bitte geben Sie bei meinem Kollegen noch Ihre Personalien an.« Er zeigte auf einen der Polizisten, dann wandte er sich wieder an mich. »Frau König, bitte entschuldigen Sie die Unterbrechung. Ich denke, es ist ohnehin besser, wenn Sie erst einmal nach Hause gehen und sich ausruhen. Sie sind gewiss durcheinander und beunruhigt. Wir können uns auch morgen unterhalten.«

So durcheinander kam ich mir gar nicht vor, aber ich nickte brav. Ich war hundemüde und wollte ins Bett.

»Können Sie gegen halb zwölf Uhr nach Darmstadt ins Polizeipräsidium kommen?« Von Bahlsen lächelte und zog seine Börse aus der Gesäßtasche. »Ich würde Sie gerne zum Essen einladen, dann können wir uns in aller Ruhe unterhalten.«

»Oh, das ist sehr nett.« Ich nahm reflexartig die Visitenkarte, die er mir entgegenhielt. Selbst seine Hände sahen feinfühlig und gepflegt aus.

»Wenn ich schon Ihre Zeit stehle.« Er lächelte gewinnend und reichte mir die Hand. »Bis morgen. Schlafen Sie gut.«

»Danke, und bis morgen!«

Von Bahlsen hob die Hand und schaute kurz an mir vorbei, offensichtlich, um Tom zum Abschied zu grüßen, dann wandte er sich an einen der Polizisten.

Ich drehte mich nach Tom um. Er lehnte mit dem Rücken an der Burgmauer, hatte sein Pokerface aufgesetzt und die Arme vor der Brust verschränkt. Ich ging zu ihm hinüber.

»Wir können gehen«, sagte ich.

Tom nahm meine Hand und küsste mich zärtlich auf den Mund. »Wurde ja auch Zeit.«

Wir liefen zur Absperrung.

»Herr von Bahlsen will mich morgen in aller Ruhe befragen. Es macht dir doch nichts aus, wenn ich morgen Mittag nicht zum Essen zuhause bin?« Ich versuchte, so harmlos wie möglich zu klingen. Natürlich musste ich daran denken, wie ich vor eineinhalb Jahren Tom kennengelernt hatte.

Tom schaute konzentriert nach vorne auf der Suche nach einer geeigneten Stelle, um unter dem Absperrband durchzuschlüpfen. »Warum?«

»Herr von Bahlsen möchte mich zum Essen einladen.« Tom hatte mich damals bei unserem Kennenlernen zur Zeugenbefragung in das Café in der Orangerie in Erbach eingeladen.

Er hob das Absperrband für mich hoch und sah mich missmutig von der Seite an. »Wir wissen ja, wie das enden kann«, brummte er.

KAPITEL 2

Ich hatte Tom zum Einkaufen geschickt und mich sofort an unser Notebook gesetzt, kaum dass er die Haustür hinter sich geschlossen hatte. Dirk Zengel war rasch gefunden. Es gab nicht viele mit seinem Namen im Netz. Er wohnte in Modautal, Herchenrode 10. Ich betrachtete die Adresse auf Google Maps. Offensichtlich war der Ortsteil derart winzig, dass die Häuser gleich ohne weitere Straßennamen durchnummeriert worden waren. In meiner Heimatstadt Hamburg hatte jede einzelne Straße mehr Häuser als dieser Ort! Nun, ich hatte ja gewusst, auf was ich mich eingelassen hatte, als ich zu Tom gezogen war.

Ich tippte Herrn Zengels Nummer ein und wartete kurz.

»Dirk Zengel.«

»Hallo, hier ist Alexandra König. Wir haben uns gestern auf dem Halloweenfest gesehen. Erst bin ich versehentlich gegen Sie gestoßen worden, und dann habe ich diese Leiche gefunden und Sie mussten ihre SD-Karte abgeben.«

»Ah, ich erinnere mich. Sie sind das Warzenschwein.«

Ich ergab mich in mein Schicksal. »Genau. Ich habe Sie nicht verpetzt, obwohl Sie nur eine SD-Karte bei der Polizei abgegeben haben. Und wir wissen ja beide, dass Sie schon eine Karte ausgewechselt hatten. Ich finde, das ist eine kleine Gegenleistung wert.«

Er überlegte ein paar Sekunden. »Wenn es denn so wäre, wie Sie sagen, an welche Gegenleistung hätten Sie gedacht?«

»Ich würde mir gerne Ihre Fotos ansehen. Schließlich habe ich die Leiche gefunden, und jetzt bin ich am Schicksal des armen toten Mannes interessiert. Möglicherweise sieht man etwas Verdächtiges auf den Bildern. Das ist meiner Ansicht nach eine geringe Gegenleistung für die Tatsache, dass ich Ihren Auftrag gerettet habe.« Ich wartete gespannt auf seine Antwort.

»Darüber sollten wir unter vier Augen sprechen. Können Sie heute Nachmittag bei mir vorbeikommen?«

Hurra, das klang sehr gut. Vielleicht konnte ich sogar die Uhrzeit bestimmen. »Ginge es möglicherweise schon so gegen 13 oder 14 Uhr?« Ich wollte gerne direkt im Anschluss an die Zeugenbefragung nach Modautal fahren, damit Tom nicht merkte, dass ich in diesem Mordfall ermittelte. Dann könnte ich einfach behaupten, das Treffen mit von Bahlsen hätte so lange gedauert. »Ich habe um die Mittagszeit in Darmstadt zu tun und würde dann direkt von dort zu Ihnen kommen.«

»Ja, das geht.«

»Super, bis dann!«

Ich wartete noch, bis Tom mit den Einkäufen zurückkam, half ihm beim Auspacken und fuhr dann nach Darmstadt. Das Polizeipräsidium lag am südlichen Stadtrand in der Klappacher Straße 145. Ich meldete mich am Empfang und musste nicht lange warten. Herr von Bahlsen sah auch bei Tageslicht blendend aus. Unter seinem geöffneten Mantel war ein eleganter, gutsitzender Anzug zu sehen. Er kam lächelnd auf mich zu und schob eine Rasierwasserwolke vor sich her, die mir die Sinne raubte. Ich wischte mir die rechte Hand unauffällig an meinem Hosenbein ab, bevor er mich erreichte. Zum Glück hatte ich wenigstens meinen guten Mantel an und sah nicht allzu abgehalftert neben ihm aus.

Von Bahlsen gab mir die Hand. »Vielen Dank, dass Sie kommen konnten. Ich freue mich, dass wir zusammen essen gehen, dann kann ich gleich zwei Fliegen mit einer Klappe schlagen. Essen muss der Mensch schließlich immer.« Er zeigte lächelnd mit dem Arm zum Ausgang und führte mich zu seinem Auto. Dort stieg er aber nicht sofort ein, sondern lief mit mir auf die Beifahrerseite und öffnete mir galant die Tür. Manieren hatte er also auch noch! Die Frauen mussten sich nach diesem Mann die Finger lecken. Aber womöglich hatte er irgendeine Macke, die ich nur noch nicht entdeckt hatte. Ich dachte unwillkürlich an Tom, der mir niemals die Türen aufhielt.

Wir fuhren in Darmstadts Innenstadt, und er führte mich in »Das Krü«. Ich hatte dieses Restaurant bisher nur von außen gesehen und freute mich schon darauf, es auszuprobieren. Von Bahlsen schob mir den Stuhl zurecht, bevor ich mich setzte. Wie aufmerksam! Als die Bedienung mit den Speisekarten an unseren Tisch trat und zuerst ihm die Karte überreichen wollte, zeigte er auf mich, damit ich sie als Erste erhielt. Er fragte nach meinen Vorlieben und sprach Empfehlungen aus, da er hier wohl schon öfter gegessen hatte. Aus der Samstagskarte sprang mir das Zandergericht auf Mittelmeergemüse ins Auge, von Bahlsen bestellte den Skrei auf Tomaten-Spinat-Gemüse. Zuhause kochten wir praktisch nie Fisch, da Tom sich als reiner Fleischliebhaber entpuppt hatte. Umso mehr freute ich mich nun auf mein Essen.

»Wenn ich arbeite, habe ich fast nie Zeit, in Ruhe zu essen. Deshalb ist es schön, heute das Angenehme mit dem Nützlichen verbinden zu können.« Herr von Bahlsen beugte sich leicht zur Seite, um der Bedienung Platz zu machen, die die Getränke servierte. »Vielen Dank.«

Er hob sein Glas. »Wäre es Ihnen recht, wenn wir uns duzen?«

Ich nickte. »Ich heiße Alex.«

»Christian.« Wir stießen mit unseren Gläser an. »Das gibt mir das Gefühl, etwas Freizeit zu haben.« Er seufzte. »Du kennst das ja sicher von deinem Freund. Heute werde ich auch den ganzen Tag arbeiten müssen. Ein neuer Mordfall bedeutet häufig Überstunden.«

»Ja, Tom arbeitet auch oft länger. Hast du denn über den gestrigen Toten schon etwas herausgefunden?«, fragte ich wie nebenbei und drehte mein Glas hin und her.

Christian nickte. »Ja, er heißt Henrik Germann. Sagt dir der Name etwas?«

Ich schüttelte den Kopf.

»Er lebte in Fischbachtal. Kennst du dich dort aus?«

Ich schüttelte erneut den Kopf. »Nein, ich bin erst vor einem Dreivierteljahr nach Beerfelden gezogen. Vorher habe ich in Hamburg gelebt.«

»Ah, okay.« Er überlegte.

Ich nippte an meinem Glas.

Er setzte wieder zum Sprechen an. »Wäre es in Ordnung für dich, wenn du mir jetzt berichten würdest, wie du gestern den Leichnam gefunden hast?«

Ich nickte und erzählte ausführlich, was ich getan hatte und wie wir gemerkt hatten, dass es sich um eine echte Leiche handelte. In der Zwischenzeit bekamen wir unsere Gerichte serviert.

»Es war sehr umsichtig von Tom, den Fotografen holen zu lassen«, sagte Christian.

»Habt ihr denn irgendetwas durch die Fotos herausgefunden?« Ich schaute angestrengt auf meinen Fisch, um nicht zu neugierig zu wirken.

»Nein, bis jetzt noch nicht.« Christian schob sich eine Gabel voll Gemüse in den Mund.

Vielleicht konnte ich ihn an der Ehre packen. »Kann man als

Ermittler denn überhaupt so schnell nach einem Mord etwas herausfinden?« Ich bemühte mich um einen Hundeblick. Nicht zu übertrieben, aber deutlich genug, um ihn dazu anzuspornen, mich beeindrucken zu wollen.

Er legte sein Besteck ab und tupfte sich den Mund mit der Serviette ab. »Natürlich, meine Mitarbeiter arbeiten nicht minder hartnäckig an dem Fall als ich.« Er zögerte.

»Weißt du, ich kenne diese Arbeit ja von Tom. Er braucht auch oft eine Weile, bis er eine heiße Spur hat.« Ich sah ihm nur beiläufig in die Augen, um meine Neugier nicht zu sehr zu zeigen.

»Ja. Unsere Recherchen haben noch keine sensationellen Informationen zu Tage gefördert, trotzdem sollten diese Infos unter uns bleiben.« Christian sah mir tief in die Augen, wie um meine Bestätigung einzuholen, und ich nickte leicht, woraufhin er ebenfalls nickte. »Wir haben bereits seine Wohnung unter die Lupe genommen und seine Nachbarn befragt. Germanns Frau ist vor wenigen Monaten bei einem Autounfall gestorben. Und als wäre das nicht genug, ist Germann bald darauf selbst an Krebs erkrankt, und die Prognose sah nicht gut aus.«

»Oh, das ist tragisch. Bei manchen Menschen kommt es wirklich dicke.«

»Dabei hätte er es ganz leicht haben können. Er und sein Bruder haben von ihren Eltern ein Mietshaus in Darmstadt geerbt. Laut seinen Steuererklärungen hat er dadurch hohe Nebeneinkünfte gehabt. Aber ein Nachbar hat ihn als sehr bescheiden und genügsam beschrieben, obwohl er für meine Begriffe als gutsituiert bezeichnet werden konnte. Manche Leute haben aber auch ein Pech.« Christian nahm sein Besteck wieder auf.

»Wenn er so krank war, wird ihn wohl niemand aus seinem engeren Kreis ermordet haben«, überlegte ich laut.

»Wie kommst du darauf?« Christian trennte eine Portion Skrei mit dem Messer ab. »Ich hätte jetzt gedacht, dass es jemand aus dem direkten Umfeld war, der wusste, dass die Germanns jedes Jahr auf das Halloweenfest gegangen sind.« Er führte sich die Gabel zum Mund.

»Na ja, aber wenn man andererseits weiß, dass er sowieso bald stirbt, dann braucht man seinen Tod nur abwarten und muss nicht extra nachhelfen. Womöglich war es ein Fremder, der ihn ausrauben wollte.«

Christian kaute rasch zu Ende. »Nein, seine Brieftasche, sein Handy und der Ehering waren noch da.«

»Das ist seltsam.«

»Ja, das ist es. Vielleicht erfahren wir noch etwas, wenn wir sein komplettes Umfeld befragt haben. Wir stehen ja noch ganz am Anfang unserer Ermittlungen.«

Ich legte kurz mein Besteck ab, stützte die Ellbogen auf den Tisch und führte meine Hände zusammen. »Was mich allerdings in jedem Fall sehr wundert: Wie konnte der Täter ein Messer in die Burg schmuggeln? Schließlich sind wir doch alle am Eingang kontrolliert worden.« Ich beugte mich leicht vor.

Christian schluckte seinen letzten Bissen herunter. »Es sind zwei Möglichkeiten denkbar: Entweder war der Mörder unter den Angestellten oder Pressevertretern, die ja nicht nach Waffen durchsucht wurden. Oder der Täter war schon ein, zwei Tage vorher in der Burg und hat das Messer irgendwo versteckt und dann bei der Halloween-Veranstaltung wieder hervorgeholt. Für Letzteres würde die Tatsache sprechen, dass das Messer in allen Ritzen und Vertiefungen Spuren von feinem Sand und Staub aufwies. Unser Kriminalbiologe vergleicht diese Spuren mit der Erde, die in der Burg zu finden ist, dann haben wir Gewissheit.«

Ich hatte Christian gespannt gelauscht und erschrak nahezu,

als plötzlich die Bedienung an uns herantrat und fragte, ob wir mit dem Essen zufrieden seien.

Christian sah mich fragend an, und ich nickte.

»Möchtest du noch etwas zu trinken, Alex?«

Der Fisch machte mich jetzt schon durstig, also bestellte Christian noch einmal Getränke.

»Ich frage mich, woher der Mörder wusste, dass er Germann auf der Burg treffen konnte.« Hoffentlich ließ sich Christian auf eine Fortsetzung der Informationsweitergabe ein.

»Laut dem Nachbarn ist er seit Jahren immer mit seiner Frau auf die Halloween-Veranstaltung gegangen – bis auf dieses Jahr –, also jeder, der ihn halbwegs kannte, hätte damit rechnen können.« Er machte eine wegwerfende Handbewegung. »Aber lass uns über etwas Schöneres sprechen.«

Hm. Was konnte interessanter sein, als in einem Mordfall zu ermitteln? Aber ich spürte, dass Christians Bereitschaft, über den Fall zu reden, versiegt war.

»Wie gefällt es dir im Odenwald? Muss doch ein ziemlicher Kulturschock für dich als Großstädterin sein.« Er schnitt ein Stück von seinem Skrei ab.

»Es ist ein großer Unterschied, aber als Kulturschock würde ich es nicht bezeichnen. Natürlich ist die Infrastruktur auf dem Land wesentlich schlechter. Du fährst weitere Strecken, du kannst froh sein, wenn du einen einzigen großen Elektronikladen in der Nähe hast, während du in Hamburg zig Elektronikgeschäfte um die Ecke findest. Aber der Odenwald hat auch Vorteile gegenüber meinem alten Leben. Die Natur ist unvergleichlich schön und man lebt mittendrin. Außerdem ist es ruhiger. Und ich empfinde es hier als sauberer. Ich denke, die Menschen achten noch mehr aufeinander, und zwar durchaus im positiven Sinne.

In Hamburg kannst du in deiner Wohnung wochenlang verwesen und keiner merkt es.«

Christian blickte erstaunt auf, hielt dann aber offensichtlich ein bekräftigendes Nicken für die männlichste Reaktion.

Ich kaute mein letztes Stück Fisch und legte das Besteck auf vier Uhr. »Nicht zuletzt lebt Tom hier. Er ist der Grund, weshalb ich umgezogen bin. Es wäre für ihn ungleich schwieriger gewesen, einen Job in Hamburg zu finden.«

»Das ist sehr rücksichtsvoll von dir. Ich glaube, alle Kriminalbeamten nehmen ihren Beruf außerordentlich ernst. Aber der Odenwald hat natürlich, wie du schon sagtest, auch Vorteile gegenüber der Großstadt. Ich zum Beispiel fahre ab und zu raus nach Brombachtal, da hat ein Freund von mir ein paar Pferde stehen, und wir reiten zusammen aus. Das Ausreitgelände im Odenwald ist phantastisch. Möchtest du einen Nachtisch?«

Wir plauderten noch eine Weile miteinander. Da ich nicht wusste, ob ich Christian in naher Zukunft erneut als Informationsquelle würde brauchen können, bemühte ich mich um unverfängliche Themen und ein harmonisches Gespräch. Es fiel mir allerdings nicht besonders schwer, da er einen charmanten Gesprächspartner abgab. Er war vielseitig interessiert, sodass wir problemlos Gesprächsstoff fanden. Seine Manieren und sein Auftreten hätten ihn sofort zum Liebling jeder Schwiegermutter avancieren lassen. Man konnte es nicht anders sagen: Er war schlichtweg ein höchst attraktiver Mann.

Außerdem hatte ich das Gefühl, dass er sich tatsächlich für mich interessierte. Er fragte nach meinen Hobbys und meinem Lieblingsessen und ähnlichen Dingen. Auch stellte er mir einige Fragen zu meinem Beruf, als ob er die Aufgaben einer Controllerin tatsächlich spannend fände. Dies waren natürlich alles nur erste Eindrücke von meiner neuen Bekanntschaft, aber ich würde diese Begegnung gewiss in guter Erinnerung behalten. Die Zeit mit ihm verging wie im Flug, und ich staunte, dass die Uhr bereits nach halb zwei zeigte, als er mich zu meinem Auto zurückfuhr.

Ich dachte immer noch über ihn nach, als ich mich auf den Weg zu Dirk Zengel machte. Herchenrode lag südlich von Darmstadt und fast genau auf der Hälfte meines Weges nach Beerfelden. Als ich von Norden in den Ort hineinfuhr, fielen mir auf der rechten Seite ein sehr großes Gebäude und auf der linken ein Platz ins Auge, auf dem eine Kutsche fuhr. Das Fell der Pferde glänzte in der Herbstsonne, und ihre Mähnen flogen im Wind. Ich konnte verstehen, dass diese Tiere eine große Faszination auf Menschen ausübten. Ein paar Häuser weiter kam ich schon am anderen Ende des Orts an, wo Zengels Haus lag. Ich parkte mein Auto und lief zur Haustür. Er öffnete nach wenigen Sekunden.

»Hallo, ich bin Alex König.«

»Ich bin der Dirk.« Er reichte mir die Hand. »Komm rein.« Er führte mich in sein Arbeitszimmer.

Ich schaute mich um. »Drei Bildschirme, ganz schön luxuriös.«

Dirk zuckte mit den Schultern. »Das erleichtert die Arbeit ungemein. Nimm Platz. Möchtest du etwas zu trinken?«

Mein Fisch musste schwimmen. »Oh, das wäre echt nett, aber ich möchte keine Umstände machen.«

»Kein Problem. Ich habe bereits einen Kaffee gemacht, aber ich könnte dir auch Apfelsaft oder Mineralwasser anbieten.«

»Ein Kaffee wäre super. Huch!« Eine Katze hatte den Raum betreten und miaute.

»Milch oder Zucker?«, fragte Dirk.

»Äh, nur Milch, bitte.« Ich schaute zwischen ihm und der Katze hin und her.

»Soll ich sie mitnehmen?« Er zeigte auf die Katze.

»Nein, lass sie nur. Mich stört sie nicht.«

»Okay.« Er verschwand aus dem Raum, und ich setzte mich an den Schreibtisch. Die Katze strich um meine Beine.

Dirk kam mit einer Tasse und einer Milchtüte zurück. »Schöner altmodischer Filterkaffee aus der Kaffeemaschine. Meine Lebensgefährtin hat vorhin auch noch eine Tasse getrunken, bevor sie zu ihrer Freundin gefahren ist.«

»Das ist sehr nett, vielen Dank.« Ich nahm die Tasse entgegen. Die Katze schnurrte.

»So, und du interessierst dich also für die letzten Minuten im Leben des gestern Ermordeten.« Er sah mich aufmerksam an.

»Ja. Ich habe ihn immerhin gefunden, und nun würde ich gern mehr über sein Schicksal erfahren. Das ist schließlich etwas anderes, als wenn man nur von einem anonymen Mord in der Zeitung liest. Ich könnte mir vorstellen, dass irgendwo auf deinen Fotos auch der Mörder abgelichtet wurde. Er muss ja ebenfalls auf dem Fest herumgelaufen sein.« Ich schüttete ordentlich Milch in den Kaffee.

Dirk nickte. »Ich habe mir schon gedacht, dass es einen Grund dafür geben muss, dass du gestern nicht den Finger gehoben hast, als ich diesem Bahlsen nur die SD-Karte aus der Kamera in die Hand gedrückt habe.«

»VON Bahlsen. Und ich bin dir sehr dankbar, dass du mir die Bilder von der ausgewechselten SD-Karte zeigst.« Ich trank vorsichtig von meinem Kaffee.

»Nicht nur das.« Er lächelte. »Meine Kamera hat zwei Schächte, einen für SD-Karten und einen für XQD-Karten. Die wenigsten kennen sich mit diesen Profi-Kameras aus, selbst die Polizei nicht. Die XQD-Karte habe ich gestern einfach nicht erwähnt. Ich wollte die Bilder unbedingt behalten, um meinen Echo-Auftrag erfüllen zu können. Ich suche heute noch alle Fotos heraus, die aus meiner Sicht für den geplanten Artikel und die Bildergalerie, die online gestellt wird, infrage kommen. Wenn ich die morgen in der Redaktion hinterlegt habe, wird mir ganz plötzlich einfallen, dass ich vergessen habe, die beiden anderen Karten bei der Polizei abzugeben. Das werde ich dann natürlich unverzüglich nachholen.« Dirk grinste verschmitzt.

»Dann bin ich beruhigt. Ich will ja auch nicht die polizeilichen Ermittlungen behindern, ich wollte nur einen Blick auf die Bilder werfen, bevor die Polizei sie nicht mehr rausrückt. Auf der ersten Karte müssten ja genau die Aufnahmen sein, die vor dem Zeitpunkt des Mordes entstanden sind. Ich hoffe, man sieht etwas Interessantes darauf in Zusammenhang mit dem Mordopfer.« Da die Katze wieder maunzte, nahm ich sie auf den Schoß und streichelte sie.

»Das ist in der Tat so.«

Ich sah Dirk erstaunt an.

»Ich habe, während ich die Fotos für den Auftrag gesichtet habe, gleich auch nach dem Ermordeten Ausschau gehalten. Und siehe da …«

Dirk zeigte auf den mittleren Bildschirm. Dort war tatsächlich Henrik Germann zu erkennen, allerdings noch quietschlebendig. Jetzt, wo ich es auf dem Bild wiedersah, erinnerte ich mich an das kleine rote Firmenlogo, das auf dem Ärmel seiner Jacke angebracht gewesen war. Er stand hinter einer Gruppe von mehreren Besuchern des Halloween-Fests und gestikulierte, als ob er auf den ihm gegenüberstehenden Mann einreden würde.

»Klick mal weiter.« Dirk zeigte auf die Maus.

Ich klickte zum nächsten Bild, das nahezu den gleichen Anblick bot. Germanns Hände hatten sich allerdings ein paar Zentimeter nach oben bewegt. Ich schaute Dirk fragend an.

»Immer weiterklicken. Meine Kamera macht irre viele Aufnahmen pro Sekunde.«

Die Bilder reihten sich wie ein Daumenkino aneinander, sodass die Dynamik der Situation deutlich wurde. Ich lehnte mich zurück und schaute Dirk verblüfft an. »Die haben sich gestritten, wenn du mich fragst.«

»Sehe ich auch so.« Dirk bewegte die Maus auf ein späteres Bild. Die beiden Männer standen jetzt ein paar Meter weiter, schienen aber immer noch heftig zu diskutieren.

Dirk sah mich triumphierend an und deutete mit dem Finger auf das Foto. »Wenn das mal kein Verdächtiger ist.«

»Du hast recht.« Ich versuchte, mir das Aussehen von Germanns Kontrahenten einzuprägen. Er war schätzungsweise Mitte dreißig, dunkelhaarig und trug einen kurzen, gepflegten Bart sowie eine Brille mit dünnem Metallgestell. Ich setzte mich aufrecht. »Darf ich mir die anderen Bilder ebenfalls ansehen? Darf ich mir einen Ordner anlegen, wo ich die wichtigen Fotos reinkopiere?«

»Ich habe dir schon alles vorbereitet. Auf dem linken Bildschirm ist eine Vorschau zur schnellen Suche. Auf dem mittleren kannst du dir einzelne Fotos ansehen, und rechts kannst du die Fotos sammeln, die dir wichtig erscheinen.« Dirk stand auf. »Ich setze mich in der Zwischenzeit an meinen Laptop ins Wohnzimmer. Wenn du Fragen hast, kannst du mich einfach rufen.«

Ich nickte, und Dirk verschwand aus dem Raum. Ich schaute die Bilder durch. Es waren endlos viele. Auf den ersten paar hundert suchte ich noch akribisch jeden Quadratmillimeter ab. Germann war nur etwa auf jedem fünfzigsten Foto zu sehen. Weil er an dem Abend auf dem Bauch gelegen hatte und aufgrund meiner Aufregung hatte ich sein Gesicht nicht richtig betrachten können, aber nachdem Dirk ihn auf den Fotos im Streit mit dem

Unbekannten ausfindig gemacht hatte, hatte ich mir sein Aussehen eingeprägt. Auch das Logo auf seinem Jackenärmel war ein hilfreiches Merkmal, trotzdem war er nicht häufig aufgenommen worden. Die Treffer sammelte ich wie von Dirk vorgeschlagen. Die Bilderflut nahm kein Ende, und es fiel mir immer schwerer, mich zu konzentrieren. Trotzdem versuchte ich, jede abgelichtete Gestalt sorgfältig zu scannen. Auf den wenigen Fotos, auf denen ich Germann noch entdeckte, stand aber niemand mit einem gezückten Messer hinter ihm. Das wäre ja auch zu schön gewesen.

Ich war so frei, Dirk um eine zweite Tasse Kaffee zu bitten, die ich mir mit seiner Erlaubnis aus der Küche holte. Auf dem Weg verlor ich sozusagen die Katze; vermutlich war sie empört darüber, dass ich sie beim Aufstehen von meinem Schoss vertrieben hatte.

Danach ging es wieder frisch ans Werk. Ich war etwa bei dem zweitausendsten Foto angelangt, als ich Germann winzig klein im Hintergrund in der Nähe der Burgmauer entdeckte; weniger, weil das Gesicht noch gut zu erkennen gewesen wäre, sondern vielmehr aufgrund des roten Firmenlogos auf seinem Ärmel. Hinter ihm stand wieder die kleine weiße Gestalt.

Ich war wie elektrisiert: Ich hatte das weiße Gespenst nun auf mehreren Aufnahmen in Germanns Nähe gesehen, aber eben erst wurde mir die Häufigkeit des Auftretens bewusst. Ich schaute noch einmal alle Fotos mit Germann durch: Tatsächlich. Auf den Bildern hatte er fast immer jemanden im Gespenster-Kostüm im Schlepptau. Selbst während des Streits mit dem Unbekannten war das Gespenst im Hintergrund zu erkennen. Handelte es sich dabei um Zufall? Gespannt schaute ich die restlichen Fotos durch. Das Gespenst war auf durchschnittlich vier von fünf Aufnahmen zu finden, auf denen sich auch Germann befand. Ungeduldig rief ich Dirk herbei und zeigte ihm die fraglichen Bilder.

»Scheint mir auch so«, konstatierte er. »Der weiße Freak läuft verdammt häufig hinter dem späteren Opfer her.«

»Nur ist das Gespenst kaum zu identifizieren, so von Kopf bis Fuß in weiße Bettlaken eingehüllt«, beklagte ich mich. »Guck mal, hier auf dem Bild sind seine Schuhe halb zu sehen, aber die sind nicht gerade ein hilfreiches Merkmal. Wenn er wenigstens mal die Kopfbedeckung abgezogen hätte, um sich am Kopf zu kratzen, damit man sein Gesicht sehen könnte!«

Dirk nickte langsam. Ich schaute noch einmal alle Bilder mit Germann durch. Mal stand das Gespenst nur in der Nähe von Germann dumm herum, mal lief es hinter ihm her. Einmal war es sehr klein im Hintergrund zu sehen und schien den Arm zu heben ... Ich hatte schon ein Bild weiter geklickt, als ich noch mal zum vorigen zurückkehrte. Beim Heben des Arms war dem Gespenst ein Teil seines Kostüms zurückgerutscht. Es sah aus, als hätte es etwas am Arm, oder war der Bildschirm verdreckt? Ich vergrößerte das Foto.

»Sieh mal!« Vor lauter Aufregung stieß ich Dirk leicht an. »Da ist was am Arm!« Ich zoomte noch weiter in das Bild hinein und wurde von einem Hochgefühl erfasst: Das Gespenst trug an seinem Unterarm ein Tattoo! Eine Schlange wand sich um eine Rose, ähnlich wie um den Asklepiosstab. Über Geschmack ließ sich streiten, aber falls es sich nicht um das beliebteste Tattoo des Jahres handelte, konnte dies ein persönliches Merkmal sein, anhand dessen man den Träger des Gespenster-Kostüms ausfindig machen konnte. Zumal das Tattoo mehrfarbig war und ziemlich aufwendig aussah.

»Meinst du, es gibt viele Leute mit diesem Tattoo?« Ich trank hastig meinen Kaffee aus.

Dirk zuckte mit den Schultern. »Kommt drauf an. Es gibt individuelle Anfertigungen und vorgefertigte Massenware.«

»Darf ich mir die gesammelten Fotos mit Germann auf meinen Stick ziehen?« Ich zeigte Dirk den USB-Stick, den ich extra für diesen Zweck mitgenommen hatte. »Ich möchte mich auf die Suche nach den beiden Verdächtigen machen.«

»Klar.« Dirk grinste. »Waidmannsheil.«

Als ich nach der Fotorecherche wieder nach Hause fuhr und die Scheinwerfer meines Autos einschalten musste, wurde mir bewusst, dass der Nachmittag schon weit fortgeschritten war. Ich musste mir für Tom eine Ausrede für mein langes Fernbleiben ausdenken.

Er öffnete mir bereits die Tür, als ich mich ihr näherte. Sicher hatte er mein Auto kommen hören.

»Hey, alles klar?« Er küsste mich. »Warst ganz schön lange weg.« Er schloss hinter mir die Tür.

Ich zog meinen Mantel aus. »Ja, ich bin gleich in Darmstadt geblieben und hab noch ein paar Geschäfte abgeklappert, aber ich habe irgendwie nichts gefunden, was mir gefallen hätte.« Ich lief demonstrativ schlurfend zur Couch und ließ mich ächzend daraufplumpsen.

»So? Ist ja ganz was Neues.« Tom sah mich prüfend an. »Was hast du denn für Haare auf dem Pulli?«

Ich schaute an mir herunter. Dirks Katze hatte ziemlich gehaart. »Keine Ahnung.« Ich wischte die verräterischen Spuren rasch fort. »Ich hab ein paar Klamotten anprobiert.«

Tom kniff die Augen minimal zusammen. »Ich dachte schon, der von Bahlsen hätte so gefusselt. Er hat gestern ganz gierige Augen bekommen, als du die Warzenschweinmaske abgenommen hast.«

Eine gute Gelegenheit, Tom für die Verunglimpfung meiner Maske eins auszuwischen. »Er fusselt nicht. Aber ich wollte dich in der Tat schon fragen, ob das eine gängige Masche von euch Ermittlern ist, weibliche Zeugen, die euch gefallen, zum Essen einzuladen.«

»Quatsch.« Tom baute sich vor mir auf.

»Er war aber sehr charmant.« Ich setzte ein unschuldiges Lächeln auf.

»Der kann rumhampeln, so viel er will. Außerdem hab ich dich damals nicht zum Essen eingeladen, sondern nur zu einem Kaffee. Nichts, wodurch du dich zum Sex hättest verpflichtet fühlen müssen.« Tom grinste.

Ich richtete mich auf und zeigte ihm einen Vogel. »Das wäre ja noch schöner! Selbst für tausend Essenseinladungen wäre ich noch lange nicht zu haben. Und das hat Christian auch nicht ansatzweise versucht.« Ich schnaubte.

»Ach, ihr duzt euch bereits?« Tom wurde fünf Zentimeter größer.

»Ja, und? Er wollte eine entspannte Atmosphäre schaffen. Und ich wollte gerne etwas über den Toten erfahren.« Hm, das hätte mir nicht rausrutschen dürfen. Ich bekam auch prompt die Quittung.

»Oje, du willst doch nicht etwa in diesem Fall recherchieren?« Tom zog die Augenbrauen hoch.

»Nein, aber da ich den Toten gefunden habe, interessiert mich nun sein Schicksal. Was hast du denn im Moment für einen Fall auf dem Tisch?« Ich klopfte neben mich auf die Sitzfläche, um Tom anzulocken. Vielleicht ließ er sich vom Germann-Fall ablenken, wenn ich ihm versicherte, dass er bei mir im Mittelpunkt stand.

Tom setzte sich tatsächlich neben mich. »Einen Kniffligen, fürchte ich.« Er hob seine Hände kurz an. »Es geht um diesen Mann, der mit einem Gewehr erschossen wurde. Im Wald Richtung Falken-Gesäß. Er war mit seiner Frau spazieren. Schlimme Sache für die Frau.«

Ich nickte. »Davon habe ich natürlich gehört. Hieß er nicht Trumpfheller? Hast du ihn gekannt?«

»Ja, Jens Trumpfheller. Ich kannte ihn kaum. Er war etwa fünfzehn Jahre älter als ich, ist erst vor rund zehn Jahren hierhergezogen. Seine Frau kam aus Igelsbach.«

»Und wieso ist der Fall so knifflig?« Ich legte meine Hand tröstend auf sein Bein.

»Wir haben nichts Handfestes, was uns weiterbringen würde. Nur die Patrone, die wir aus seinem Schädel geholt haben. Wir können ungefähr bestimmen, von wo geschossen wurde, aber der Mörder scheint die Hülse eingesammelt zu haben, und weitere Spuren haben wir nicht gefunden. Oft findet man noch Abdrücke von Autoreifen im Waldboden oder Ähnliches, aber der Mörder scheint sich gut ausgekannt und vorbereitet zu haben.«

»Keine Zeugen?«

Tom machte eine kurze, seitliche Kopfbewegung, die eine Verneinung meiner Frage vorwegnahm. »Ein anderer Spaziergänger hat den Schuss und die anschließenden Schreie der Frau gehört und ist sofort zu Hilfe geeilt, aber einen Verdächtigen hat er nicht gesehen. Wir gehen davon aus, dass er einen Schalldämpfer benutzt hat, weil der Schuss relativ leise gewesen sein muss.«

»Keine Infos aus dem Umfeld, ob dieser Trumpfheller Feinde oder seine Frau einen Liebhaber hatte?«

»Sag mal, du wüsstest wohl schon genau, wie du in diesem Fall vorgehen würdest, was?« Tom lächelte und legte den Arm um mich. »Nein, Günter hat die Befragungen durchgeführt. Der Bruder und die Nachbarn des Opfers standen vor einem Rätsel, und auch im Freundeskreis war man ratlos. Niemand in seinem Umfeld hat ein Gewehr – zumindest kein registriertes –, das zu der

Patrone passen würde. Niemand hatte ein Motiv. Wobei ich sagen muss, ich habe mit seiner Frau Kerstin gesprochen, und ich habe ein komisches Gefühl bei der Sache. Aber ich weiß noch nicht warum.« Tom spielte mit meinen Haaren.

»Und wenn sie selber geschossen hat?«

»Nein, der Zeuge war zu schnell vor Ort, wir haben die ganze Gegend vergeblich nach einem Gewehr abgesucht, und Schmauchspuren hatte sie auch keine an den Händen.«

»Und wenn der Zeuge mit ihr unter einer Decke steckt?«

Tom lachte. »Sorry, den Müller kenne ich seit meiner Kindheit, der dürfte mittlerweile weit über achtzig sein und hat mit den Trumpfhellers bestimmt nichts zu schaffen gehabt.«

Ich zog eine Schnute, und Tom wurde wieder ernst. Er strich mir mit dem Finger über die Wange. »Du hast durchaus gute Ideen, aber wir sind diesen Möglichkeiten bereits nachgegangen: Alles Fehlanzeige.«

»Ich frag ja auch nur rein interessehalber.« Ich fing unwillkürlich an zu lächeln. »Es liegt mir fern, in deinem Fall ernsthaft zu recherchieren.«

Schließlich hatte ich meinen eigenen.

KAPITEL 3

Hedi und Herbert warteten auf mich vor der Hessenstubb. Meine Freunde, die ich während meines ersten Aufenthalts im Odenwald als Touristen kennengelernt hatte, waren erst vor wenigen Wochen nach Beerfelden umgezogen. Sie waren zwar etwa doppelt so alt wie ich, aber ich hatte sie beide trotzdem ins Herz geschlossen. Ich wollte sie gerne mit einigen Einheimischen bekannt machen, damit sie sich bald wie zuhause fühlten.

Die Luft war feucht, und ich meinte, auch leichten Nebel zu erkennen, als ich eintraf. »Hallo, ihr zwei!«

»Hallo, Alex.« Herbert nickte mir zu. Auch er trug heute einen dicken Schal und eine Mütze.

»Sind wir hier richtig?« Hedi schaute mich mit großen Augen an, als ob ich sie zu einem konspirativen Treffen in ein zweifelhaftes Etablissement locken wollte.

»Ja, keine Sorge. Marens Kneipe macht von außen nicht viel her, aber innen ist es wirklich gemütlich. Und Toms Schwester kann hervorragend kochen.«

Herbert rieb sich die Hände. »Wir haben extra großen Hunger mitgebracht.« Er legte einen Arm um Hedi, und wir traten ein.

Maren begrüßte mich mit einem Kopfnicken. Ihr Mann Guido stand an der Zapfanlage und grüßte ebenfalls. Ich hob die Hand.

An ihrem Stammtisch entdeckte ich meine Bekannten Heinz,

Schorsch und Mike. Nachdem ich mit Maren ein paar Worte gewechselt hatte, steuerten wir den Tisch von Heinz und seinen Freunden an. »Hey, Jungs, ich habe euch heute jemanden mitgebracht.«

Sie sahen uns neugierig entgegen. Schorsch drehte sich halb auf seinem Stuhl um, da er mit dem Rücken zu uns saß.

»Darf ich vorstellen? Das sind Hedi und Herbert, meine neu zugezogenen Freunde aus Bruchsal.«

»Herzlich willkommen!« Heinz stand auf und zog einen weiteren Stuhl heran, ebenso Mike, sodass alle einen Platz am Tisch fanden. Die drei Beerfeldener reichten Hedi und Herbert die Hand und stellten sich vor.

Nachdem das laute Stühlerücken verklungen war, richtete Schorsch das Wort an Herbert. »So, aus Bruchsal seid ihr also. Wieso hat es euch dort unten nicht mehr gehalten?«

»Wir haben hier im Odenwald schon oft Urlaub gemacht, und es hat uns jedes Mal so gut gefallen, da dachten wir, wir sollten uns auf Dauer hier niederlassen«, erklärte Herbert.

»Ich hatte eher den Eindruck, wir wollten dem ständigen Nachbarschaftsstreit aus dem Wege gehen«, widersprach ihm Hedi und blickte Schorsch an. »Seit ich Herbert vorgegaukelt habe, mit dem Schmidbauer einen Tanzkurs machen zu wollen, ist er ständig mit ihm in die Wolle geraten. Es war nicht mehr zum Aushalten.« Hedi schüttelte sich.

»Das war doch nur ein Nebenkriegsschauplatz.« Herbert winkte ab. »Dem gehörte grundsätzlich mal so richtig die Meinung gesagt.«

»Recht so.« Schorsch legte Herbert die Hand auf die Schulter. »Wenn sich einer an meine Frau ranpirschen würde, dem würde ich was husten. Einmal kräftig abgebürstet, und der Käs is gesse.«

»Was für ein Käse?«, fragte Hedi.

»Was darf ich euch bringen?« Maren erschien lächelnd an unserem Tisch.

»Ich hätte gerne den hausgemachten Burger und einen Gespritzten.«

Heinz nickte zustimmend bei Herberts Bestellung.

»Ach so, ich weiß noch gar nicht ...« Hedi schaute verwirrt.

Schorsch beugte sich in ihre Richtung. »Alex' Schwägerin macht eine hervorragende Odenwälder Kartoffelsupp.«

»Ah, das hört sich gut an, dann nehme ich die. Und ein Glas Mineralwasser, bitte.«

Maren nickte. Nachdem auch ich meine Bestellung aufgegeben hatte, verschwand sie in die Küche.

»Und wohin genau hat es euch verschlagen?«, fragte Heinz.

»In die Odenwaldstraße«, antwortete Hedi. »Schön ruhig und zentral.«

»Nenn mir einen Flecken, der bei uns nicht schön ruhig und zentral liegt«, spottete Schorsch. »Sobald du dich zwischen den Häusern befindest, bist du schon direkt am Ortskern.« Er lachte.

»Aber das ist doch gerade das Schöne daran«, protestierte Hedi. »Hier ist es nicht so anonym wie in der Stadt.«

»Mag sein«, antwortete Heinz, »doch manchmal wäre man froh über etwas mehr Anonymität.«

Mike machte ein schnaubendes Geräusch, was sich nach Zustimmung anhörte.

»Ich habe im Moment das Problem, jemanden aus der Anonymität herausholen zu wollen«, hakte ich ein. »Ich würde gerne eine Person ausfindig machen, die ein bestimmtes Tattoo trägt.«

»Ein Tattoo?« Heinz strich sich über den Schnurrbart. »Hast du dich neu verliebt, Mädchen?«

Mehrere Augenpaare richteten sich auf mich.

»Quatsch. Es ist mehr so ...«

»Geht es um Toms aktuellen Fall?«, fragte Herbert.

»Ermittelst du wieder?« Hedi machte große Augen.

»Unsere Alex kann's nicht lassen.« Heinz zog die Augenbrauen hoch.

»Es hat nichts mit Toms Fall zu tun«, widersprach ich vehement. »Ich habe dieses Tattoo gesehen und dachte, so eines könnte ich mir auch stechen lassen.«

Heinz' misstrauische Miene veränderte sich um keinen Deut, aber ich versuchte, ihn zu ignorieren.

»Das will gut überlegt sein«, gab Herbert zu bedenken. »Wenn es dir nicht mehr gefällt, geht es nicht mehr ab.«

»Geht schon«, meldete sich jetzt Mike zu Wort. »Hautärzte können das. Aber ist nicht ganz ungefährlich.«

»Wieso?«, fragte ich.

»Zum Beispiel zerfallen blaue Pigmente beim Lasern in krebserregende Blausäure. Die kann sich in deinem Körper ablagern.«

»Bist du vom Fach?«, fragte Herbert.

»Mike arbeitet bei der Odenwald-Chemie«, erklärte Schorsch.

»Okay.« Ich versuchte, mir wieder Gehör zu verschaffen. »Das wusste ich noch nicht. Trotzdem würde ich mich gerne erkundigen, wer mir dieses Tattoo genau so machen kann, wie ich es gesehen habe. Kennt jemand die Tattoo-Studios zwischen hier und Darmstadt?« Da ich nicht ganz Deutschland abklappern wollte, hoffte ich, dass das Gespenst aus Germanns Umfeld kam und sich somit auch das Tattoo bei einem Tätowierer in der Nähe von Fischbachtal hatte stechen lassen.

»Nö.« Schorsch trank einen Schluck von seinem Bier. Die anderen schwiegen.

»Nicht alle auf einmal.« Ich blickte in die Runde.

»Meine Frau hat mal über Piercings nachgedacht.« Schorsch stellte sein Bierglas ab.

»Wo?«, fragte Heinz.

Schorsch kniff anstelle einer Antwort nur kurz ein Auge zu und schnalzte mit der Zunge.

Ich würde wohl das Internet zu Rate ziehen müssen, was die Tattoo-Studios der Umgebung anbelangte.

Schorsch rutschte ein wenig auf seinem Stuhl herum und scharrte dabei mit den Füßen, was mir bewusst machte, dass ich dabei ein vertrautes, quietschendes Geräusch vermisste.

Ich beugte mich hinunter und blickte verwundert unter den Tisch. »Sag mal, du hast ja gar nicht deine Gummistiefel an. Sonst hast du die doch beinhart abends beim Ausgehen angelassen.«

Schorsch gab sich wortkarg. »Es gab zu viele Beschwerden.«

Tatsächlich? Wer außer mir mochte sich noch über Schorschs robustes Auftreten mokiert haben?

Guido erschien mit unseren Getränken. »Mineralwasser für die Dame.« Er stellte einen Bierdeckel und das Wasser vor Hedi. Danach bekam ich meinen Apfelsaft und Herbert seinen Gespritzten.

Guido wandte sich bereits zum Gehen, als Hedi hektisch den Arm hob, um seine Aufmerksamkeit zu erregen. Dabei stieß sie beinahe Herberts Glas um, welches gefährlich wackelte.

»Uffbasse!« Herbert griff rasch nach seinem Glas, um es zu stabilisieren.

»Was?« Hedi schaute zwischen ihm und Guido, der sich bereits entfernte, hin und her.

»Du bist an Herberts Glas gestoßen«, erläuterte Heinz.

»Sieh an, der Herr spricht Hessisch«, bemerkte Schorsch anerkennend. »Nur am Akzent könnte er noch ein bisschen feilen.« Er grinste süffisant.

»Wieso, hat sich doch sehr echt angehört«, widersprach ich.

»Ich wollte Guido fragen, ob zu der Suppe noch ein Stück Brot oder Wurst gehört, sonst würde ich gerne noch etwas nachbestellen«, beklagte sich Hedi.

»Keine Angst, da ist noch eine leckere Bockwurst dabei.« Schorsch zeigte mit den Händen die ungefähre Länge.

»Ah, gut. Dann werde ich hoffentlich satt.«

Herbert tätschelte beruhigend Hedis Arm. »Apropos Toms Fall, kurz nach unserem Umzug ist doch hier jemand erschossen worden. Ist Tom mit der Sache betraut? Oder war es ein Unfall?«

»Unfall, hmpf.« Schorsch schnaubte durch die Nase. »Hat der Trumpfheller vielleicht wie 'ne Wildsau ausgesehen? Dann hätte es doch eher seine Frau erwischen müssen.« Heinz und Mike lachten.

»So schlimm?«, fragte Hedi erschrocken.

»Nein, aussehen tut sie gut, aber ihr Benehmen ist eher das von einer ... Krawallschachtel.«

Den Begriff kannte ich bereits. »Wie ein Hausdrache«, übersetzte ich für Hedi.

»Na ja, ganz so schrecklich ist sie nicht«, sagte Schorsch relativierend. »Der Trumpfheller war halt einfach zu lasch. Immer nachgiebig, hat stets nach ihrer Pfeife getanzt.« Schorsch schob seinen Bierdeckel vor und zurück. »Jetzt hat sich's ausgetanzt.«

Alle schauten nachdenklich auf ihre Gläser.

Toms Fall begann mich zu interessieren. »Wer könnte denn ein Interesse an seinem Tod gehabt haben?«

»Keine Ahnung. So ein harmloser Kerl wie der ...« Schorsch zuckte mit den Schultern.

»Wobei es schon komisch war, wenige Wochen nach der Sache mit dem Fuchs«, sagte Heinz.

Mike blickte auf.

»Was für ein Fuchs?«, fragte ich.

»Ja, was für ein Fuchs?«, fragte Hedi gespannt.

»Wüsste ich auch gerne«, sagte Schorsch und blickte auf Heinz.

»Stand auch nicht in der Zeitung«, antwortete Heinz, um sein Insiderwissen zu betonen, und zwirbelte seinen Schnurrbart. »War ja nur ein Fuchs. Und die Trumpfhellers haben erstaunlich wenig Geschrei deswegen gemacht. Der ist ein paar Wochen vor Trumpfhellers Tod am Beerfelder Galgen erschossen worden. Ob das ein Versehen war? Ich hab damals nicht länger drüber nachgedacht, weil es mir nicht so wichtig vorkam, aber jetzt, wo wir noch mal über den Tod vom Trumpfheller reden …« Heinz trank sein Glas leer und wir schauten ihn alle unverändert an. »Die Trumpfhellers hatten ihn aufgezogen, nachdem die Fähe überfahren worden war. Der war schätzungsweise erst sechs Tage alt und der Einzige von drei Geschwistern, der überlebt hatte. Ein richtig niedlicher Kerl. Hab ihn auch mal gesehen, als ich da hinten spazieren gegangen bin. Er war ja völlig zutraulich und kam jeden Abend pünktlich um achtzehn Uhr zu den Trumpfhellers, um sich eine Dose Katzenfutter abzugreifen.«

»Mitten in die Stadt?«, fragte Herbert.

Heinz drehte sich halb auf seinem Stuhl zu Maren um, die gerade am Nachbartisch abkassiert hatte. »Maren, bring mir doch bitte noch mal dasselbe.«

»Mir auch.« Schorsch hob sein Glas, und Maren nickte.

»Der Fuchs kam mitten in die Stadt gelaufen?«, wiederholte Herbert seine Frage.

Heinz wandte sich wieder an die Runde. »Nein, die Trumpfhellers wohnen – das heißt, jetzt wohnt nur noch sie – am Ende vom Güttersbacher Weg, also am westlichen Ortsrand. Sie hatten alle Förster und Jäger der Umgebung informiert, dass der Kleine keine Tollwut hat, sondern durch die Menschenaufzucht so zutraulich geworden ist. Eigentlich hätte jeder wissen müssen, dass es Trumpfhellers Fuchs ist. Trotzdem wurde er einfach abgeknallt.«

»Wie schrecklich.«

Ich konnte Hedi nur zustimmen. Ob wirklich jemand den Fuchs absichtlich getötet hatte? War das bereits eine Warnung an Jens Trumpfheller oder seine Frau gewesen? Ob Tom davon wusste? Der Fall weckte mehr und mehr meine Aufmerksamkeit.

»Aber vielleicht war es doch nur irgendein Blödmann, der den Fuchs nicht kannte?« Schorsch kratzte sich hinterm Ohr.

»Nö, dann hätte er die Jagdtrophäe entweder mitgenommen oder bei Tollwutverdacht den Förster oder das Veterinäramt angerufen. Außerdem war es etwa im Juli, das ist ja noch mitten in der Schonzeit. Das sah schon ziemlich nach Absicht aus. Und direkt am Galgen, das war schon ein bisschen gruselig.« Heinz strich sich mit Daumen und Zeigefinger über sein bärtiges Kinn. »Trotzdem habe ich es auch nur von ihrem Nachbarn erfahren, weil der die Trumpfhellers dabei gesehen hat, wie sie nach dem Fuchs gesucht haben, als er nicht pünktlich zum Abendessen kam. Und später kamen sie mit dem Kadaver zurück und haben ihn im Garten begraben. Die Trumpfhellers selbst haben gar nicht darüber geredet.«

»Aber wieso sollte man die Trumpfhellers auf diese Weise schikanieren wollen?«

Heinz zuckte mit den Schultern.

»Vielleicht ist Jens Trumpfheller fremdgegangen und der gehörnte Ehemann hat ihm einen Warnschuss verpassen wollen«, spekulierte ich.

»Der doch nicht.« Schorsch winkte ab. »Der war doch viel zu brav. Das wäre eher ihr zuzutrauen. Sie ist eine durchaus attraktive Frau. Wenn man auf Dominante steht.« Er lachte. »Wie alt mag sie sein, vielleicht um die fünfzig?« Schorsch schaute auf

Heinz, und der spitzte ein wenig seine Lippen und nickte langsam.

Schorsch zeigte mit seinem Finger auf Mike. »Mikes Freund findet sie doch auch mehr als nett, gelle?«

Mike nickte.

»Meinst du den Fahrradfreak? Carbon statt Kondition?«, fragte Heinz.

Schorsch nickte. »Jetzt kann er sein Glück bei ihr versuchen. Aber ob sie sich mit einem einfachen Schreiner einlässt? Sie lässt es gerne krachen und hat auch die finanzielle Ausstattung dafür. Ein Ferienhaus irgendwo in Südfrankreich, zwei schicke Autos, ein Reitpferd im Eichenstall ...«

»Woher hat sie denn das Geld?«, fragte ich. Vielleicht gab es hier einen Hinweis auf eine Feindschaft.

»Sie haben ein Mietshaus«, antwortete Schorsch. »Das heißt, jetzt hat nur noch sie ein Mietshaus.« Schorsch lachte verhalten.

»Vielleicht hat Mikes Freund ein bisschen nachgeholfen, um freie Bahn bei ihr zu haben.« Ich schaute auf Mike.

Der hob noch nicht einmal den Blick. »Der doch nicht.«

Das war offensichtlich alles, was Mike dazu zu sagen hatte.

»Sag mal, wenn du es nicht vorhin dementiert hättest, würde ich glauben, du recherchierst doch in Toms Mordfall.« Heinz sah mich mit hochgezogenen Augenbrauen an.

»Nein, ganz bestimmt nicht. Ich darf dich höflich daran erinnern, dass Herbert das Thema angeschnitten hat.«

»Unsere Alex ist auf Zack.« Schorsch lachte. »Ich sag nur: Uffbasse!«

Der Abend wurde noch recht lustig, da Schorsch versuchte, Hedi ein paar hessische Worte und Redewendungen beizubringen. Wir trennten uns nicht allzu spät, doch ich musste mich sowieso nicht beeilen, denn am nächsten Tag konnte ich ausschlafen.

Als ich heimkam, saß Tom auf der Couch und schaute auf den Bildschirm unseres Notebooks.

»Na, wie war's?«, fragte er, ohne aufzusehen.

»Prima.« Ich gab Tom einen Kuss. »Jetzt kennen Hedi und Herbert noch ein paar Leute mehr als deine Verwandtschaft und Sonja aus dem Supermarkt.«

»Schön.« Tom starrte weiter auf den Bildschirm.

»Du hättest ruhig mitkommen können, es war sehr nett.«

»Hm.«

Ich schaute Tom über die Schulter. Auf dem Bildschirm war ein Motorrad abgebildet. Kein Wunder, dass Tom mir nicht richtig zuhörte. Ich griff mir eine leere Chipstüte, die neben dem Notebook lag, und lief damit in die Küche. Neben dem Mülleimer befand sich ein Aldi-Prospekt auf der Arbeitsfläche. Ich blätterte ihn rasch durch. Ein Aktions-Artikel sprang mir sofort ins Auge.

Ich ging wieder zurück ins Wohnzimmer. »Du, Tom, ich möchte dir gerne was zeigen.«

»Kenn ich alles schon«, sagte er, ohne aufzublicken.

»Nein, ich meine hier etwas aus dem Prospekt.«

Tom sah auf, und ich hielt ihm den Prospekt unter die Nase, dort aufgeschlagen, wo ein kurzes Satin-Nachthemd mit Spaghettiträgern abgebildet war.

»Meinst du nicht, dass mir das gut stehen würde?«

Tom schaute es sich lang genug an, um mir damit zu offenbaren, dass ihm der Anblick oder die Gedanken, die er dabei hatte, gefielen. Dann schaute er wieder auf den Bildschirm. Sein Mund zuckte, aber er bemühte sich um eine ernste Miene. »Es kommt doch mehr auf die inneren Werte an.«

Ich schlug den Prospekt leicht gegen Toms Oberarm und warf

ihn dann auf den Couchtisch. Tom wirkte etwas geistesabwesend; vielleicht war dies ein günstiger Moment dafür, ihn in meinen neuesten Plan einzuweihen, ohne den wahren Grund für mein Vorhaben preiszugeben. Denn nachdem ich in der Hessenstubb den Eindruck gewonnen hatte, dass Kerstin Trumpfheller möglicherweise etwas zu verbergen hatte, juckte es mich in den Fingern, mehr über sie herauszufinden. Das könnte ich sicher so ganz nebenbei neben meinen Recherchen in »meinem« Mordfall erledigen. Und vielleicht konnte ich das sogar auf eine Art, die mir selbst Spaß bringen würde. Es erschien mir im Nachhinein wie ein Wink des Schicksals, dass ich auf der Fahrt zu Dirk die Kutsche mit den edlen Pferden entdeckt hatte. Auch Christian hatte davon gesprochen, wie viel Freude ihm die Ausritte mit seinem Freund machten. Kurzum: Ich würde im gleichen Stall, in dem Kerstin Trumpfhellers Pferd stand, reiten lernen. Dann würde ich bestimmt noch viel mehr über sie herausfinden, als es Tom als Polizist möglich wäre. Es wäre ein völlig ungefährlicher Weg, Informationen abzugreifen, also würde er mich sicher nicht dafür tadeln, wenn er es herausfand. Allerdings würde ich vorsichtshalber dafür sorgen, dass er es nicht so schnell herausfand.

Ich stellte mich ihm gegenüber. »Du, ich habe mir überlegt, Reitstunden zu nehmen.«

Eine minimale Bewegung ging durch Tom, bevor er ganz kurz auf das untere Ende meines Pullis schaute und erst danach in meine Augen. »Hat dir dieser von Bahlsen Flausen in den Kopf gesetzt?«

»Nein, wieso sollte er? Ich dachte nur, beim Reiten kommt es ja meines Wissens auf ein ordentliches Gleichgewicht an und in der Schulzeit war ich immer sehr gut auf dem Schwebebalken. Da hatte ich immer eine Eins in Sport.«

Tom schaute wieder auf den Bildschirm. »Bestimmt nur, weil du am Ende der Stunde beim Aufräumen geholfen hast.«

»Quatsch. Die Eins war absolut verdient.« Tom reagierte nicht. Doch umso besser. Ich hatte ihm mein neues Hobby untergejubelt und konnte nun in Ruhe Kerstin Trumpfheller unter die Lupe nehmen.

Am folgenden Dienstag klapperte ich nach der Arbeit die drei nächstgelegenen Tattoo-Studios in der Umgebung von Fischbachtal ab, aber keiner der Tätowierer konnte sich an das Tattoo erinnern, das ich auf dem Unterarm des Gespensts entdeckt hatte. Danach besorgte ich bei Chevero Reitsport in Erbach meine Erstausstattung fürs Reiten. Glücklicherweise hatte ich meine Kreditkarte dabei, denn ich hatte deutlich unterschätzt, was man zum Reiten alles benötigte.

Tom hatte ich diese Einkäufe als Grund für meine Verspätung angekündigt, sodass er sich nicht wunderte, als ich abends zuhause eintraf. Er hatte netterweise mit dem Abendessen auf mich gewartet und uns einen leckeren Salat vorbereitet, zu dem er Minutensteaks servieren wollte.

Ich ließ mich erschöpft auf einen Küchenstuhl fallen und griff nach der nächstbesten Zeitung.

Tom stand am Herd. »Und, hast du alles bekommen, was du für deine Reitstunden brauchst?«

»Ja, aber es ist doch mehr, als ich dachte. Stell dir mal vor, es gibt extra Reithandschuhe! Und einen Helm muss man im Unterricht auch tragen, sagte die Verkäuferin, wegen der Versicherung.«

»Klar.« Tom schob die Steaks hin und her.

»Der zerdrückt einem aber die ganze Frisur, wenn du mich

fragst. Und aussehen tut man mit dem Ding wie ein Außerirdischer mit Gehirnschwellung.«

»Sicherheit geht vor. Magst du einen Wein zum Essen?« Er drehte ein Steak um.

»Muss nicht sein.«

»Wann geht es los mit deinen Reitstunden?«

»Am Freitag. Ich habe mir gleich eine Zehnerkarte im Eichenstall besorgt, weil das billiger war. Ich finde, das Ganze ist schon teuer genug.«

»Im Eichenstall?« Tom, der bisher auf die Steaks in der Pfanne geschaut hatte, sah mir zum ersten Mal in die Augen. Hoffentlich hatte er nicht auch schon gehört, dass Kerstin Trumpfheller ein Pferd im Eichenstall stehen hatte.

»Ja, wieso nicht? Der schien mir sehr modern und gepflegt, als ich ihn mir angeschaut habe.« Ich legte mein Besteck zurecht.

»Das stimmt, aber vielleicht auch ein bisschen zu vornehm.«

»Wie kann ein Reitstall zu vornehm sein? Ich möchte schließlich nicht durch Mist waten, bis ich beim Pferd angelangt bin.«

Tom lachte. Aber er sagte nichts weiter, was in mir das ungute Gefühl erzeugte, dass er für mich unangenehme Informationen zurückhielt. Nun ja, ich würde es noch früh genug erleben. Außerdem war es ja völlig egal, was Tom oder ich von dem Stall hielten; wichtig war nur, etwas über Frau Trumpfheller zu erfahren.

Während Tom nach dem Essen die Küche aufräumte, setzte ich mich mit den Zeitungen ins Wohnzimmer. Tom gesellte sich nach ein paar Minuten zu mir, aber kaum, dass er Platz genommen hatte, klingelte es. Ich stand auf und lief zur Tür. Durch den Glaseinsatz erkannte ich Susanne, Toms Mutter.

»Hallo, Alex.« Sie schaute an mir vorbei ins Wohnzimmer. »Hallo, Tom!« In der Hand hielt sie ein Päckchen. »Schau mal, was heute mit der Post gekommen ist. Ihr wart nicht da, deshalb habe ich es entgegengenommen.«

»Oh, das ist sehr nett, vielen Dank!« Das Päckchen war an mich adressiert, was mich enorm freute. Allerdings war Weihnachten noch fern und mein Geburtstag lange vorbei.

»Dann gehe ich mal wieder hoch.« Susanne winkte Tom zu. »Macht's gut.«

»Ja, du auch!« Ich schaute auf den Absender, aber es war nichts Konkretes zu erkennen. Das machte mich umso neugieriger. Ich schloss die Tür und ging zurück zu Tom.

»Für mich?« Er blickte kurz über seine Zeitung hinweg.

»Nein.«

Tom senkte wieder den Kopf. »Von wem ist es?«

»Keine Ahnung, es ist kein Absender drauf, nur so eine Geschäftsadresse von einem Online-Versandhändler.«

Ich lief in die Küche, um eine Schere zu holen. Dort packte ich das Päckchen sofort aus. Es kam ein hübsch verpacktes Geschenk zum Vorschein.

»Was ist es?«, rief Tom aus dem Wohnzimmer.

»Ich weiß noch nicht.« Viel wichtiger war doch die Frage, von wem es war. Ich holte das gesamte Verpackungsmaterial aus dem Karton, aber es waren weder ein Brief noch eine Karte zu finden. Ich riss das Geschenkpapier auf. Ah! Lindt-Pralinen. Und dann noch meine Lieblingssorte! Von wem mochten sie sein?

Ich beugte mich leicht rückwärts und schielte ins Wohnzimmer. Tom saß unverändert an seinem Platz. Ich schaute wieder auf die Pralinen. Eigentlich fiel mir nur Christian als möglicher Versender ein. Christian war bei unserem Treffen sehr nett gewesen. Und er hatte mich dabei nach meinem Lieblingsessen gefragt. Hatte ich die Lindt-Pralinen erwähnt?

»Was ist es denn jetzt?«, krakeelte Tom aus dem Wohnzimmer.

Sollte ich ihm meine Vermutung mitteilen? Eigentlich wollte ich Christian noch als Informationsquelle nutzen. Wahrscheinlich war es besser, meine Hamburger Freundin vorzuschieben. Nicht, dass es Ärger zwischen den Männern gab.

»Meine Lieblingspralinen von Verena. Sie hatte mir die Sendung schon per WhatsApp angekündigt, aber das war mir entfallen.« Ich lief mit der Pralinenschachtel zu Tom zurück. »Magst du auch welche?« Nur nicht schuldbewusst aussehen! Ich lächelte Tom an und hielt ihm die Schachtel unter die Nase.

»Nö«, sagte er, ohne mich anzusehen.

Ich setzte mich und griff wieder nach der Zeitung, die ich zuletzt in der Hand gehabt hatte. Falls die Pralinen wirklich von Christian waren, fühlte ich mich sehr geschmeichelt. Da normalerweise niemand Geschenke machte, ohne sich früher oder später zu erkennen zu geben, hoffte ich, den Absender noch ausfindig zu machen.

Ich überflog die Zeitung, bis ich zu der Seite mit den schwarz umrahmten Anzeigen gelangte. Und tatsächlich stieß ich auf das, was ich gesucht hatte: die Todesanzeige für Henrik Germann. Seine Beerdigung würde am Donnerstag stattfinden, also in zwei Tagen. Ich wollte unbedingt dabei sein und die Zeremonie beobachten, wenn auch aus sicherer Entfernung. Ich war ja mittlerweile als Ermittlerin schon einigermaßen erfahren, sodass ich wusste, dass man auf Beerdigungen immer interessante Beobachtungen machen oder hilfreiche Informationen abgreifen konnte. Und da ich in letzter Zeit viele Überstunden gemacht hatte, wäre es sicher kein Problem, mir einen halben Tag frei zu nehmen, um diese Gelegenheit zu nutzen. Ich lehnte mich selbstzufrieden zurück.

Tom unterbrach meine unhörbare Selbstbeweihräucherung. »Ich gehe noch mal kurz raus und schraube an meinem Motorrad.«

»Alles klar.« Auch wenn ich mit meinen Nachforschungen in Sachen Tattoo noch nicht weitergekommen war, so hoffte ich, doch wenigstens bei der Beerdigung in »meinem« Mordfall voranzukommen.

Tom verließ in Arbeitsklamotten das Haus, und ich nahm vor dem Fernseher Platz. Nach einer halben Stunde kam er schon wieder herein. Da er die Flurtür offengelassen hatte, erreichte mit seinem Eintreten auch ein Schwall Kälte meine Füße, und ich zog sie rasch auf die Couch.

»Hey, das ging ja schnell.«

»Ja, war keine große Sache. Hab nur den Vergaser besser eingestellt.«

Toms Wort in Gottes Ohr. Ich wusste noch nicht einmal, wo sich der Vergaser am Motorrad befand. Ich streckte meine Beine aus.

Tom drehte mir beim Ausziehen der Schuhe seine Kehrseite zu.

»Oh, Vorsicht, du hast ganz viele Steinchen auf dem Rücken! Bring mir bloß keinen Dreck rein!«

»Sei doch nicht so pienzig!« Tom trat noch einmal vor die Tür, zog sich die Jacke aus und schüttelte sie kräftig aus.

Beim Motorrad musste man sich nach meiner Vorstellung nicht hinlegen, wenn man daran herumschraubte, oder? Das kannte ich eigentlich nur von Autoreparaturen.

Tom kam zum zweiten Mal herein. »Was schaust du da?«, fragte er.

Tja, Männer schafften es einfach in jeder Situation, sich schmutzig zu machen.

»Bodyguard.« Ich richtete meine Augen wieder auf den Fernseher. »Guck doch mit.«

»Ist mir zu real«, murmelte Tom.

KAPITEL 4

Ich hatte mir für die Arbeit bereits dunkle Bekleidungsstücke ausgesucht, sodass ich direkt nach meinem halben Arbeitstag zu Germanns Beisetzung nach Nonrod fahren konnte. Laut der Traueranzeige fand die Urnenbeisetzung im Bestattungswald »12 Apostel« statt. Eine gewisse Anspannung hatte sich meiner bemächtigt, denn ich konnte so gar nicht einschätzen, was mich erwarten würde. Meine größte Sorge war, dass nur drei Angehörige bei der Trauerfeier erscheinen würden und ich somit wie ein bunter Hund auffiel.

Mit Tom hatte ich schon viele Ausflüge im Odenwald unternommen, doch in Nonrod war ich noch nie gewesen. Es ging eine ganze Weile steil bergauf, wobei die Straße teilweise so schmal war, dass ich ständig hoffen musste, keinen Gegenverkehr zu bekommen. Ganz oben auf der Anhöhe erreichte ich die »12 Apostel« genannte Baumgruppe aus zwölf Hainbuchen, die eine Ersatzpflanzung für andere, 1802 gesetzte Anpflanzungen darstellten. Hier war ein kleiner Rastplatz mit umwerfendem Rundumblick eingerichtet. Ich musste jedoch weiter und auf einen Schotterweg abbiegen, der mich Richtung Wald führte. Dort war gleich rechts im Wald ein Parkplatz ausgewiesen, und ich stellte mit Erleichterung fest, dass bereits mehrere Autos dort abgestellt worden waren. Der Bestattungswald lag direkt gegenüber. Er sah überhaupt nicht nach Friedhof aus, sondern die Anlage präsentierte sich sehr naturbelassen.

Seit ich mit dem Auto vorgefahren war, hielt ich nach dem Bärtigen Ausschau, der sich beim Halloweenfest mit Germann gestritten hatte. Nach einem Armtattoo brauchte ich erst gar nicht zu suchen, denn es war frisch heute und alle Trauergäste trugen Jacken oder zumindest ein langärmeliges Kostüm oder einen Anzug.

Der Himmel war bewölkt, und nur ab und zu kam die Sonne hindurch. Ich durchschritt aufmerksam den Eingang. Schon nach wenigen Metern traf man auf sechs Bänke, die im Halbkreis um einen riesigen Stein herum aufgestellt worden waren. Auf diesem stand ein Behälter, den ich als Urne identifizierte. Eine ausdrucksstarke Holzskulptur auf einem Steinsockel zeigte zwei Menschen als Halbfiguren, die sich in Trauer umarmten. Es war schon etwa ein Dutzend Trauergäste eingetroffen. Ich stellte mich hinter den Bänken auf, in der Hoffnung, bei den vor mir stattfindenden leisen Gesprächen der Sitzenden mithören zu können.

Zwei Männer unterhielten sich leise. »... beim DLR. Wenn die Drohne ...« »... nicht, wenn der Oktokopter später startet. Wir müssen den zeitlichen Versatz so gering wie möglich ...« Die Dame, die neben den beiden saß, hustete plötzlich fürchterlich. Ich strengte mich noch mehr an, um die beiden Männer weiter belauschen zu können.

»... mit dem Infrarot. Und wir müssen schauen, wie wir mit dem GPS zurechtkommen.«

Ich verstand nur Bahnhof. Wahrscheinlich redeten sie über irgendwelche beruflichen Belange, die gar nichts mit Germann zu tun hatten.

»Das sollten wir bei der nächsten Sitzung besprechen«, sagte einer der beiden. Der andere Mann gab ein zustimmendes Gemurmel von sich, während ich ein paar Meter zur Seite hinter die nächste Bank rückte.

Ich richtete nun meine Aufmerksamkeit auf ein Pärchen, das auf der Bank vor mir saß, aber sie schwiegen hartnäckig. Dann erschien auch schon der Redner.

Die nächste halbe Stunde stand ich mir ergebnislos die Beine in den Bauch. Es war ein offensichtlich professioneller Trauerredner bestellt worden, der einen Abriss von Germanns Leben gab. Er war gerade bei Germanns Heirat angelangt, als meine Nase einen starken Geruch von Rasierwasser wahrnahm und jemand von schräg hinten an mich herantrat.

»Hallo, Alex, welch Überraschung!« Er hatte seine Stimme gesenkt, aber ich erkannte ihn sofort.

Nur nicht ertappt aussehen! Ich drehte mich lächelnd um. »Hallo, Christian!«

Er stand ausgesprochen dicht hinter mir und hielt sein makelloses Gesicht an meines, um mir ins Ohr zu flüstern. »Was treibt dich denn hierher?«

Ich bemühte mich um eine ernste Miene. »Ich dachte, es hilft mir, die ganze Sache zu verarbeiten, wenn ich bei der Beerdigung dabei bin.«

Christian machte nun ebenfalls ein ernstes Gesicht und nickte.

»Und du?«

»Beruflich.«

Nicht, dass ich mir das nicht schon gedacht hätte. Ich wandte mich wieder nach vorne.

Seine Nähe machte mich etwas nervös. Deshalb fiel mir jetzt auch wieder die Pralinensendung ein. Ich hätte zu gerne gewusst, ob er der Absender war. Es sollte mir doch möglich sein, irgendwie von unserem Gesprächsthema zu dem unbekannten Schenker überzuleiten.

»Wenn mich etwas belastet, wie jetzt diese Sache mit Germann, dann esse ich immer besonders viel Schokolade«, flüsterte ich. »Es kam mir gerade recht, dass ich vorgestern Pralinen geschenkt bekommen habe. Allerdings trug die Lieferung keinen Absender, sodass ich gar nicht weiß, wem ich sie zu verdanken habe.« Ob das reichte, ihm eine Aussage zu entlocken?

Christian beugte sich wieder zu mir vor. »Da hat es wohl jemand sehr gut mit dir gemeint«, antwortete er leise.

Hm. Das konnte alles und nichts heißen.

Konnte ich ihm eventuell wenigstens zum Germann-Mordfall mehr Informationen aus der Nase ziehen? Vielleicht sollte ich ihn auf einen Kaffee einladen, um ihn dann unauffällig zu befragen?

Christian kam mir zuvor. Er beugte sich so dicht an mein Ohr, dass ich die Wärme spüren konnte, die von ihm ausging. »Darf ich dich im Anschluss zu einem Kaffee einladen?«, flüsterte er.

Ich zögerte zwei Sekunden, um mein breites Grinsen wieder zurückzufahren, dann drehte ich mich halb nach ihm um. »Sehr gerne!«

Den Rest der Rede verpasste ich mehr oder weniger. Mit Christians Atem in meinem Nacken bemühte ich mich, mich gedanklich auf das bevorstehende Kaffeetrinken vorzubereiten. Welche Informationen könnte Christian bereits haben, die mir weiterhelfen würden, und wie könnte ich sie ihm entlocken?

Schließlich kam Bewegung in die Trauergemeinde, und wir liefen alle langsam in den Wald hinein. Irgendwo in der Nähe wurde ein Motorrad gestartet, ansonsten hörte man nur die Vögel zwitschern und die Schritte der Menschen auf dem Waldboden. Ich überlegte, ob einer dieser Menschen Germanns Mörder war, und schaute sie mir noch einmal genauer an, aber der Bärtige, den ich suchte, war definitiv nicht dabei.

Wir hatten den Baum erreicht, unter dem Henrik Germann seine letzte Ruhe finden sollte. Die Scheibe eines Baumstamms wurde von einem kleinen Loch entfernt, in das nun die Urne versenkt wurde. Ich ließ meine Augen über die in einem Halbkreis um das Grabloch herum Stehenden wandern. Handelte es sich bei den etwa vierzig Trauergästen durchweg um Verwandte, oder hatte Germann auch einen großen Freundeskreis gehabt? Der Redner sprach noch ein paar wenige Worte, dann traten die Umstehenden einzeln vor und warfen Blumen auf die Urne. Die Erste, die vortrat, trug ein höchst elegantes Kostüm und versteckte ihr Gesicht hinter dem schwarzen Schleier, der von ihrem Hut herunterhing. Es handelte sich bestimmt um die engste Verwandte, denn seine Frau war ja schon vor einiger Zeit gestorben, wie mir Christian bei unserem ersten Treffen mitgeteilt hatte. Ich sah mir die Leute genau an und versuchte, mir ihre Gesichter einzuprägen. Christian beobachtete die Szenerie ebenfalls aufmerksam.

Als die Beerdigung vorüber war, liefen wir zu unseren Autos zurück. Vor meinem Auto blieben wir stehen.

»Wohin darf ich dich entführen?« Christian schaute mich an. Die Herbstsonne brach sich einen Weg durch das Blätterdach. Sie schien auf sein Gesicht, und seine blauen Augen leuchteten.

»Wie wäre es mit dem Café Riesinger in Beerfelden?« Ich konnte mich nicht daran erinnern, wann ich das letzte Mal einen derart gutaussehenden Mann kennengelernt hatte. Abgesehen von Tom natürlich.

»Dann bis gleich.« Christian lächelte.

»Hallo, ich suche einen Herrn Werkmann.« Ich hatte einen Menschen in der Pferdebox gesehen und fragte auf gut Glück.

»Sind Sie Frau König?« Sie war vielleicht Mitte zwanzig, hatte kurze, blonde Haare und ein verschmitztes Lächeln.

»Ja. Man hat mich wegen des Reitunterrichts in dieses Gebäude geschickt.«

»Dann sind Sie bei mir richtig. Ich bin Stella und helfe Ihnen, Ihr Pferd fertig zu machen. Herr Werkmann gibt Ihnen dann den Unterricht.«

»Oh, das ist nett. Ich heiße Alex.«

Stella nickte, öffnete die Tür der Pferdebox und kam mit dem Pferd heraus, das ruhig hinter ihr her schritt. Ganz schön groß, das Viech. Ich folgte den beiden aus der Stallung heraus.

»Die erfahreneren Reitschüler helfen den Neulingen immer mit den Pferden«, erklärte mir Stella. »Und abgesehen davon ist er auch mein Lieblingspferd.« Sie deutete mit dem Kopf hinter sich. »Wir gehen erst mal zum Putzplatz.«

Wir erreichten eine mit Gummimatten ausgelegte Fläche direkt neben einem anderen Gebäude. An der Wand waren metallene Ringe eingelassen und an einem dieser Ringe band Stella nun das Pferd fest. Neben uns stand eine Frau in etwa meinem Alter mit einer violetten Haarsträhne. Sie hantierte an einem Schimmel herum, trug höchst elegante Reitbekleidung und machte einen mächtig professionellen Eindruck. Aber Frau Trumpfheller sollte ja so um die fünfzig sein, von daher musste ich meine Augen weiter offenhalten.

»Als Erstes putzen wir ihn.« Stella holte ein Plastikteil aus einer Kiste. »Man nimmt den Striegel so und geht dann auf diese Weise übers Pferd.« Sie fing an, das Pferd in kreisenden Bewegungen abzubürsten. »Du darfst nicht über die knochigen Stellen gehen.«

»Wie heißt das Pferd eigentlich?« Ein bisschen Interesse sollte ich wahrscheinlich schon vortäuschen.

»Schnappi«, sagte Stella.

Oha, hoffentlich war der Name nicht Programm.

»Jetzt du.« Sie hielt mir den Striegel entgegen.

Ich nahm ihn wie angewiesen und trat einen Schritt näher. Hätte ich nur nicht nach dem Namen gefragt. Irgendwie sah das Tier jetzt auch etwas misstrauisch aus. Und es roch ganz schön.

»Nur ran an den Speck. Er tut nichts, solange du ihn nicht ärgerst.«

Ich legte den Striegel auf das Fell und bemühte mich, Stellas Bewegungen nachzuahmen. Ganz schön staubig, dieser Schnappi.

Eine junge Frau von Anfang zwanzig trat zu der Violetten neben uns. »Na, wie war's auf dem Turnier?«

»Nicht so doll. Er war wieder viel zu guckig. Zweimal verweigert. Wenn er nächstes Wochenende erneut solche Zicken macht, geht er weg. Oder gleich in die Wurst. Wer will so einen blöden Bock haben?«

»Oje, du Arme«, sagte die Junge. »Und wie hat Eva abgeschnitten? Die wollte doch die Kandaren-L mitreiten.«

»Sie hat sich wieder einen der hinteren Startplätze erschlichen, obwohl sie weit vorne hätte starten müssen. Die fährt mit ihrem Pferd gemütlich zum Turnier, ruft dann vom Parkplatz aus bei der Meldestelle an und behauptet unter Tränen, sie würde noch hier am Stall stehen und hätte ihr Pferd eben erst in den Hänger bekommen. Und sie hätte höchstens noch eine Chance, die Prüfung mitzureiten, wenn man sie ganz nach hinten setzt. Hat reibungslos geklappt. Die Richter sind nach hinten raus wie immer mit den Noten hochgegangen, und sie war platziert.«

»Guter Trick.« Die Junge überlegte. »Reitest du eigentlich beim Roggenkamp den Lehrgang mit?«

»Huch!« Ich sprang erschrocken zurück. Schnappi hatte seinen Kopf in meine Richtung geschwenkt, und ich meinte auch gehört zu haben, wie seine Zähne aufeinanderklackten. »Was war das?«

Stella griff Schnappi beim Halfter. »Er mag es nicht, wenn er am Bauch gekitzelt wird. Halt dich einfach aus der Schusslinie.«

Ich putzte vorsichtig weiter. »Habt ihr kein Pferd, das weniger kitzlig ist?«, fragte ich. Ich wollte schließlich nur etwas über Kerstin Trumpfheller herausfinden und nicht zwischen Schnappis Zähnen enden.

Stella lachte. »Beim Reiten ist Schnappi wirklich lieb. Die anderen können schon mal buckeln oder sonst irgendeinen Scheiß machen, im Vergleich dazu kannst du mit Schnappi ganz zufrieden sein.«

Ich setzte meine Schrubberei vorsichtig fort.

Die Violette legte mittlerweile den Sattel auf ihr Pferd. »... deswegen wollte ich ihn mal live beim Lehrgang erleben. Auch wenn er ein fürchterlicher Frauenheld sein soll.«

»Echt?« Die junge Frau machte große Augen. »Ich habe in der Pferde-Illu einen Bericht über ihn gelesen, da wurde seine langjährige glückliche Ehe hervorgehoben.«

»So ein Quatsch. Die Hannah hat doch mal in Dieburg einen Lehrgang bei ihm gehabt, da hat er mit der dortigen Reitlehrerin rumgeknutscht. Und Hannah wusste auch, dass er in anderen Ställen noch weitere Affären hatte. Gleichzeitig, versteht sich.«

»Ach. Die Hannah hatte ich damals nach dem Lehrgang gefragt und sie hat nur von den Springstunden berichtet. Anscheinend kriege ich immer nur die langweiligen Infos erzählt.« Die junge Frau schmollte.

Die Violette lachte und führte ihr Pferd vom Putzplatz. Die junge Frau folgte ihr.

Ich hatte Schnappi mittlerweile auf beiden Seiten abgebürstet.

»Sag mal, dieser Stall ist ja das reinste Sodom und Gomorrha: Pferde werden zu Wurst verarbeitet, beim Turnier wird betrogen und der Reitlehrer geht fremd. Ich dachte, das wäre hier ein ordentlicher Reitstall.«

»Ist doch in allen Ställen so.« Stella zeigte sich ungerührt und sprühte Schnappis Schweif mit einer Sprühflasche ein. »Hier. Bürste mal den Schweif mit dieser Bürste durch, ich bearbeite ihn parallel mit der Kardätsche. Mach mal ein bisschen Tempo, sonst werden wir nicht rechtzeitig fertig.«

Ich tat wie geheißen. Die Haut an meinen Händen fühlte sich durch das Sprühzeugs irgendwie pelzig an. Ich seufzte. Es wurde Zeit, dass ich für meinen Einsatz endlich ein paar Infos abgreifen konnte.

»Sag mal, reitet hier nicht auch Kerstin Trumpfheller?«

»Ja, Kerstin hat die Whoopi hier stehen, in dem Gebäude da drüben.« Stella zeigte mit dem Kopf in die Richtung. »Ein super Pferd. Ich durfte sie einmal warmreiten.« Stella bekam glänzende Augen.

»Vielleicht schaue ich sie mir nachher mal an.« Wobei man das »vielleicht« gerne durch ein »ganz bestimmt« ersetzen durfte.

»Hm, das wird eigentlich nicht so gerne gesehen, wenn die Schulreiter bei den Privatpferden rumlungern.« Stella hob Schnappi ein Bein hoch und kratzte den Huf aus.

»Was ist denn das für ein elitäres Kastendenken?« Ob Tom mich vor reitenden Snobs hatte warnen wollen? »Man wird doch wohl einfach mal gucken dürfen?«

Stella zuckte mit der Schulter. »Jedenfalls solltest du keinesfalls eines der Pferde füttern.«

»Nein, nein, habe ich gar nicht vor.« Mit schlechtem Gewissen fiel mir ein, dass ich selbst für mein heutiges Schulpferd kein Leckerli dabeihatte. Das hätte ich anstandshalber schon mitbringen müssen. Na ja, nächstes Mal.

Stella hatte mittlerweile einen Sattel von einer Halterung abgehoben und lief auf Schnappi zu, der anfing, sich hin und her zu drehen.

»Was hat er denn? Warum wird Schnappi so unruhig?«, fragte ich besorgt.

»Ach, der mag es nicht, wenn man ihm den Sattel auflegt. Er hat einen verspannten Rücken. Eigentlich müsste er mal eine Physiotherapie bekommen. Aber für die Schulpferde wird nicht so viel Geld ausgegeben. Die Physio beim Hofmann ist auch besonders teuer.« Sie legte den Sattel auf Schnappis Rücken. »Guck mal hier: Die Schulter muss frei bleiben, und den Sattel nie nach vorne schieben, sondern immer mit dem Fell von vorne nach hinten. Verstanden?«

Für ihr Alter hatte Stella einen ganz schönen Befehlston drauf. Ich nickte.

»Kerstin!«, rief es in einiger Entfernung. Mein Herzschlag beschleunigte sich und ich reckte meinen Kopf. Eine Frau Anfang fünfzig löste sich von der Umzäunung eines größeren Reitplatzes und hob die Hand.

»Ich komme!« Sie hatte eine ziemlich tiefe, fast kratzige Stimme für eine Frau. Dann verschwand sie in einer Stallung. Sie war von normaler Statur und hatte ihre halblangen, blonden Haare zu einem Haarknoten zusammengebunden.

»Hey«, sagte ich auf gut Glück, »das war doch Kerstin Trumpfheller, nicht wahr?«

Stella griff nach einem Haufen Lederriemen und nickte. »Ja, aber jetzt pass mal auf. Jetzt kommt die Trense dran: Strick vom Halfter lösen, Zügel über den Hals legen, dann erst das Halfter abmachen.«

So schnell konnte ich gar nicht gucken, wie Stella mit den ganzen Riemen und Verschlüssen hantierte. Ruckzuck hatte das Pferd die kompletten Lederriemen am Kopf. Hoffentlich würde ich Kerstin Trumpfheller nach der Reitstunde weiter beobachten können. Jedenfalls wusste ich jetzt schon mal, wie sie aussah.

»Hier.« Stella drückte mir die Zügel in die Hand. »Führe ihn mal da rüber zu dem Treppchen.«

Ha, endlich ging es ans Aufsitzen. Gleich würde ich elegant durch die Reitbahn fegen. Ich klopfte mir rasch den Staub aus den Klamotten, den Schnappi großzügig über mich verteilt hatte.

»So, wen haben wir denn hier?« Eine markige Stimme näherte sich mit festen Schritten, die den Sand unter den Füßen zum Knirschen brachten. Dahinter kleine Trippelschritte. Ich drehte mich um. Ein etwa fünfundvierzigjähriger, dunkelblonder Mann kam mit zwei jungen Mädels im Schlepptau auf mich zu. Sie mussten sich beeilen, um mit ihm Schritt zu halten, und warfen mir missmutige Blicke zu, offensichtlich, weil ich die Aufmerksamkeit des Mannes von ihnen fort auf mich gezogen hatte.

»Frau König? Ich bin Andreas Werkmann.« Wir schüttelten uns die Hände. Sehr schneidig. Unter Garantie hatte dieser Mann nicht nur unter den ganz jungen Reiterinnen seine Fans. Und vom Alter her würde er auch noch zu Frau Trumpfheller passen.

Er machte eine einladende Handbewegung. »Dann steigen Sie mal auf.«

Er gab mir einige Anweisungen, und schon hatte ich das Pferd erklommen. Ich saß höher, als ich gedacht hatte. Herr Werkmann schnallte eine lange Leine irgendwo an Schnappis Kopf fest, dann führte er ihn an. Es schaukelte ganz schön. Ich war doch froh, dass Herr Werkmann Schnappi festhielt. So langsam bekam ich eine Ahnung davon, welche Kräfte unter mir lauerten.

Zu meiner Enttäuschung führte Herr Werkmann Schnappi in eine kleine, kreisrunde Reitbahn, die er als Longierzirkel bezeichnete. Die beiden Mädels folgten uns giggelnd. Ich wäre eigentlich lieber auf einem richtigen Reitplatz geritten oder gleich über eine Wiese galoppiert, aber andererseits, jetzt wo Schnappi so fürchterlich unter mir wackelte und ich realisierte, wie wenig Halt ich auf dem Pferderücken hatte, war ich doch recht froh, dass Herr Werkmann es langsam angehen ließ.

Schnappis Zügel wurden irgendwie verknotet, dann lief er um Herrn Werkmann herum im Kreis. Leider entsprach dies kaum meiner Vorstellung vom Reiten, sondern erinnerte mich eher an das Kinderponyreiten auf dem Weihnachtsmarkt in meiner Heimat Hamburg.

»Lassen Sie mal Ihre Beine völlig entspannt herunterhängen. Weiteratmen! Immer locker mit der Bewegung mitgehen. Aber nicht in der Hüfte einknicken!«

Irgendwie schien der Befehlston hier groß in Mode zu sein. Der Sattel drückte an meinen Knien und Schnappi und das Lederzeug müffelten. Vielleicht war die Idee mit den Reitstunden doch nicht so gut gewesen.

Herr Werkmann hob leicht eine lange Peitsche an und Schnappi bewegte sich etwas schneller. »Die Hüfte nicht nach hinten kippen lassen, schön den Oberkörper aufrichten! So ist es besser! Jetzt stehen Sie mal in den Bügeln auf. Wir üben das Leichttraben erst mal im Schritt.«

Herr Werkmann ließ mich wiederholt aufstehen und wieder hinsetzen. Schnappi zog stur seine Kreise, die Mädels am Rand kicherten vor sich hin und meine Knie fingen an zu schmerzen. Allmählich sehnte ich das Ende der Reitstunde herbei.

»Okay«, sagte Herr Werkmann schließlich und hob, wie mir schien, mit einem sadistischen Grinsen die Peitsche an, »dann wollen wir mal traben.«

»Was machst du hier draußen?«, fragte Tom, kaum dass er die Terrassentür geöffnet hatte.

»Ich wollte die stinkigen Reitsachen hier ausziehen und auslüften lassen, aber ich kriege die Stiefel nicht herunter. Ich bin so verschwitzt, dass sich die Füße in den Gummistiefeln festgesaugt haben. Jetzt weiß ich, wie sich Spiderman fühlen muss.«

Tom schaute konsterniert. »Hast du keinen Stiefelknecht?«

»Nein, die Verkäuferin im Reitsportgeschäft hat mir zwar zugegebenermaßen einen empfohlen, aber es war sowieso schon alles so teuer, und da dachte ich, es geht auch ohne.«

Tom seufzte. »Setz dich mal auf den Terrassenstuhl.«

Ich tat wie geheißen, und Tom drehte mir den Rücken zu.

»Jetzt gib mir ein Bein.« Er griff durch seine eigenen Beine hindurch nach meinem Stiefel. »Mit dem anderen Fuß musst du dich gegen meinen Po stemmen.«

Wir zogen und drückten gleichzeitig, und tatsächlich rutschte mein Fuß quietschend aus dem Reitstiefel. »Ich wollte dir schon immer mal kräftig in den Hintern treten«, frotzelte ich. »Woher kennst du diesen Kniff?«

»Anderes Bein«, befahl Tom. »Ich bin früher selbst mal geritten.« Er griff nach meinem Stiefel.

»Was? Und das erzählst du mir erst jetzt?« Ich setzte meinen unbeschuhten Fuß auf Toms Po und drückte dagegen.

»Du hast mich nie gefragt.«

»Hätte mich aber sehr interessiert.« Mein zweiter Fuß kam

frei. Ich zog die Reithose und die Jacke aus und hängte sie über den Terrassenstuhl. Dann folgte ich Tom ins Wohnzimmer und ließ mich auf die Couch fallen. »Ich bin platt.«

Tom lachte mitleidslos.

»Das war voll anstrengend!«, beschwerte ich mich. »Der Reitlehrer hat nur Befehle erteilt, wie ein General. Und dauernd dackelten ihm so junge Gören hinterher und himmelten ihn an. Das heißt, ich hoffe, dass sie wegen ihm immer derart kindisch gekichert haben und nicht, weil ich mich blöd angestellt habe.« Okay, ich durfte nicht zu viel jammern, sonst würde Tom sich fragen, warum ich mir das überhaupt antat. Denn leider war meine Mission im Stall noch lange nicht beendet. Von Karin Trumpfheller hatte ich nach der Reitstunde nichts mehr gesehen, außer ihrem Pferd in der Box, und das war nicht gerade besonders gesprächig gewesen.

»Aber mein Pferd war eigentlich ganz nett. Er heißt Schnappi. Und stell dir vor, er hat tatsächlich beim Putzen nach mir geschnappt!«

»Nun, die Finger sind offensichtlich noch alle dran«, kommentierte Tom ungerührt.

»Wusstest du, dass es Physiotherapie für Pferde gibt? Verrückt, oder?«

Tom zeigte sich unbeeindruckt.

»Jetzt erzähl du doch mal, was hattest du früher für ein Pferd?«

»Kein eigenes. Ein Freund von mir hatte ein paar Ponys, das heißt, seine Eltern hatten einen kleinen Reitbetrieb. Wir durften uns die Ponys manchmal ausleihen und sind zusammen ausgeritten. Das war eine lustige Truppe. Der Hofhund kam auch jedes Mal mit und manchmal auch der hofeigene Ziegenbock. Den haben wir im Galopp aber immer abgehängt.« Tom lachte.

»Das hört sich sehr lustig an. Leider durfte ich heute ausnahmslos im Kreis reiten und ich bin auch nur wenige Male getrabt.«

»Ja, diese modernen Reitställe sind nicht jedermanns Sache.«

»Dabei war es dort gar nicht so vornehm, wie du meintest. Wo ich mein Auto geparkt hatte, bin ich anscheinend durch eine Pfütze gefahren. Jetzt habe ich riesige Dreckspritzer vorne links hinter dem Radkasten. Ich glaube, morgen fahre ich mal durch die Waschanlage.«

Tom hob die Hand, wie wenn er sich durch die Haare fahren wollte, dann kratzte er sich aber an der Stirn. »Ja, so eine Wäsche ist ab und zu ganz gut für den Lack. Aber mach bloß keine Unterbodenwäsche, der Dreck von unten schützt gegen Rost.« Tom griff nach einer Zeitschrift.

»Nein, hatte ich auch nicht vor.« Ich stand ächzend auf. »Ich lege mich in die Badewanne. Sonst bekomme ich bestimmt einen schlimmen Muskelkater.«

Tom schlug die Zeitschrift auf und verschwand dahinter. »Den kriegst du sowieso.«

»Dankeschön.« Ich stellte die Kaffeetasse, die mir Herbert gerade gefüllt hatte, wieder ab. »Das ist übrigens ein sehr schönes Kaffeegeschirr.«

»Oh, vielen Dank.« Hedi lächelte. »Das haben wir uns damals zu unserem fünften Hochzeitstag geleistet. Es ist noch völlig intakt!«

»Würde bei Ebay sicher eine Menge Geld einbringen«, sagte Herbert und blinzelte mir verschwörerisch zu, bevor er Hedis Tasse füllte.

»Untersteh dich, Herbert Pfeiffer!« Hedi schaute ihn entrüstet an. »Doch nicht unser bestes Service!«

»Das meinte er sicher nur im Spaß«, beschwichtigte ich sie.

Herbert schenkte sich selbst Kaffee ein und setzte sich. Wir begannen zu essen.

»Eure Wohnung ist richtig schön geworden. Als ich das letzte Mal hier war, standen ja noch so viele Kisten wild herum.«

»Ja, wir sind auch sehr zufrieden mit unserer neuen Bleibe. Herbert hat gestern die letzte Lampe installiert, jetzt sind wir wirklich fix und fertig.«

»Und diese Schwarzwälder Kirschtorte schmeckt einfach himmlisch. Besser als beim Riesinger.«

Herbert lächelte schelmisch. »Das ist kaum möglich, denn diese Torte ist vom Riesinger.«

»Oh, na ja, dann passt es ja.« Ich schob mir genussvoll das nächste Stück Torte in den Mund.

»Man hat dich übrigens vorgestern beim Riesinger gesehen. Mit einem anderen Mann.« Herbert schaute mich über den Rand seiner Brille prüfend an.

»Herbert«, empörte sich Hedi, »ich hatte dich doch ausdrücklich gebeten, dieses Thema nicht anzusprechen. Es geht uns schließlich nichts an, mit wem Alex sich trifft.«

Ich schluckte rasch meine Torte herunter. »Oh, das macht überhaupt nichts«, wiegelte ich ab. »Das war einfach ein Bekannter«, erläuterte ich so unbeschwert wie möglich. »Aber offensichtlich seid ihr in eurem neuen Wohnort schon dermaßen gut integriert, dass ihr über den Dorfklatsch bestens Bescheid wisst.«

Herbert schaute mich weiterhin über den Rand seiner Brille an und kaute schweigend, während Hedi geschäftig in ihrer Torte herumstocherte, ohne aufzusehen.

»Okay«, sagte ich seufzend, »also es war ein Darmstädter Kollege von Tom. Er ermittelt in dem Mord, der am Halloweenfest in der Burg Frankenstein geschehen ist. Es interessiert mich einfach, warum dieser Germann dort sterben musste.«

»Wusste ich es doch!« Hedi blickte Herbert triumphierend an. »Hab ich nicht gesagt, Alex wird es sich nicht nehmen lassen, diesen Mordfall aufzuklären, wenn sie schon unglückseligerweise die Leiche entdeckt hat. Und du hast tatsächlich gedacht, es handele sich um diesen Tattoo-Mann.« Hedi schüttelte den Kopf.

Herbert hatte sich ein Stück seiner Torte auf die Gabel geschoben und hielt auf halbem Weg zum Mund inne. »Und was sagt Tom zu deinen Recherchen?«

»Erst mal gar nichts, denn es ist ja schließlich nicht sein Mordfall. Es wäre schön, wenn er es auch nicht von euch erfährt. Außerdem hatte ich ihm schon vor langer Zeit versprochen, dass ich keine gefährlichen Sachen mehr mache. Mache ich auch nicht. Ich höre mich nur ein wenig um. Auch bei Christian.« Ich machte eine wegwerfende Handbewegung.

»Bei wem?«, fragte Hedi.

»Christian von Bahlsen, so heißt der Darmstädter Ermittler.«

»Und was hat er erzählt?« Hedi vergaß vor Aufregung zu essen.

Ich spielte mit meiner Gabel. »Leider herzlich wenig. Ich war zuvor auf Germanns Beerdigung, aber dort gab es auch keine neuen Erkenntnisse für mich. Die Trauergäste haben sich nicht über Germann ausgelassen. Zwei Männer haben sich über berufliche Dinge unterhalten, über eine Drohne, DRL oder so eine Abkürzung ... und einen Oktopus. Aber keiner hat über Germanns Probleme oder Schwierigkeiten mit anderen Menschen berichtet, was mich möglicherweise in dem Mordfall hätte weiterbringen können.« Ich seufzte. »Christian war bei seiner Zeugenbefragung auch irgendwie redseliger als vorgestern.« Ich berichtete alles, was ich über Germann wusste. Hedi und Herbert lauschten gespannt.

»Nun, und vorgestern habe ich Christian auf die große Zahl

an Trauergästen angesprochen, da meinte er nur, dass Germann Mitglied in einem Verein war und wahrscheinlich die meisten Menschen auf der Beerdigung von dort kamen. Aber ansonsten hat Christian nichts erzählt, und ich konnte ihn auch schlecht fragen, weil meine Recherchen dann zu offensichtlich geworden wären. Wir haben hauptsächlich über meine bevorstehende Reitstunde geredet.«

»Was, reiten tust du auch noch?« Hedi machte große Augen.

»Na ja, ich habe gestern damit angefangen. Jetzt habe ich einen höllischen Muskelkater an der Innenseite der Oberschenkel, und die Innenseiten meiner Knie sind auch wundgerieben.«

»Und das macht Spaß?« Hedi griff nach ihrer Tasse, ohne die Augen von mir zu lassen.

»Nein, ehrlich gesagt weniger, aber ich wollte gerne ... Also in Toms aktuellem Mordfall macht die Witwe einen verdächtigen Eindruck auf Tom, aber er kann ihr nichts nachweisen, deshalb wollte ich ihr mal auf den Zahn fühlen. Sie hat ein Pferd im Eichenstall stehen«, gestand ich.

Herbert setzte seine Tasse geräuschvoll ab und blickte nun seinerseits triumphierend auf Hedi. »Und was habe ICH gesagt? Wetten, dass Alex in Toms Fall recherchiert!«

»Wie aufregend!«, rief Hedi und hielt mir den vollbeladenen Tortenheber vor die Nase. »Noch ein Stück Torte, Alex?«

KAPITEL 5

Mit Entsetzen starrte ich auf die Blumen in meiner Hand. Ich würde Tom unmöglich verkaufen können, dass diese ebenfalls, wie die Pralinen, von Verena kamen. Konnte ich die Blumen einfach draußen in den Mülleimer werfen und später nachsehen, von wem sie waren? Natürlich nicht. Im Wohnzimmer verstand man jedes Wort, das an der Tür gesprochen wurde, und auch Tom brachte zuweilen den Müll raus.

»Hm.« Der Lieferant räusperte sich. »Wenn Sie bitte hier unterschreiben könnten«, wiederholte er seine Aufforderung.

»Äh, ja, Entschuldigung.« Ich klemmte mir den Strauß vorsichtig unter den Arm und unterschrieb. Der Lieferant drehte sich grußlos um und stieg in sein Auto. Ich schloss langsam die Tür. Es war mir wohl bewusst, dass Tom, der hinter mir im Wohnzimmer saß, jede meiner Bewegungen sehen konnte. Ich musste mir jetzt schnell etwas einfallen lassen, ohne mich verdächtig zu verhalten.

Als ich mich umdrehte, hing Tom unverändert über dem Laptop.

Ich entschied mich erst einmal für die Flucht nach vorne. »Guck mal«, rief ich fröhlich, »ich habe Blumen bekommen.«

»Hab ich einen runden Geburtstag verpasst?«, fragte Tom, ohne aufzusehen.

»Falls du den Dreißigsten meinst, danke ich dir für das Kompliment«, antwortete ich spitz und lief in die Küche. Dort legte ich den Strauß auf der Arbeitsplatte ab und griff rasch nach der Karte. Sie war kaum größer als eine Visitenkarte. Vorne auf der Karte stand »Für Alex«. Ich drehte sie um in der Erwartung, dass Christian auf der Rückseite unterschrieben hätte. Hastig las ich den Text durch.

Bin nächsten Sonntag in deiner Nähe, wollen wir uns treffen?
01713927849 Markus

Verblüfft ließ ich die Karte sinken. Mein Ex wollte mich besuchen? Eigentlich sprach nichts dagegen, allerdings wusste ich instinktiv, dass Tom bei dieser Nachricht nicht in Freudentaumel verfallen würde. Außerdem überraschte es mich, dass die Blumen nicht von Christian kamen. Aber auch diese Variante war nichts für Toms Seelenfrieden.

»Von wem sind sie?«, fragte Tom aus dem Wohnzimmer.

Ich bekam einen leichten Schweißausbruch. Im Küchenmülleimer würde Tom die Karte mit Leichtigkeit finden. Sollte ich sie wie im Film aufessen und herunterschlucken? Nein, ich hatte eine bessere Idee.

Ich ging bis zur Küchenschiebetür und hielt die Karte hoch. »Guck mal, Tom, hier steht nur ›Für Alex‹ drauf.« Ich zeigte ihm die Vorderseite der Karte. »Ob ich erneut einen heimlichen Verehrer habe, wie damals Stefan Kauer?«

Tom blickte nur kurz auf, dann sah er wieder auf den Bildschirm. »Zeig mir, wo er ist, und ich breche ihm alle Knochen«, knurrte er, wobei seinen Mund ein leichtes Lächeln umspielte.

»Jetzt sei doch nicht so.« Ich ging wieder in die Küche und

steckte die Karte hastig in meine Geldbörse. Dann holte ich die Vase aus dem Küchenschrank und ließ sie voll Wasser laufen.

Warum wollte sich Markus überhaupt mit mir treffen? Ob er mir auch die Pralinen geschickt hatte? Vielleicht hatte er eine sentimentale Phase. Seit unserer Trennung hatten wir keinen Kontakt mehr gehabt. Wir hatten uns nicht gestritten und ich trug ihm nichts nach, auch wenn er derjenige gewesen war, der den Schlussstrich gezogen hatte. Ich wusste selbst, dass wir uns auseinandergelebt hatten. Jetzt, wo ich mit Tom zusammen war, schien mir dieser Lebensabschnitt kurz und unbedeutend. Doch ein wenig neugierig war ich schon. Wie hatte er sich in den letzten eineinhalb Jahren entwickelt, und würde ich ihn heute mit anderen Augen sehen, nun, da ich eine wirklich glückliche Beziehung leben durfte? Aber falls ich mich mit ihm traf, sollte Tom sich keine Sorgen deswegen machen. Ich erinnerte mich nur zu gut, wie ich auf seine Treffen mit einer seiner Ex-Freundinnen reagiert hatte.

Ich stellte das Wasser ab und die Blumen in die Vase. Dann lief ich damit hinüber ins Wohnzimmer.

Ich würde Markus anrufen, mich kurz mit ihm treffen, und das war's. Ein bisschen interessierte mich schon, wie es ihm und unserem damaligen Freundeskreis, zu dem ich keinen Kontakt mehr hatte, in der Zwischenzeit ergangen war.

Ich stellte die Vase auf den Couchtisch. »So sehen sie doch ganz gut aus, oder?«

Tom lehnte sich zurück, breitete seine Arme auf der Rückenlehne der Couch aus und betrachtete das Arrangement mit zusammengekniffenen Augen. »Ja«, antwortete er zu meinem Erstaunen. »Könnten glatt von mir sein.«

Da nach vielen grauen Herbsttagen heute endlich mal wieder

ganztägig die Sonne scheinen sollte, hatten Tom und ich spontan beschlossen, einen Ausflug zur Veste Otzberg zu machen. Bei dem schönen Wetter war die Fahrt mit dem Motorrad selbst schon ein Genuss. Wir fuhren über die B45 nach Norden und bogen dann bei Höchst in Richtung Otzberg ab. Unser Ausflugsziel lag im Ortsteil Hering, und da Tom die Veste bereits kannte, parkte er das Motorrad an der Ecke der Straßen »Zum Bergfried« und »Im Finkenhäuschen«. Von dort waren es nur wenige Meter zum Beginn eines schönen Fußwegs, der hoch zur Veste führte. Wir nahmen uns bei den Händen und schnauften, während wir bergauf liefen, vorbei an der beeindruckend wehrhaften, teils bewachsenen Ummauerung der Veste.

»Guck mal, selbst in der heutigen Zeit wäre es unheimlich schwierig, diese Mauern zu überwinden.« Ich blickte nach oben.

Tom nickte. »Das ist nur die Mauer des Zwingers«, erklärte er. »Die Innenburg verfügt über eine eigene Mauer, beziehungsweise teilweise fungieren die Außenseiten der Gebäude als solche.«

Wir erreichten zwei überdimensionale Steinpfosten, die die letzten Meter zum Torhaus markierten. Links von ihnen erregte ein aus dem Boden kommendes, gebogenes Rohrende mit nebenstehendem Schild meine Aufmerksamkeit.

»Saugstelle«, las ich laut vor und kicherte. Tom lachte ebenfalls.

Als wir fast den Eingang zum Torhaus erreicht hatten, hörte ich hinter uns Gelächter. Eine Gruppe von vier jungen Leuten um die zwanzig schaute ebenfalls auf die Saugstelle.

Tom drehte sich um. »Komisch«, sagte er laut, »jeder lacht, aber keiner weiß, warum«, woraufhin die jungen Leute erneut lachten.

Beim Durchschreiten des Torhauses stieg mir ein unangenehmer Geruch in die Nase.

»Riechst du das auch?«

Wir erreichten den Innenhof und der Gestank ließ immer noch nicht nach.

Tom rümpfte die Nase. »Die scheinen hier ein Problem mit ihrer Abwasserleitung zu haben.«

»Kann sein ... Ich hab's! Die Burg ist nicht am öffentlichen Abwassersystem angeschlossen, sondern die Abwässer werden in eine Grube geleitet, und zum Aussaugen dieser Grube ist die Saugstelle vor dem Eingang da.«

»Das ist mir klar«, antwortete Tom, »aber eine undichte Stelle haben sie meiner Ansicht nach trotzdem.«

Schade, ich hatte gedacht, ich könnte Tom mit meiner Kombinationsgabe beeindrucken. Wir besichtigten das Brunnenhaus, dann zog ich Tom weiter ins Innere der Burg und der üble Geruch ließ langsam nach.

Links vom Kommandantenhaus, in dem jetzt ein Restaurant untergebracht war, konnte man eine kleine Treppe erklimmen und hatte über eine niedrige Mauer einen sehr malerischen Ausblick auf das hügelige Odenwälder Gelände. Die Bäume trugen noch genügend verfärbte Blätter, um durch die bunte Landschaft eine schöne Herbststimmung zu erzeugen. Die Sonne warf abwechselnd Licht und Schatten auf die ihr zu- und abgewandten Seiten der Berge. Ich schoss einige Fotos mit Tom im Vordergrund, der allerdings nicht in die Kamera blickte. Dafür empfand ich sein Gesicht von schräg hinten als künstlerisch wertvoll.

Nachdem ich die Fotos geknipst hatte, lehnte ich mich neben ihm über die Eisenstange, die die Mauer auf deutsche Sicherheitsnormmaße erhöhte und die Besucher der Veste vor dem Sturz in die Tiefe bewahren sollte.

»Sag mal, Maren kommt mir in letzter Zeit etwas bedrückt vor, und du hast gestern auch so ein ernstes Gesicht gemacht, als ich vom Kaffeetrinken bei Hedi und Herbert zurückkam. Du wolltest doch währenddessen bei ihr vorbeischauen? Ich muss es nicht wissen, wenn deine Schwester nur dir etwas anvertrauen möchte, aber wenn sie ein Problem hat, würde mich doch interessieren, ob ich irgendwie helfen kann.«

Tom blickte weiter in die Ferne. »Sie hat mich aus verständlichem Grund gebeten, es nicht weiterzuerzählen, aber damit dachte sie sicher nicht an dich oder unsere Eltern.« Tom schaute mir kurz ins Gesicht und grinste ein wenig. Dann sagte er leise: »Die Hessenstubb hat ein Mäuseproblem.«

»Was?« Ich richtete mich auf. »Das ist ja übel. Wie konnte das nur passieren? Mir kommt Marens Küche immer tipptopp gepflegt vor.«

»Ja, es liegt mit an Sicherheit grenzender Wahrscheinlichkeit auch nicht an ihr.« Tom rieb sich die Hände und betrachtete sie dabei. »Sowohl ich als auch Guido haben in den letzten Wochen die gesamte Kneipe auf den Kopf gestellt, um zu prüfen, ob es irgendwo ein Schlupfloch für Mäuse gibt.« Tom schüttelte den Kopf. »Fehlanzeige. Wir haben selbst die Abwasserleitungen auf offene Stellen untersucht. Kabelschächte. Lüftungsschächte. Kamine. Ich kann dir gar nicht sagen, an was für verrückten Stellen wir überall nachgesehen haben. Das Gebäude hat definitiv keine Schwachstelle.«

»Oje. Na ja, es heißt ja immer, im Herbst drängt das Ungeziefer ins Warme.« Ich überlegte. »Und wenn die Maus einfach mit einem Gast zusammen die Kneipe betreten hat? Oder sie rennt ins Haus, wenn Maren die Hintertür öffnet? Oder sie kommt durch ein gekipptes Fenster?«

Tom schüttelte wieder den Kopf. »Das haben sie und Guido alles überprüft. Die Hintertür wurde niemals offen stehen gelassen. Gelüftet wurde nur noch, wenn einer das Fenster durchgängig beobachtete.«

»Und die Eingangstür? Da könnte die Maus doch mal mit durchgeflutscht sein, oder nicht?«

Tom sah mich an. »Leider handelt es sich nicht nur um eine Maus ...«

»Oh.« Das klang seltsam. »Hast du eine Zahl für mich?«

»So etwa acht oder neun.«

So ein Mist.

»Der Bereich vor der Tür ist ja großzügig gepflastert, und dann kommt gleich die Straße, ich halte es für unwahrscheinlich, dass die Mäuse von dieser Seite einfallen. Und hinten rum haben wir selbst im weiteren Umkreis keine Mäuselöcher gefunden.«

Ich drehte mich um und stützte den Po auf der Mauer ab. »Mir schwant Übles.«

»Ja, wir sind auch der Ansicht, dass ihr jemand mit Absicht die Mäuse ins Haus bringt. Glücklicherweise lassen sie sich selten sehen, solange die Kneipe voll ist. Maren hat mal eine ...«

Ein Besucherpärchen hatte die Treppe bestiegen und blickte neben uns in die Ferne. Tom wartete, bis sie wieder die Treppe hinabgegangen waren und sich entfernt hatten.

»Sie hat mal eine zwischen den Füßen der Gäste hindurchflitzen sehen, bis sie sich unter einem Schrank verkrochen hat, und das hat zum Glück keiner außer ihr gemerkt, aber das ist natürlich kein Dauerzustand. Irgendwann fällt es doch jemandem auf, und dann ist der Ruf ruiniert. Was allerdings fast das noch größere Problem ist ...« Tom drehte sich zu mir um. »Die Hinterlassenschaften der Mäuse befinden sich quasi überall. Maren putzt natürlich alles sofort weg, aber wenn sie etwas übersehen und ausgerechnet dann eine unangekündigte Lebensmittelkontrolle stattfinden würde, hätte sie ein Problem.«

»Kann sie die Mäuse nicht mit Fallen wegfangen?«

»Das tut sie bereits. Aber nicht jede Maus tapst innerhalb weniger Stunden in eine Falle. Manchmal dauert es zwei, drei Tage, bis die Maus gefangen ist. Und es ist natürlich recht aufwendig, jeden Abend, wenn der letzte Gast gegangen ist, alle Fallen aufzustellen, und sie am nächsten Tag wieder einzusammeln, bevor die Gäste kommen. Der Käse in den Fallen muss auch erneuert werden, bevor er schlecht wird und anfängt zu stinken.«

»Ach du Schande, das ist ja wirklich vertrackt.«

Tom nickte. »Nun, es gibt Schlimmeres. Frauen haben natürlich schnell Angst vor Mäusen ...«

Ich drehte mich zu Tom, um ihn besser anschauen zu können. »Das hat doch damit nichts zu tun! Maren hat einen Ruf als Geschäftsfrau zu verlieren. Hat sie denn einen Verdacht, wer ihr die Mäuse einschleust?«

»Es gibt durchaus den einen oder anderen Kandidaten. Es muss ja jemand sein, der auch in der Kneipe ein und aus geht, sonst hätte er nicht so viele Mäuse platzieren können. Die scheinen nämlich nicht alle auf einmal freigelassen worden zu sein, sondern alle paar Tage immer mal wieder eine, so wie es aussieht. Und da die Mäuse nicht sofort bei Maren vorbeischauen und hallo sagen, sondern das Problem oft erst mit Verzögerung sichtbar wird, ist es schwierig zu bestimmen, an welchem Tag genau die Maus jeweils in der Kneipe freigelassen wurde.« Tom griff mit beiden Händen an die Eisenstange, als wenn er daran rütteln wollte.

»Und was habt ihr jetzt vor?«

»Guido hat sich die Kandidaten vorgeknöpft. Er hat mit allen geredet und versucht herauszufinden, wer der Urheber der Misere sein könnte. Da sie alle Maren nicht so wohlgesonnen sind, wollte er selbstverständlich nicht direkt das Mäuseproblem offenbaren, und dadurch ist bei den Gesprächen nicht viel rumgekommen.« Tom schlug mit beiden Händen auf die Stange.

»Das tut mir sehr leid.«

»Es ist kein Drama.« Tom sah mich an und grinste. »Mäuse kommen in den besten Familien vor.«

»Na ja, aber wenn man sie absichtlich ins Haus gesetzt bekommt, ist es schon eine Schweinerei.«

Nachdem wir uns noch eine Weile umgesehen hatten, stiegen wir die kleine Treppe wieder hinab und besichtigten die nebenliegenden Mauerreste.

»Das hier war einmal eine Kemenate.« Tom zeigte auf die Fläche innerhalb der Mauerteile. »Später wurde sie als Kaserne genutzt.«

»Ich würde gerne durch die verbliebenen Fenster schauen.«

»Sei vorsichtig.« Tom lief hinter mir her.

Die zur Außenseite der Burg zeigende Mauer der Kemenate war am besten erhalten und vielleicht sogar restauriert worden. Sie war zwei Stockwerke hoch und hatte Fenster in jedem Stockwerk. Etwa einen Meter über dem Boden verlief ein kleiner, hervorstehender Mauerabsatz. Ich näherte mich von der linken Seite, wo eine geeignete Stelle war, über die man auf den Absatz klettern konnte. Meine Füße fanden kaum Platz, aber ich hielt mich an hervorstehenden Steinen fest und balancierte auf dem Mauerabsatz entlang bis zum ersten Fensterausschnitt und schaute durch die Gitterstäbe hindurch. Als ich mich umdrehte, stand Tom schräg unter mir und hielt sein Handy in der Hand.

»Bleib stehen, ich mache ein Foto!«

Ich nahm ein paar Posen ein und Tom knipste mehrere Bilder. Dann reichte er mir die Hand und half mir, von dem Mauerabsatz herunterzuspringen.

»Lass uns den Turm besteigen, okay?« Ich schaute den weiß

getünchten Bergfried entlang bis ganz nach oben. »Was denkst du, wie groß er ist?«

Tom sah ebenfalls nach oben. »Ich schätze, etwa fünfzehn Meter. Man nennt ihn auch ›die weiße Rübe‹.«

»Mich erinnert er eher an eine weiß gestrichene Cola-Dose.« Ich lief zum Eingang. Einem kurzen engen Flur folgte eine sehr schmale Holztreppe, von der gerade mehrere andere Besucher heruntergestiegen kamen. Ich blieb seitlich am Eingang stehen und ließ sie vorbei. Sie bedankten sich mit einem Kopfnicken. Dann betrat ich den Turm.

»Diese Treppe ist ganz schön steil.« Ich stieg die ersten Stufen hinauf. Man musste seine Füße mit Bedacht setzen. Irgendwie hatte ich auch das Gefühl, den Kopf einziehen zu müssen. »Ist das auch nicht zu eng für dich?«

»Geht schon«, brummte Tom.

Ich konnte mich nicht umsehen, um zu überprüfen, wie Tom den Aufstieg meisterte, da ich selbst auf meine Schritte achten musste. Außerdem war ich darauf gefasst, plötzlich auf Gegenverkehr zu stoßen, was bedeutet hätte, dass eine von beiden Parteien den Rückzug hätte antreten müssen. »Also wenn du hier früher feindliche Truppen vom Aufstieg hast abhalten wollen, hattest du gute Karten. Du musstest einfach von oben eins auf die Mütze austeilen.« Ich lachte.

Auf halber Strecke waren zwei Fensteröffnungen in den Turm eingelassen. Vom Treppenhaus lief ich noch etwa zwei Meter bis zur vergitterten Öffnung. Bevor ich hinausblickte, drehte ich mich noch einmal zu Tom um. »Ist es nicht erstaunlich, wie dick die Wände des Turms sind? Ich musste mehrere Schritte machen, bis ich von der Treppe zum Fenster gelaufen bin. Und ich kann aufrecht stehen.«

»Schön für dich«, sagte Tom, der sich gerade leicht gebückt durch die andere Fensternische vorhangelte.

Ich wandte mich wieder zur Öffnung um. Im Treppenhaus hatte ich die Orientierung verloren, aber nun konnte ich über die Kemenate und die kleine Treppe neben dem Restaurant hinaus in die Ferne schauen. Wir hatten genau den richtigen Tag für unseren Ausflug gewählt, das strahlende Wetter ermöglichte einen fantastischen Fernblick. Allerdings zog der Wind eiskalt durch die Öffnung, und ich meinte, sogar sein Heulen zu vernehmen.

Ich tauschte mit Tom die Plätze. Die andere Fensteröffnung war mit einem Rundbogen angelegt und wies in Richtung Haupttor und Brunnen. Ich ließ mir eine Weile die Haare zerzausen und erfreute mich am Ausblick.

Ein Vater und sein etwa fünfjähriger Sohn waren hinter mir im Treppenhaus zu vernehmen. Sie warteten auf dem Treppenabsatz, bis Tom und ich die Fensternischen geräumt hatten. Wir setzten unseren Aufstieg fort. Die Treppe verjüngte sich nun in nahezu beängstigender Weise.

Tom schien ähnliche Gedanken wie ich zu haben. »Das wäre eine gute Kulisse für einen Horrorfilm. Die Treppe wird enger und enger, und irgendwann merken die Protagonisten, dass die Wände sich auf sie zubewegen, wie in dieser Müllschacht-Szene in Star Wars. Sie drehen um und versuchen verzweifelt, der Treppe zu entrinnen, bevor sie zerquetscht werden …«

»Hör auf …«

»… aber sie schaffen es nicht!« Tom kniff mir in den Po und lachte.

»Tom! Mach mir keine Angst!« Ich hüpfte die letzten Stufen rasch nach oben. Endlich Platz und frische Luft! Ich lief sofort zur Mauerumrandung und sah über das Kommandantenhaus hinweg in die Ferne. Tom stellte sich hinter mich und legte die Arme um mich.

Nachdem wir einige Zeit die Aussicht und unsere Nähe genossen hatten, zeigte ich auf den Horizont. »Was ist das da hinten für ein Kühlturm, ist das Biblis?«

»Falsche Himmelsrichtung«, antwortete Tom. »Das müsste das Hanauer Kraftwerk sein.«

Ich machte mir den Sonnenstand bewusst. »Du hast recht. Ich ...«

»Wie lange denn noch?«, erklang eine Kinderstimme aus dem Treppenaufgang.

»Wir sind gleich oben. Guck mal, nur noch die paar Stufen.« Das musste der Vater mit dem kleinen Jungen sein. »Von oben kann man gaaaanz weit in die Ferne sehen.«

Tom und ich drehten unsere Köpfe. Vater und Sohn erklommen die letzten Stufen. Der Junge rannte ein Stück auf die Plattform, wurde langsamer, blieb schließlich enttäuscht stehen. »Aber man sieht ja gar nichts!«, beschwerte er sich.

Der Vater lachte. »Du vielleicht nicht, bei deiner Größe.« Er schnappte sich seinen Sohn und hievte ihn auf seine Schultern, dann trat er an den Rand.

Ich spürte, dass Tom lächelte. »Ist das nicht niedlich?«, fragte ich. »Man sieht ja gar nichts!« Ich lachte.

»So einen hätte ich auch gerne.« Tom intensivierte seine Umarmung.

»Ich auch.« Vor meinem geistigen Auge sah ich Tom mit unserem Kind auf dem Bergfried. Bestimmt würden wir dann auch viele Ausflüge mit unserem Nachwuchs unternehmen. Wenn ich in Elternzeit wäre ... Oder Tom ... »Dann müssen wir aber vorher über die Aufteilung der Elternzeit reden. Ich habe den Eindruck, dass du das von vorneherein als Frauensache abtust.«

»Das stimmt nicht.« Tom löste seine Umarmung, lehnte sich seitlich auf die Umrandung und sah mich an. »Es bietet sich aber an, dass der Partner mit dem geringeren Verdienst ausfällt.«

»Das wird aber ein Teufelskreis.« Ich stützte eine Hand auf die Mauer, sodass wir uns gegenüberstanden. »Wenn Frauen weniger verdienen, bleiben sie eher zuhause, und weil sie ihre Karriere unterbrechen, verdienen sie weiterhin weniger. Das ist doch total bescheuert! Außerdem werde ich es wahrscheinlich sowieso nicht mehr erleben, dass der Gender Pay Gap sich in Luft auflöst.«

»Du musst ja nicht komplett deinen Beruf aufgeben.« Tom bewegte lässig seine Hand. »Nur mal eine Pause machen. Vielleicht magst du dann zunächst nur mit Teilzeit wieder einsteigen. Meine Eltern unterstützen uns sicher gerne.«

»Das könntest du aber bestimmt genauso!« Ich sah ihm fest in die Augen. »Es gibt doch sicher auch eine Teilzeitmöglichkeit bei euch.«

Tom schnaubte durch die Nase, drehte sich von mir weg und stützte beide Unterarme auf die Mauer. »Wenn man eine heiße Spur verfolgt, ist man vollständig gefordert, da kann man nicht einfach zwischendurch nach Hause gehen. Wir haben jetzt schon mit Personalmangel zu kämpfen, da bekommen wir bestimmt keinen vorübergehenden Ersatz für mich. Nein, das ist sehr schwer zu realisieren.«

Ich stemmte meine freie Hand in die Taille. »Meinen Job kann auch nicht so einfach irgendein anderer übernehmen.«

»Aber du könntest einen sauberen Schnitt für drei Jahre machen.« Tom warf mir einen kurzen Seitenblick zu. »Deine Firma kann jemanden befristet einstellen. Denen wird es doch wohl möglich sein, einen anderen Controller zu finden.«

»Aber wenn ich vielleicht gar nicht drei Jahre zuhause hocken will? Eventuell erwarte ich von dir auch ein bisschen Engagement in der Kindererziehung?«

»Also eines kann ich dir versprechen.« Tom richtete sich jetzt auf, wandte sich mir zu und legte seine Hände beschwichtigend an meine Oberarme. »Meine Freizeit außerhalb des Jobs würde ich in erster Linie mit den Kindern verbringen. Sobald ich zuhause bin, nehme ich sie dir ab und kümmere mich ganz um sie. Du kannst den Abend mit deinen Freundinnen verbringen oder dich früh schlafen legen oder was auch immer.« Tom sah mir tief in die Augen.

Mein Widerstand bröckelte. »Na super, dann machen wir zwei nie mehr was zusammen.« Ich richtete mich ebenfalls auf und ließ die Arme hängen.

»Das könnten gegebenenfalls die Abende werden, an denen wir meine Eltern einspannen.« Tom zog mich zu sich heran und ich ließ es mir widerstrebend gefallen. »Man kann nicht immer alles im Voraus planen. Überleg doch mal, wie viel bei dir im Job rumgetrickst wird, weil die Planung nicht aufgeht. Lass es doch einfach auf dich zukommen.«

»Das liegt mir nicht«, murmelte ich in Toms Jacke.

»Ich weiß.« Tom drückte mich an sich. »Ich weiß.«

Ich parkte mein Auto in der Werner-von-Siemens-Straße. Direkt nach der Arbeit konnte ich unauffällig recherchieren, ohne dass Tom etwas merkte. Ich hatte auch noch kurz in Michelstadt eingekauft, sodass ich eine glaubwürdige Ausrede für meine verspätete Heimkehr hatte.

Das heutige Tattoo-Studio würde eines der letzten werden, das ich nach dem Tattoo auf dem Arm des Gespenstes fragen würde. Ich hatte meine Kreise um Fischbachtal immer weiter gezogen, aber bisher noch keinen Treffer gelandet. Vielleicht war das Gespenst ja gar nicht aus dem Odenwald, vielleicht kannte es Germann überhaupt nicht und hatte ihm auch nicht das Messer in den Rücken gestoßen. Möglicherweise hatte es sich sein Tattoo in Hamburg oder München stechen lassen, und ich lief mir umsonst die Füße platt. Jedenfalls hatte ich nicht vor, alle Tätowierer aus ganz Deutschland aufzusuchen. Noch drei Stück südlich von Erbach, dann würde ich die Verfolgung dieser Spur schweren Herzens einstellen.

Ich lief die wenigen Schritte bis zum Schaufenster mit der Aufschrift »Ralph's Tattoo«. Ich kannte das Studio vom Vorbeilaufen, hatte auch ein paar Mal neugierig durch das Fenster gesehen. Allerdings waren Tattoos nicht so meine Welt. Zwar gab es durchaus einige, die mir gefielen, doch die Möglichkeit, es könnte mir nach ein paar Wochen oder Monaten dann doch nicht mehr zusagen und wäre trotzdem für immer und ewig auf meinem Körper eingraviert, schreckte mich ab.

Ich hätte das Studio also wahrscheinlich niemals betreten, wenn ich nicht nach dem Träger des Schlangen-Tattoos suchen würde. Ich machte mir wenig Hoffnung und wollte die Sache rasch hinter mich bringen. Zumal Tom und ich heute Abend zusammen essen gehen wollten, sofern er halbwegs pünktlich von der Arbeit kam.

Das Gebäude war mit Klinkersteinen verziert und eine zweistufige Treppe führte zur Eingangstür. Innerlich seufzend stieg ich die Stufen hoch. Ich hatte bereits die Finger am Türgriff, als ich Schritte hinter mir hörte und jemand seine Hand auf meine Schulter legte. Im Glas der Tür spiegelte sich eine große Gestalt und ich drehte mich leicht erschrocken um.

»Alex? Was machst du denn hier?« Tom schaute skeptisch zwischen dem Eingang und mir hin und her.

Die Tür führte nur in das Tattoo-Studio, und wir kannten niemanden sonst, der in diesem Haus wohnte. Auch war es mir unmöglich, auf die Schnelle eine Ausrede zu finden, die Tom nicht hätte nachprüfen oder umgehend als Lüge entlarven können. Also trat ich die Flucht nach vorne an.

»Ich lasse mir ein Tattoo stechen.« Kaum war es ausgesprochen, hätte ich mich ohrfeigen können. Diese Antwort war zwar logisch und glaubwürdig, doch ihre Konsequenz erzeugte bei mir blankes Entsetzen. Aber ich zog mein Schauspiel eisern durch und betrat das Studio.

»Oh.« Ich hatte Tom selten so unsicher erlebt. Er fuhr sich mit der Hand durch die Haare. »Davon hast du gar nichts gesagt. Hast du dir das gut überlegt?« Tom folgte mir. »Ich meine, dir steht natürlich frei zu tun, was du möchtest, aber ...«

Ralph Fornoff lehnte an der Theke, lächelte uns freundlich an und begrüßte uns mit einem fröhlichen »Hallo«. Ich hatte vorab angerufen und gefragt, ob er kurz Zeit für mich hätte, weil ich ihm ein Foto von einem Tattoo zeigen wollte.

»... es geht nicht mehr rückgängig zu machen«, beendete Tom seinen Satz. Herr Fornoff sah verwundert auf Tom.

Ich quetschte ein Lächeln heraus. »Keine Angst, das wird nur ein ganz harmloses Bildchen.« Ich gab Tom einen Kuss, um ihn schnell loszuwerden. »Wir sehen uns später, ja?«

Er warf mir noch einen Blick zu, der etwas zwischen Mitleid und Unverständnis ausdrückte, dann drehte er sich um und ging. Am liebsten hätte ich ihm hinterhergerufen: Geh nicht fort! Nimm mich mit! Stattdessen atmete ich tief durch, während Herr Fornoff, immer noch mit einem erstaunten Gesichtsausdruck ob der Konversation zwischen mir und Tom, auf einen Stuhl hinter der Theke deutete, auf den ich mich setzen sollte. Wo hatte ich mich nur hineinmanövriert! Da das Studio zur Straße hin über das Schaufenster einen umfassenden Einblick gewährte und ich nicht wusste, ob Tom mich beobachten würde, nahm ich Platz.

Herr Fornoff setzte sich neben mich und legte seinen Kopf ein wenig zur Seite. »So, ich dachte, Sie wollten mir ein Foto zeigen, aber nun möchten Sie ein harmloses Bildchen«, wiederholte er konsterniert mit hochgezogenen Augenbrauen, griff nach einem Paar Gummihandschuhen und zeigte unbestimmt auf meinen Körper. »Wohin hätten Sie's denn gern?«

KAPITEL 6

Bevor ich Tom mit meiner Neuerwerbung unter die Augen zu treten gedachte, wollte ich die Reaktion meiner Freunde testen. Deshalb schaute ich nach meinem Besuch bei »Ralph's Tattoo« auf dem Rückweg bei Maren in der Hessenstubb vorbei. Zu meiner großen Überraschung sah ich am Stammtisch von Heinz und seinen Freunden auch Hedi und Herbert sitzen. Weil ich zum ersten Mal seit unserem Ausflug auf die Veste Otzberg in der Hessenstubb war, blickte ich mich auch verstohlen nach Mäusen um, konnte aber keine entdecken. Sicher war den ungebetenen Gästen im Moment zu viel Betrieb. Ich lief zu Maren, die hinter der Theke stand, um sie mit einer Umarmung zu begrüßen.

»Hey, Maren, stell dir vor, ich habe mir ein Tattoo stechen lassen«, erzählte ich freudestrahlend und schob den Ärmel hoch bis zur Schulter. Maren blickte erstaunt auf meinen Arm. »Das hätte ich dir gar nicht zugetraut«, sagte sie. »Na ja, ist mal was anderes.« Zum ersten Mal fiel mir auf, dass Maren das gleiche Pokerface wie Tom aufsetzen konnte.

»Ja, ist doch super, oder?« Ich zappelte ein bisschen. »Ich bin schon ganz gespannt, was Tom dazu sagt. Wir wollen nachher zusammen essen gehen.« Ich strahlte Maren an.

»Müsste da nicht ein Verband drauf?«, fragte sie jetzt kritisch.

Ich schüttelte den Kopf und zog den Ärmel wieder herunter.

»Nein, dazu gibt es unterschiedliche Ansichten, das hat mir der Tätowierer erklärt. Ich fand es sympathischer, das Ganze an der Luft trocknen zu lassen, statt es in Folie einzuwickeln oder so. Du siehst ja, dass ich noch überhaupt keine Schwellung habe, und wenn es gut läuft, kriege ich auch keine mehr.« Ich lächelte freudig.

Ich ließ mir von Maren eine Cola geben, ging zu meinen Freunden und setzte mich dazu.

»Ei, Gude!«

»Hallo zusammen!« Ich nahm einen Schluck. »Wie geht's?«

»Muss ja«, sagte Hedi und grinste stolz.

»Sieh an, perfektes Hessisch«, sagte Schorsch anerkennend.

Hedi wuchs, immer noch grinsend, um einige Zentimeter und stieß mit mir an.

»Und was treibst du so?«, wandte sich Schorsch nun an mich.

»Oh, ich war heute nach der Arbeit in Michelstadt einkaufen. Erst habe ich beim Schindelhauer nach neuem Lesestoff gesucht, dann hab ich beim Getränke-Mohr ein paar Weinflaschen erstanden.«

»Getränke-Mohr? Da hole ich auch ab und zu eine Kiste Wasser«, sagte Heinz und zwinkerte mir zu.

»Aber der Besitzer, der heißt doch wie einer von uns.« Schorsch stocherte mit dem Zeigefinger mehrmals in Richtung Heinz.

»Wie? Schorsch? Oder Heinz?«, fragte Hedi.

»Nein, nein«, sagte Schorsch. »Der heißt wie einer von uns hier aus Beerfelden ... Wie heißt der noch gleich ...« Er schaute Heinz und Mike fragend an.

»Ich komme auch gerade nicht darauf«, sagte Mike.

»Ist doch egal«, brummte Heinz.

»Nee, ist nicht egal«, widersprach Schorsch. »Es kann nur einen geben. Und unserer ist das Original.«

»Woher weißt du das?«, fragte Hedi.

»Ist doch klar«, behauptete Schorsch. »Die wollen alle so heißen wie wir.«

Mike wackelte zweifelnd mit dem Kopf.

»Also Getränke-Mohr«, führte Heinz uns wieder zum ursprünglichen Gesprächsfaden zurück. »Und weiter?«

»Dann habe ich mir von Ralph Fornoff ein Tattoo stechen lassen.« Mein Mund zuckte.

Alle Blicke richteten sich auf mich.

»Ein Tattoo? Tatsächlich?« Hedi sah mich mit großen Augen an.

»Wo?«, fragte Schorsch.

»Zeig mal.« Heinz machte eine leichte Kopfbewegung in meine Richtung.

Ich krempelte den Ärmel hoch und legte dadurch das Bild auf meinem Oberarm frei. Es zeigte einen von einem herzförmigen Blumenkranz umrundeten kindlichen Pferdekopf im Comicstil. Das Pferd streckte dem Betrachter ein überdimensionales, breit grinsendes Maul entgegen, und auf seinen viel zu großen Zähnen blitzten zwei Sternchen auf. Ich strahlte in die Runde.

Das Schweigen wurde langsam unangenehm. Ich ließ den Ärmel wieder herunter und machte keinen Hehl aus meiner Enttäuschung. »Okay, es muss ja nicht euch gefallen, sondern mir.« Ich griff nach meiner Cola.

»Nein, nein, es ist sehr schön«, sagte Hedi schnell. »Du bist ja jetzt unter die Reiterinnen gegangen, da passt es.«

»Ja«, ergänzte Schorsch und hob etwas zu theatralisch die Hand, »ist mal was anderes.«

»Das hat Maren auch gesagt.« Ich schmollte.

»Siehste.«

Ein paar Sekunden wusste niemand etwas zu sagen.

»Ist das denn das Tattoo, das du gesucht hast?«, fragte schließlich Heinz.

»Nein, das habe ich leider noch nicht gefunden. Das ist eine Schlange, die sich um eine Rose windet. Vielleicht lasse ich mir das auch noch machen.«

»Hast du nicht gesagt, du hast ein Foto davon?« Heinz zwirbelte seinen Schnurrbart.

Ich nickte und zog mein Handy aus der Tasche. Glücklicherweise besaß ich eine Vergrößerung des originalen Gespenster-Fotos, auf dem nur das Schlangen-Tattoo und ein Stück vom Arm zu sehen waren, sodass ich keine unangenehmen Fragen zu dem Kostüm würde beantworten müssen. Ich zeigte es herum.

»Ja, DAS wäre doch mal ein schönes Tattoo«, sagte Heinz.

Dann kam Schorsch an die Reihe und schaute auf mein Handy. »Genau, das wäre so ein bisschen ein Ausgleich, sagen wir mal.« Er nickte mir aufmunternd zu.

Ich legte den Kopf schräg und ließ das Handy weiter zu Mike wandern. »Vielleicht frage ich Ralph, ob er …«

In dem Moment, in dem ich das Handy vor Mikes Gesicht hielt, kam plötzlich Leben in ihn. Er griff nach meinem Handgelenk, als ich den Arm schon wieder zurückziehen wollte, und sagte, ohne den Blick vom Bildschirm zu wenden: »Das kenne ich.«

»Ernsthaft?«, fragte ich elektrisiert. »Weißt du, wem es gehört?«

Mike ließ meinen Arm los. »Nein.«

Ich sank enttäuscht in mir zusammen.

Jetzt sah er mir sogar in die Augen. »Aber ich hab das schon irgendwo gesehen.« Er nickte, wie um sich seine eigene Aussage zu bestätigen.

»Hm, also wenn es dir noch einfällt, wäre es super, wenn du mir Bescheid sagen könntest.« Ich drückte das Foto weg.

»Und zwar bevor der erste Schnee fällt«, warf Schorsch ein.

Ich packte mein Handy wieder ein. »Ich habe wirklich großes Interesse an diesem Schlangen-Tattoo«, betonte ich.

»Das Tattoo gehört aber nicht zu dem Mann, mit dem man dich neulich beim Riesinger gesehen hat?« Heinz zwirbelte erneut an seinem Schnurrbart.

»Himmel, kann man hier keinen Schritt unbeobachtet machen? Nein, das war nur ein Kollege von Tom.«

»Ein Kollege, soso.« Heinz trank einen Schluck aus seinem Glas.

Schorsch drehte sein Glas auf dem Bierdeckel. »Du ermittelst also tatsächlich nicht in Toms Mordfall?«

»Nein, Toms Kollege hat den Mord auf Burg Frankenstein auf dem Tisch. Tom und ich waren nämlich als Besucher auf dem Halloweenfest, und da habe ich blöderweise diese Leiche gefunden ...«

»Ach, wie damals, als du ...« Aber bevor Schorsch seinen Satz beenden konnte, hob Mike sein Glas kurz an und stellte es mit einem heftigen Stoß wieder ab, sodass ein lautes »Klong« ertönte.

»Jetzt fällt's mir wieder ein!«, rief Mike.

Ah, endlich würde ich erfahren, wer sich unter dem Gespenster-Kostüm befunden hatte! Ich beugte mich gespannt vor.

»Gerhard Kauer!«

»Was?« Ich hielt mich am Tisch fest.

»Gerhard Kauer! So heißt der Besitzer vom Getränkemarkt Mohr!« Mike lächelte freudestrahlend.

»Stimmt, da hätte ich draufkommen müssen«, gab Schorsch zu.

Ich lehnte mich niedergeschlagen zurück. »Schade, ich hatte gehofft, du erinnerst dich an den Träger des Schlangen-Tattoos.«

»Mit anderen Worten, in den Mord auf Burg Frankenstein bist du auch verwickelt?« Schorsch zog die Augenbrauen hoch. »Ich habe davon in der Zeitung gelesen.«

Ich bemühte mich, über meine Enttäuschung hinwegzugehen. »Ja, aber ›verwickelt‹ ist nicht der richtige Ausdruck. Ich habe zufällig die Leiche gefunden, weswegen ich von Toms Kollegen verhört wurde. Das hätte auch jedem anderen passieren können.«

»Komisch, dass das immer dir passiert.« Schorsch lachte.

»Und der Träger des Schlangen-Tattoos hat auch nichts mit dem Frankenstein-Mord zu tun?« Heinz sah mich aufmerksam an.

»Nun, also ich kann nur sagen ...«

Einige meiner Zuhörer sahen auf einmal an mir vorbei. Schorsch deutete mit dem Kinn in Richtung Eingangstür. »Da kommt dein Verlobter.«

Ich drehte mich um. »... dass Tom besser nichts davon mitkriegen sollte«, beendete ich spontan meinen Satz. Letzterer durchquerte nämlich gerade die Kneipe. Als er an Maren vorbeikam, hob er lässig die Hand. Dann lief er mit federnden Schritten auf mich zu. Ich seufzte. Wären wir nicht schon längst verlobt, so hätte ich diesen Mann umgehend nach seiner Nummer gefragt.

»Hallo, Tom!« Ich strahlte ihn an.

»Hallo«, sagte Tom in die Runde und gab mir einen Kuss. »Wir wollten doch zusammen essen gehen und ich hatte so eine Ahnung, dass ich dich hier finden würde.« Tom hielt seine Nase dicht an meine Wange.

»Sie hat ein Tattoo«, petzte Schorsch.

»Das weiß er schon längst«, sagte ich spitz und wandte mich an Tom. »Willst du es mal sehen?«

Tom nickte langsam und sah mich ausdrucklos an. Ich schob meinen Ärmel hoch und lächelte ihn an.

Tom starrte auf das Pferdebild. »Aha.«

Schorsch räusperte sich. »Siehste, es gefällt ihm.« Er hob sein Glas. »Auf die Pferde!«

Ich lächelte, und wir hoben unsere Gläser an. »Auf die Pferde!« Kalank!

Mein Handy klingelte. Ich schaute auf das Display. Herbert? Er hatte mich noch nie auf der Arbeit angerufen. Hoffentlich war nichts Schlimmes passiert.

»Hallo, Herbert?«

»Hallo, Alex, darf ich dich kurz stören?«

»Ja, was gibt's denn? Ich hoffe, es ist alles in Ordnung bei euch.« Aus dem Raum, in dem Herbert sich aufhielt, vernahm ich irgendwelche Störgeräusche.

»Ja, keine Sorge, uns geht es gut.«

Im Hintergrund erkannte ich jetzt Hedis Stimme. »Sag ihr, dass es wichtig ist!«

»Ja doch.« Herberts Stimme klang etwas fern, um dann wieder lauter fortzufahren. »Also, ich dachte, es könnte wichtig für dich sein, deshalb wollte ich es dir sofort mitteilen.«

»Okay«, antwortete ich langsam.

»Du hast uns doch Samstag etwas von dem Gespräch auf der Beerdigung erzählt, das du mitgehört hast. Von den zwei Männern, die sich dort unterhalten haben.«

»Ja«, sagte ich zögerlich.

»Und das mit dem Verein«, hörte ich wieder Hedis Stimme aus der Distanz.

»Ja, ja«, sagte Herbert. »Und das mit dem Verein. Dieser von Bahlsen hatte doch angedeutet, dass viele Trauergäste aus einem Verein stammten, in dem Henrik Germann Mitglied war.«

»Richtig.« Hatte Herbert eine Info zum Germann-Mord für mich?

»Und du hattest von dieser Unterhaltung erzählt.«

Es klopfte an meiner Bürotür. Ein Kollege steckte den Kopf herein. »Alex, kannst du mal in SAP PPS nachschauen, ob ...«

Ich deutete mit der freien Hand auf mein Handy. Mein Kollege nickte nur und schloss die Tür von außen. Ich begann, mit dem Kuli auf die Schreibtischplatte zu trommeln. »Entschuldige, Herbert, da war gerade ein Kollege. Kannst du deinen letzten Satz noch einmal wiederholen?«

»Ja, natürlich. Also ich habe darüber nachgedacht, was du von dieser Unterhaltung erzählt hattest, und habe im Internet recherchiert. Diese Abkürzung, ich denke, das ist das DLR, das Deutsche Zentrum für Luft- und Raumfahrt. Und der Oktopus, von dem du geredet hast, damit war vermutlich ein Oktokopter gemeint. Das ist eine Drohne mit Wärmebildkamera. So eine Drohne wird gerne eingesetzt, um Kitze aufzuspüren, bevor der Landwirt die Wiese abmäht. Und wenn sich Trauergäste auf Germanns Beerdigung darüber unterhalten haben, wie man Kitze vor dem Mähdreschertod bewahren kann, und diese laut von Bahlsen höchstwahrscheinlich Mitglieder eines Vereins sind, dann war meine messerscharfe Schlussfolgerung, dass es sich um einen Tierschutzverein handeln muss.«

»Was sagt sie?«, fragte Hedi aus dem Off. »Freut sie sich?«

»Sie ist sprachlos«, flüsterte Herbert.

»Ja, ich bin tatsächlich sprachlos. Herbert, das ist wirklich genial!« Ich ließ vor Aufregung meinen Kuli fallen.

»Erzähle ihr das von dem Tierschutzverein«, kam Hedis Stimme aus der Ferne.

»Aber es kommt noch besser«, fuhr Herbert fort. »Wir haben uns einigen Tierschutzorganisationen als mögliche Neumitglieder vorgestellt ...«

»Das war meine Idee!«, quakte Hedi nun unüberhörbar aus dem Hintergrund.

»... und jedes Mal so nebenbei gefragt, ob das nicht der Verein ist, der einen kürzlichen Todesfall zu beklagen hat, und siehe da: Der Verein, in dem Germann Mitglied war, ist der Tierschutzverein Pfotenfreunde in Fürth.«

»Warte, das schreibe ich sofort auf.« Ich notierte den Namen. »Leute, ich bin sowas von beeindruckt!«

»Ja, du kannst uns ruhig immer fragen, wenn du Hilfe brauchst. Hedi ist ganz wild darauf, etwas Aufregendes zu erleben.« Herbert lachte. »Aber alles Weitere überlassen wir dir. Falls du in diesem Tierschutzverein tiefschürfender ermitteln möchtest. Wenn ich mich dort weiter umgesehen hätte, hätte Hedi noch einen Herzinfarkt bekommen.«

Ich lachte. »Das glaube ich kaum. Hedi ist zäher, als sie vorgibt. Jedenfalls bin ich euch unendlich dankbar für diese Info.«

»Immer zu Diensten«, sagte Herbert und legte auf.

Nachdem ich diese interessanten Neuigkeiten von Herbert erfahren hatte, musste ich sofort, noch ehe ich mich nach den Nöten meines Kollegen erkundigte, im Internet nach dieser Tierschutzorganisation suchen. Das Glück war auf meiner Seite: Heute Abend würde in Fürth ein sogenanntes Arbeitstreffen stattfinden, bei dem der vorweihnachtliche Basar geplant werden sollte. Interessenten wurden ausdrücklich willkommen geheißen.

Ich schrieb Tom eine Nachricht, dass ich mich heute Abend

mit meiner Freundin Tessa verabredet hätte. Diese Finte hatte zwei Seiten. Tessa war durchtrieben genug, um mir im Fall einer Rückfrage durch Tom sofort ein Alibi zu verschaffen, auch ohne dass ich sie vorher instruieren musste. Allerdings würde ich, falls Tom bei Tessa anrief, um meine Angabe zu überprüfen, Tessa hinterher ausführlich berichten müssen, weshalb Tom glaubte, dass ich bei ihr gewesen war. Die Kehrseite der Medaille war, dass Tom sich mit wenig Anstrengung denken konnte, dass an meiner behaupteten Verabredung etwas faul sein musste, denn er kannte Tessa ähnlich gut wie ich. Höchstwahrscheinlich würde er also gar nicht erst bei Tessa anrufen, sondern sofort meine angebliche Verabredung anzweifeln. Aber dieses Risiko musste ich eingehen.

Ich seufzte und stand auf, um meinen Kollegen nach seinem Anliegen zu fragen.

Der Rest des Nachmittags zog sich wie Kaugummi. Ich konnte es kaum erwarten, zu dem Termin mit den Tierfreunden zu fahren.

Das Treffen fand im Gasthaus »Zum Grünen Baum« in Fürth statt. Kam es mir nur so vor, oder gab es im Odenwald tatsächlich viele Gasthäuser mit diesem Namen? Ich konnte mich an kein einziges Restaurant mit dem Namen »Grüner Baum« in Hamburg erinnern.

Das Fürther Gasthaus machte seiner Bezeichnung jedoch alle Ehre. Neben dem eigentlichen Gebäude war ein Biergarten angelegt worden, in dem wunderschöne, große Kastanienbäume standen. Ihr Laub hatte sich bereits gelb-braun verfärbt. Allerdings saß niemand draußen, entweder weil es heute recht kalt war oder weil der Biergarten schon gar nicht mehr geöffnet hatte. Ich betrat den innenliegenden Gastraum und fragte an der Theke, von deren Oberschränken urige Bierkrüge hingen, nach dem Treffen des Tierschutzvereins. Man verwies mich auf einen Tisch mit Eckbank, und mir wurde schlagartig heiß vor Aufregung, als ich hinüberblickte: Der Bärtige mit Brille, der sich auf den Fotos vom Halloween-Fest mit Germann gestritten hatte, saß dort mit mehreren anderen Personen und unterhielt sich bereits angeregt. Ich bemühte mich, meinen Blutdruck herunterzufahren und ging hinüber.

Nachdem ich mich vorgestellt und mein Interesse an der Tierschutzarbeit bekundet hatte, stellten sich die anderen Anwesenden vor. Der Bärtige hieß Berat Yilmaz und hatte die Funktion des Kassenwarts inne.

Ich zog einen Stuhl heran und setzte mich, und dann ging es an die Planung des vorweihnachtlichen Basars in der Flohmarkthalle des Vereins. Natürlich hätte es mich sehr viel mehr interessiert, etwas über Henrik Germann zu erfahren, aber es hätte sicher Misstrauen und Abwehr provoziert, wäre ich sofort mit der Tür ins Haus gefallen. Also hörte ich mir an, wie die Arbeiten für den Basar fortschritten. Dort sollten verschiedene weihnachtliche Geschenke verkauft, eine Tombola veranstaltet und Mittagsgerichte und Kuchen angeboten werden. Ich staunte über das Engagement der Tierschützer, die bereitwillig die anstehenden Aufgaben und Vorbereitungen übernahmen, und weil ich mich nicht dafür schämen wollte, nur aus vorgetäuschten Motiven in dieser Runde zu sitzen, bot ich an, mit Kuchenspenden einen Beitrag zu dem Basar zu leisten. Zufrieden über meine vorweihnachtliche gute Tat notierte ich Termin und Aufgabe in meinem Kalender.

Am Ende der Sitzung gingen die Gespräche nahtlos zu privaten Themen über. Insbesondere eine sehr nette Frau Schäfer, die direkt neben mir saß, zeigte größeres Interesse an meiner Person. Als ich erwähnte, dass ich als Controllerin arbeitete, richtete sie erneut das Wort an mich.

»Controllerin? Dann können Sie doch sicher gut mit Zahlen umgehen.«

»Oh ja, das gehört zu meinem Job.« Ich lächelte sie freundlich an.

»Das ist prima«, sagte Frau Schäfer, »da hätten wir schon einen passenden Posten für Sie hier bei uns.«

Ich sah sie fragend an. Doch bevor sie antworten konnte, grätschte Herr Yilmaz dazwischen.

»Für meine Begriffe sind alle Posten besetzt«, sagte er und warf Frau Schäfer einen strengen Blick zu, aber diese reagierte nicht wie gewünscht.

»Du hast doch bei deiner Wahl damals selbst gesagt, es sei gut, dass wir neben Henrik auch einen stellvertretenden Kassenwart haben«, widersprach sie. »Du kannst ja gerne erster Kassenwart bleiben, aber wenn wir mit Frau König quasi eine Stellvertreterin auf dem Silbertablett serviert bekommen ... Besser kann es doch nicht laufen, wo wir ...« Sie warf mir einen raschen Blick zu. »... unseren bisherigen ersten Kassenwart so unerwartet ... verloren haben.«

Plötzlich verstummte die ganze Runde.

Ich stellte mich unwissend. »Ach? Ist er aus dem Verein ausgetreten?«

»Nein.« Herr Yilmaz suchte nach Worten. »Vielleicht haben Sie es im Odenwälder Echo gelesen. Unser Kassenwart ist an Halloween auf Burg Frankenstein Opfer eines Mordanschlags geworden. Eine schreckliche Sache.« Herr Yilmaz machte ein betroffenes Gesicht, aber mein Gefühl sagte mir, dass er nicht nur Trauer empfand. Anders formuliert: Mit diesem Gesicht verdrängte er das Gespenst mit dem Schlangen-Tattoo von seinem Platz an der Spitze meiner Verdächtigenliste.

»Es ist allen ein Rätsel, wie es dazu kommen konnte«, ergänzte eine der Frauen. »Also nicht, dass Sie denken, es hätte irgendetwas mit unserem Verein zu tun.«

»Oh nein, das liegt mir fern«, wiegelte ich ab. »Vielleicht hat er sich in der Verwandtschaft unbeliebt gemacht. Gab es in dieser Richtung irgendwelche Gerüchte?«

»Nein, wie kommen Sie darauf?«, fragte die Frau leicht befremdet.

Nun gut, so direkt durfte ich also nicht fragen. »Ich dachte nur. Es ist doch häufig so, dass Mörder aus dem engsten Umfeld kommen. Soviel ich weiß.« Ich zuckte mit den Schultern.

»Das wird die Polizei noch herausfinden«, sagte jetzt Herr Yilmaz entschieden, was wohl bedeutete, dass die Unterhaltung nun beendet war.

Tatsächlich rief nun jemand die Bedienung, um zu zahlen, und es entstand allgemeine Aufbruchstimmung.

Frau Schäfer wandte sich vor dem Gehen noch einmal an mich. »Denken Sie darüber nach. Wir hatten immer zwei Kassenwarte und könnten Sie gut gebrauchen. Der Verein freut sich über jeden Helfer.« Sie lächelte mich wohlwollend an und nickte zum Abschied.

Herr Yilmaz schälte sich als letzter aus der Eckbank, während ich noch unschlüssig herumstand, in der Hoffnung, ihn in ein Gespräch verwickeln und es unauffällig auf Henrik Germann lenken zu können. Plötzlich bemerkte ich, dass Herr Yilmaz eine Leine in der Hand hielt, und unter dem Tisch kam ein goldiger Mischlingshund hervor.

»Huch, wen haben wir denn hier?« Ich beugte mich hinunter, um den Hund zu streicheln. Er hatte riesige Kulleraugen, die förmlich nach Liebe schrien.

»Das ist Bacon«, erklärte Herr Yilmaz lächelnd. »Ich habe ihn als Pflegehund, also nur so lange, bis wir ihn vermittelt haben.«

Wie nett! Aber kein Grund, sich einlullen zu lassen. Herr Yilmaz wäre sicher nicht der erste Tierfreund, der zum Mörder wurde.

Bacon wedelte mit dem Schwanz und ich fuhr fort, ihn zu streicheln.

»Haben alle Leute aus dem Verein einen Pflegehund?«

»Das ist unterschiedlich. Manche haben auch Katzen.«

»Hatte Ihr Kassenwart auch ein Tier? Das müsste ja dann schnell eine neue Pflegestelle finden.«

»Nein.« Herr Yilmaz drängte zum Gehen. »Komm, Bacon.«

Ich stand auf und lief neben ihm her. »Aber ein Tierfreund war er ja auf alle Fälle. Ich verstehe nicht, wie sich so jemand derart unbeliebt machen kann, dass er ermordet wird.«

»Los, Bacon.« Herr Yilmaz hatte es auf einmal eilig. Er lief vor mir durch die Ausgangstür.

»Wobei Ihr Kassenwart natürlich auch das Opfer eines perversen Fremden geworden sein könnte. Verrückte gibt es ja überall«, versuchte ich es noch einmal.

Herr Yilmaz drehte sich auf der Straße zu mir um. Seine Miene hatte sich verfinstert. »Opfer. Ja.« Er schnaubte durch die Nase. »In der Heimat meiner Eltern, der Türkei, gibt es ein Sprichwort. Es heißt sinngemäß: Wer Wind sät, wird Sturm ernten. Gute Nacht!« Er wandte mir wieder den Rücken zu und stapfte angespannt davon.

»Äh, das Sprichwort gibt es eigentlich auch in Deutschland«, rief ich ihm hinterher. Aber Herr Yilmaz reagierte nicht.

Ich schaute ihm nach. Hatte er mit dem Sprichwort Germann gemeint, oder sollte es eine an mich gerichtete Drohung sein?

Ein eisiger Windhauch wehte um meine Nase. Ich schloss die Jacke noch höher und lief zu meinem Auto.

»Sind Sie Whoopis Besitzerin?« Ich war gleich hinter Frau Trumpfheller hergehechtet, als ich sie vor meiner Reitstunde am Stall entdeckte. Ich musste endlich mit ihr ins Gespräch kommen.

Sie hatte sich das Halfter vom Haken an der Boxentür genommen und stand nun bei Whoopi in der Box.

»Ja. Sind Sie Schulreiterin? Ich brauche keine Reitbeteiligung.« Ihre Miene verriet einen gewissen Missmut darüber, dass ich überhaupt eine Frage an Sie gerichtet hatte. Und durch ihre tiefe, raue Stimme klang ihre Antwort vermutlich noch unfreundlicher, als sie es ohnehin war.

Ich gab mich unbeeindruckt. »Oh, ich suche keine Reitbeteiligung, ich lerne erst noch. Aber Whoopi ist mir aufgefallen. Sie ist ein sehr schönes Pferd.« Hoffentlich war das nicht zu auffällig rumgeschleimt.

»Ja, vielen Dank.« Auf ihrem Gesicht zeigte sich der Ansatz eines Lächelns. »Von Weltmeyer aus der Heide.«

Wenn Sie die Lüneburger Heide meinte, müsste ich diesen Weltmeyer wohl kennen. Schließlich kam ich ja aus Hamburg. Aber der Name sagte mir nichts. Ein B-Promi vielleicht?

»Wieso hat Herr Weltmeyer sie denn verkauft?«

»Hä?« Frau Trumpfheller sah mich verständnislos an.

»Alex, Alex, komm doch mal!«

Mist, ausgerechnet jetzt, wo ich Kontakt zu Frau Trumpfheller geknüpft hatte, wurde ich von Stella gestört.

»Alex!« Stella stand in der Nähe des großen Reitplatzes und winkte wie wild.

»Viel Spaß noch«, sagte ich zu Frau Trumpfheller und lief zu Stella. Was konnte es denn so Wichtiges geben, dass sie mich derart aufgeregt zu sich rief?

Stella grinste breit, als ich bei ihr ankam. »Der Tierarzt ist da.«

Ja, und?

Mangels Reaktion meinerseits setzte Stella noch mal nach. »Der Tierarzt, von dem ich dir erzählt habe! Du weißt schon, dieser umwerfende, rattenscharfe Michael Hofmann. Der Traum meiner schlaflosen Nächte! Den musst du dir ansehen!« Sie zog mich mehr, als dass ich eigenständig lief, in Richtung Putzplatz. »Er hat diesen riesigen schwarzen Würfel dabei, das heißt, er macht jetzt eine Physiotherapie. Da kannst du ihn dir in Ruhe ansehen.«

Mein Gott, so genau musste ich es wirklich nicht wissen. »Ich muss jetzt gleich Schnappi fertig machen für meine Reitstunde. Ich hoffe, du kannst mir noch mal dabei helfen, auch wenn es schon meine dritte Stunde ist.«

»Klar, aber guck dir erst mal den Dr. Hofmann an.«

Wir standen jetzt am Querbalken einer Umzäunung mit exklusivem Blick auf den Putzplatz. Tatsächlich kam nun ein etwa dreißig Jahre alter Mann mit einem großen schwarzen Würfel um die Ecke. Er hatte eine Strickmütze auf, unter der seine schulterlangen, blonden Haare hervorlugten. Ganz niedlich. Er stellte den Würfel, den er kaum mit den Armen umfassen konnte, am Rand des Putzplatzes ab und drehte uns dabei seine Kehrseite zu. Okay, seine Figur war auch nicht von schlechten Eltern.

Trotzdem. Ich schaute auf die Uhr. »Ich glaube, ich muss jetzt ...«

Kerstin Trumpfheller kam an uns vorbei und führte Whoopi auf den Putzplatz. Was für ein Glücksfall! Offensichtlich war Whoopi die Patientin. Ob Frau Trumpfheller den Tierarzt auch so schick fand wie Stella? Ich konnte von meiner Idee mit dem Liebhaber als potentiellem Mörder von Jens Trumpfheller einfach nicht lassen.

Kerstin Trumpfheller erzählte Herrn Hofmann von Whoopis

Problemen beim Reiten und er hörte aufmerksam zu. Ab und zu stellte er eine Frage. Allmählich schien sich Herrn Hofmanns Ankunft herumgesprochen zu haben, und es sammelten sich immer mehr Frauen jeglichen Alters am Putzplatz, um Herrn Hofmann oder – wenigstens offiziell – seine Behandlungsmethode zu begutachten.

»Wozu braucht er diesen schwarzen Würfel?«

»Was?« Stella klebte fasziniert an Hofmanns Lippen.

»Der schwarze Würfel, wozu ist der?«

»Ach, da stellt er sich drauf, wenn er Whoopi mehr von oben bearbeiten muss.« Stella redete, ohne ihre Augen von Hofmann abzuwenden.

Er zog nun seine Jacke aus, krempelte die Ärmel hoch und begann mit der Behandlung. Dafür griff er Whoopi an den Hals und bewegte ihn stark seitlich. Obwohl sich schon überall die Blätter herbstlich verfärbten und von den Bäumen fielen, hatte er immer noch eine schön gebräunte Sommerhaut, und um sein Handgelenk war ein Armband aus farbigen Schnüren gebunden, welches die gesunde Farbe seiner Haut betonte. Es wunderte mich nicht, dass Stella diesen Mann zum Anbeißen fand, aber zu meinem Leidwesen sah er absolut nicht wie Kerstin Trumpfhellers Liebhaber aus. Sie stand vielmehr gelangweilt daneben, während er Whoopi bearbeitete.

»Stella, ich glaube, wir müssen jetzt wirklich …«

Jemand kam mit schneidigen Schritten um die Ecke: Andreas Werkmann! Er lief direkt auf Kerstin Trumpfheller zu, die ihm sofort ihre volle Aufmerksamkeit schenkte. Ha! Er stellte sich sehr dicht neben sie und redete so leise auf sie ein, dass ich aus der Entfernung nicht verstehen konnte, was er sagte. Aber Frau Trumpfheller neigte sich ihm entgegen, und er flüsterte aus nur wenigen Zentimetern Abstand in ihr Ohr. Na, das sah doch ganz schön vertraut aus. Ich würde mich jedenfalls nicht so nah neben ihn stellen. Und vom Alter her würde Werkmann ja auch deutlich besser zu Frau Trumpfheller passen als der Tierarzt. Jetzt legte Werkmann sogar noch seine Hand auf ihre Schulter!

Sie schaute plötzlich zu mir herüber und ich lenkte meinen Blick rasch auf Herrn Hofmann, der gerade Whoopis Bein hochhob.

»Oh!« Stella neben mir zuckte. »Es ist schon zehn vor! Jetzt müssen wir aber ganz schnell Schnappi fertig machen!«

Ich steckte Schnappi ein letztes Leckerli zu und schlappte zum Ausgang. Meine Klamotten hingen mir nassgeschwitzt am Leib und ich fror. Eben war ich noch einmal durch den ganzen Stall gelaufen und hatte nach Frau Trumpfheller und Herrn Werkmann Ausschau gehalten, aber beide waren verschwunden. Wie fast alle Stallbesucher. Es war kurz vor Stallschließung, und die schummrigen Lampen tauchten die Anlage in ein herbstlich dämmeriges Licht, sodass sie auch als Kulisse für einen Horrorfilm hätte herhalten können.

Ich lief durch das Hoftor zum Parkplatz. Als ich gekommen war, war der Parkplatz brechend voll gewesen, und ich hatte weit entfernt vom Eingang parken müssen. Nun stand mein Auto, in der nebligen Luft kaum zu erkennen, fernab vom beleuchteten Stall in der Dunkelheit. Auf der anderen Seite des Parkplatzes, gegenüber der Reitanlage, lag ein Waldstück. Ich schritt ein wenig beklommen an den Bäumen entlang, hinter denen sich bestimmt einige seltsame Waldbewohner versteckten, deren Augen ich nun auf meiner linken Seite zu spüren glaubte. Hoffentlich waren die Wölfe nicht bereits bis in diese Gegend Deutschlands vorgedrungen. Nein, sicher handelte es sich nur um Eulen oder …

Plötzlich knackte es hinter einem Baum und ich bremste automatisch meine Schritte. Da! Hatte sich dort nicht etwas bewegt? Hastig schätzte ich den Abstand zu meinem Auto ein. Falls es sich nicht nur um eine Eule handelte, die dort möglicherweise ihre Augen auf mich richtete, stellte sich die Frage, ob ich schneller mein Auto erreicht hätte, eingestiegen wäre und die Türen verriegelt hätte als mein Angreifer? Mein Herz pochte lauter und mein Puls beschleunigte sich.

Ich hatte Tom versprochen, keine gefährlichen Situationen mehr heraufzubeschwören. Deshalb machte ich mit zusammengebissenen Zähnen auf dem Absatz kehrt, lief rasch zum Stall zurück und konzentrierte mich dabei auf etwaige Geräusche hinter mir. Wenn mich jemand verfolgen würde, müsste ich ihn auf diesem sandigen, halbherzig befestigten Parkplatz mit Gewissheit hören, und wenn dieser jemand durch den Wald lief erst recht.

Ich vernahm keine weiteren verdächtigen Geräusche, dennoch schlug mein Herz heftig, als ich wieder durch das Hoftor eilte. Ein vertrauter Mensch wäre mir nun sehr willkommen gewesen. Selbst Frau Trumpfheller oder Herrn Werkmann würde ich freudig in die Arme schließen. Aber im Stall war es still. Nur hier und da hörte man ein Pferd schnaufen oder leise Kaubewegungen. Ich lief automatisch in Schnappis Stallgebäude, doch auch hier war keine Menschenseele zu sehen. Die Pferde links und rechts warfen mir müde Blicke zu. Ich hielt inne und versuchte, meine Atmung zu beruhigen. Was war das? Plötzlich stellten sich alle meine Härchen auf. Oh nein! Hinter mir hörte ich verhaltene Schritte auf den Eingang zukommen.

Ich lief so leise und so schnell ich konnte ans Ende der Stallgasse, wo sich eine kleine Hintertür befand. Doch zu meinem Schrecken fand ich die rückseitige Tür verschlossen. Was nun? Hinter der letzten Box befand sich eine Nische, in der einige Besen, Schaufeln und Mistgabeln standen. Ich huschte um die Ecke und griff mir eine der Mistgabeln. Nur Mut! Ich duckte mich hinter die letzte Box und hielt die Mistgabel abwehrbereit vor mich. Die Schritte kamen näher. Sie blieben kurz an Schnappis Box stehen, dann bewegten sie sich weiter auf mich zu.

KAPITEL 7

Ich schielte durch die Gitterstäbe der letzten Box, hinter der ich mich verschanzt hatte. Erst, als sie nur noch drei Meter von mir entfernt war, erkannte ich Stella. Puh! Erleichtert trat ich in die Stallgasse.

Stella schaute erst mich, dann die Mistgabel in meiner Hand an. »Hey, da bist du ja! Ich habe eben, als ich fahren wollte, dein Auto auf dem Parkplatz stehen sehen und dachte, du weißt vielleicht nicht, dass der Stall jetzt schließt. Was hast du mit der Mistgabel vor?«

»Oh.« Ich stellte die Mistgabel rasch wieder zu den anderen. »Ich wollte Schnappis Box noch mal sauber machen.«

Stella lachte. »Nein, das ist doch die Aufgabe der Stallburschen, das brauchst du nicht. Komm, lass uns gehen, nicht dass wir noch beide eingeschlossen werden. Das ist nämlich schon mal passiert. Da musste eine Reitschülerin ...«

Stella plapperte in einem fort, und ich war sehr dankbar für ihre Anwesenheit. Hatte ich mir vorhin etwas eingebildet? Wir liefen über den Parkplatz zu unseren Autos und ich suchte den Waldrand dabei unauffällig mit den Augen ab, konnte aber nichts Ungewöhnliches entdecken. Vielleicht hatte es sich doch nur um eine Eule oder einen Waldschrat gehandelt.

»... froh, dass du den Hofmann heute gesehen hast. Wenn ich

einen reichen Mann geheiratet habe, lege ich mir auch ein Pferd zu und lasse es immer vom Hofmann behandeln.« Stella kicherte.

»Guter Plan«, sagte ich und schloss mein Auto auf. »Dann komm gut heim und gute Nacht!«

»Ja, gute Nacht!«

Als ich frierend zu Hause eintraf, lag unsere Wohnung im Dunkeln. Nur bei Toms Eltern im ersten Stock brannte Licht. Ich lief halb um das Haus herum und zog mir auf der Terrasse mit dem Stiefelknecht, den ich mir kurz vor meiner zweiten Reitstunde doch noch gekauft hatte, die Stiefel aus. Dann lief ich in den Gartensandalen zur Vordertür und betrat das Haus. Toms Auto fehlte, also war er offensichtlich auf Achse. Seltsam nur, dass er trotz des trockenen Wetters nicht sein Motorrad genommen hatte.

Ich schleppte mich erst in die Küche, wärmte mir einen Rest des Essens vom Vortag in der Mikrowelle auf und warf mich dann aufs Sofa. Während ich aß, zappte ich lustlos durch die Programme. Schon nach wenigen Minuten hörte ich Toms Auto vorfahren.

Er kam kurz darauf herein, zog seine Jacke und seine Schuhe im Windfang aus und setzte sich neben mich auf das Sofa. »Na, alles klar?« Er legte eine Hand auf mein Bein.

Ich nickte. »Wo warst du?«

»Bei Maren.« Tom beugte sich zu mir und schnüffelte demonstrativ mit der Nase an mir herum. »Du riechst ganz schön streng.« Dann schaute er an mir herunter und zog seine Hand weg, als hätte er auf eine heiße Herdplatte gefasst.

Ich senkte meine Nase in Richtung Achsel. »Oh, tut mir leid, ich gehe gleich unter die Dusche.«

»Nein, ich meinte eher deine Kleidung. Du riechst nach Pferd.«

»Wirklich? Ich rieche nichts. Sei nicht so ein Weichei!« Ich schob mir die Gabel in den Mund.

»Dass du dich als Pferdefreak entpuppst, hast du mir bei unserer ersten Begegnung gar nicht gesagt«, klagte Tom und stahl ein Stück Fleisch von meinem Teller.

»Finger weg!«, erwiderte ich mit vollem Mund. »Da wusste ich das ja selber noch nicht.« Toms Bemerkung erinnerte mich allerdings an eine Planänderung. Ich hatte vor, weiterhin zu den Treffen der Tierschützer zu gehen, um mehr über Herrn Yilmaz zu erfahren. Und ich wollte vermeiden, künftig ständig neue Ausreden für Tom erfinden zu müssen.

»Ich mag Tiere generell. Deshalb überlege ich, ob ich mich eventuell auch für den Tierschutz engagiere. Ich denke, ich werde demnächst mal zu einem Treffen des Tierschutzvereins Pfotenfreunde gehen. Die haben auch Pflegehunde und so.«

Tom schluckte seinen Bissen herunter. »Hast du plötzlich dein Herz für Tiere entdeckt? Aber wie du meinst. Tu, was immer dir Spaß macht.« Er legte seine Hand auf meinen Bauch, um mich zu streicheln, hielt aber bereits nach der ersten Bewegung inne und rieb dann den Stoff meines Sweatshirts zwischen den Fingern. Er stutzte. »Sag mal, du bist ja noch total nassgeschwitzt! Du musst unbedingt aus den feuchten Klamotten raus, sonst bekommst du eine Erkältung.«

Ich machte eine hilflose Geste mit der Hand, in der ich die Gabel hielt. »Ja, ich weiß, aber ich bin schlagkaputt. Ich wollte erst mal was essen. Dann gehe ich gleich unter die Dusche.«

Tom stand auf. »Mach hin, ich möchte auch noch duschen. In letzter Zeit brauchst du immer so lange«, beschwerte er sich.

Ich deutete mit der Gabel auf meinen Oberarm. »Ich muss halt mein neues Tattoo pflegen! Das soll man immer ganz vorsichtig waschen und schön eincremen.«

»Lass dir bloß nicht noch ein Hunde-Tattoo auf den anderen Arm stechen. Sonst muss ich zu meinen Eltern duschen gehen«, brummte Tom.

»Hallo, Maren, wie geht's?« Ich hatte Glück, denn die Kneipe war menschenleer. Bis auf Maren und Guido, der wenige Sekunden, nachdem ich Maren begrüßt hatte, seinen Kopf aus der Küchentür streckte.

»Gude, Alex.« Dann verschwand er wieder.

»Na, kommst du direkt von der Arbeit?« Maren schaute mich von oben bis unten an. »Du siehst noch so schick aus.«

»Ja, Tom wollte nach der Arbeit euren Eltern helfen, ihren neuen Fernseher anzuschließen, da macht es nichts, wenn ich etwas später zuhause eintrudele.«

»Komm, setzen wir uns einen Moment.« Maren und ich nahmen am nächstbesten Tisch Platz.

»Was ich dich fragen wollte: Tom hat mir erzählt, dass du vermutlich von irgendeinem Idioten Mäuse in die Kneipe gesetzt bekommst ...«

»Oh ja, ich habe es aber erst sehr wenigen Leuten erzählt, weil es verständlicherweise schlecht fürs Geschäft ist. Du weißt ja, der erzählt es nur seinem besten Freund, und die erzählt es nur ihrer besten Freundin, und schon weiß es der ganze Ort.«

»Ja, klar, du kannst natürlich auf meine Verschwiegenheit zählen. Ich wollte dich nur fragen, weil mich der Fall interessiert, wen du in Verdacht hast, diese Schweinerei begangen zu haben.«

»Hm, da gibt es eigentlich nur drei Kandidaten. Aber ich weiß nicht, ob ich wirklich mit dir darüber reden soll, denn du hörst dich so an, als ob du dich als Ermittlerin betätigen willst, und ich möchte nicht, dass Tom es mir nachträgt.«

»Keine Sorge, dem werde ich alles genauestens berichten.« Irgendwann. »Aber vielleicht fällt mir ja irgendetwas auf, was uns weiterbringen könnte. Ich bin schließlich oft hier. Ich möchte das Ganze erst mal im Kopf hin und her wälzen ...«

Maren zögerte.

»Und ich spreche alles, was ich machen möchte, erst mal mit dir ab.«

»Na gut.« Maren schnaufte. »Wir wissen zugegebenermaßen noch nicht so recht, wie wir die Sache angehen sollen. Guido hat sich ja alle drei schon zur Brust genommen, so nach dem Motto, gibt es irgendwas zwischen uns, was wir miteinander klären sollten? Denn er wollte dabei nicht so direkt die Mäuseplage erwähnen.« Maren lehnte sich zurück. »Der eine ist ein ehemaliger Freund von mir ... also ein Ex-Freund.«

Guido trat aus der Küche.

»Schon klar«, sagte ich.

»Er heißt Kurt Schwinn. Er lebt nach wie vor hier in Beerfelden, und Guido behauptet, er sei immer noch in mich verliebt. Ich habe nicht den Eindruck, aber er hat früher mal die eine oder andere Bemerkung gemacht, die sich so anhörte, als ob er es jederzeit noch mal mit mir versuchen würde. Was natürlich für mich nicht infrage kommt.«

»Für mich auch nicht«, warf Guido ein und grinste.

»Aber wenn das eine Weile her ist, wieso sollte er dir denn jetzt und überhaupt schaden wollen?«

»Na ja, er ist ein Stammgast, war also häufig genug hier, um für das wiederholte Aussetzen der Mäuse verantwortlich sein zu können.« Maren legte einen Ellbogen auf ihre Stuhllehne. »Außerdem meinte Guido, dass er aus Kurts Freundeskreis das eine oder andere gehört hätte, was darauf hindeutet, dass Kurt nach dem Ende seiner letzten Beziehung wieder gewisse Ambitionen entwickelt hätte.«

»Der ist scharf wie Rettich, um es mal deutlich auszusprechen«, behauptete Guido. Er hatte angefangen, irgendein Porzellanteil zu spülen. Ich hörte nur, wie es im Spülbecken schepperte. Wahrscheinlich wäre es besser gewesen, wenn Guido nichts Zerbrechliches in die Hand genommen hätte, solange er an seinen Nebenbuhler dachte.

»Aber ich verstehe immer noch nicht, warum er Maren schaden wollen sollte.«

»Einfach, weil er sich zurückgewiesen fühlt? Oder er spekuliert darauf, dass unsere Ehe darunter leidet, wenn Maren pleitegeht«, mutmaßte Guido. »Und dann wäre sie für ihn frei.«

»Ich weiß nicht, das ist aber um ganz schön viele Ecken herum gedacht.«

»Die Welt hat nun mal viele Ecken und Kanten«, beharrte Guido auf seiner Theorie und warf sich schwungvoll das Geschirrtuch über die Schulter.

»Okay, und der zweite Kandidat?«

»Melanie Kaffenberger«, sagten Guido und Maren wie aus einem Mund.

»Den Namen hab ich schon mal gehört.«

»Die ist auch relativ bekannt, aber nicht jeden erfreut die Bekanntschaft«, erläuterte Maren. »Sie ist eine allerhöchst unzufriedene Person, die sich über alles und jeden beschwert. Kurz bevor das mit den Mäusen losging, sind Guido und sie sich in die Haare geraten.«

»Die dumme Kuh ist frech geworden und ich hab mir das nicht gefallen lassen«, berichtigte Guido seine Frau. Er trat hinter der Theke hervor. »Die hat ein Haar in ihrer Kartoffelsuppe gefunden und behauptet, es sei von mir oder Maren. Ich werfe aber immer noch mal einen Blick auf die Gerichte, bevor ich sie serviere, und da war definitiv kein Haar in der Suppe. Ich bin mir ganz sicher, dass es ein Haar von der Kaffenberger selber war, denn es war blond. Maren ist brünett und ich grau-braun, also was sollte das Geplärre? Ich habe mich natürlich trotzdem entschuldigt und ihr angeboten, ihr eine neue Suppe zu bringen. Sie hat aber nicht aufgehört, sich lauthals zu beklagen, sodass die anderen Gäste schon unruhig wurden. Da hat es mir dann irgendwann gereicht und ich hab ihr gesagt, entweder nimmt sie jetzt mein Angebot eines Austauschs an, oder sie soll gehen.«

Maren sah mich von unten her an. »Sie ist gegangen.«

»Ja, aber sie ist ein paar Tage später wiedergekommen, als wäre nichts geschehen, und dann hat sie mir aus Rache die Mäuse in die Kneipe gesetzt«, behauptete Guido.

»Okay, und wer ist der dritte Kandidat?«

»Ich sage dir, du brauchst gar nicht weitersuchen, die Kaffenberger ist die Übeltäterin.« Guido verschwand wieder hinter die Theke.

»Der Dritte ist ... Aiiiiiiii! Da läuft sie, Guido! Da!« Maren sprang auf und rannte in Richtung Küchentür. Guido warf das Geschirrtuch auf die Theke und spurtete Maren hinterher.

Ich hatte bei Marens Aufschrei automatisch die Füße angehoben, obwohl ich die Maus gar nicht gesehen und sie sich auch offensichtlich nicht in meine Richtung bewegt hatte. Nun ließ ich sie vorsichtig wieder zu Boden. Das mit den Mäusen war wirklich kein Zustand! Ich nahm mir fest vor, Maren und Guido bei diesem Problem zu helfen.

In der Küche gab es laute Worte und dumpfe Schläge. Maren und Guido hatten die Tür hinter sich geschlossen, vermutlich, um den Aktionsradius der Maus zu verringern. Nach mehreren Minuten ließ die Hektik, die ich bis in den Gastraum vernehmen konnte, nach. Maren erschien wieder in der Tür.

»Tut mir leid, aber wir versuchen immer, die Mistviecher einzukreisen, meist ohne Erfolg. Das aktuelle Exemplar steckt jetzt irgendwo hinter dem Spülbeckenunterschrank. Den kann man aber nicht so leicht abmontieren. Hoffen wir, dass sie in der kommenden Nacht in eine Falle geht.« Maren setzte sich wieder zu mir und krempelte die Ärmel hoch. »Jetzt bin ich am Schwitzen.« Sie grinste. »Wo war ich stehengeblieben?«

Guido trat wieder an die Theke und setzte sein Geschirrspülen fort.

Ich blickte erneut auf Maren. »Beim dritten Kandidaten, der für diese Misere verantwortlich sein könnte.«

»Richtig. Der Dritte ist Peter Walther. Er ist auch so eine Art Stammgast. Er war Pächter dieser Kneipe, bevor ich sie übernommen habe. Sie trug damals einen anderen Namen und er hatte auch ein etwas anderes Angebot. Das war möglicherweise auch der Grund, weshalb er pleitegegangen ist. Außerdem hatte er nicht so viel Startkapital wie ich und wohl auch einen ungünstigen Kredit abgeschlossen, da waren die Zinsen noch nicht so niedrig wie heute. Jedenfalls hat er es irgendwann nicht mehr geschafft. Ich glaube, ihn verbindet eine Art Hassliebe mit dieser Kneipe. Er kommt sehr oft her, aber er hat den Verlust nie verwunden und lässt manchmal durchblicken, dass er mir irgendwie die Schuld an seinem Scheitern gibt. Das ist natürlich völliger Blödsinn, aber ich kann's ihm nicht ausreden.« Maren zuckte mit den Schultern.

Ich stützte meine Hände auf die Oberschenkel. »Vielen Dank für dein Vertrauen. Ich muss erst mal eine Nacht darüber schlafen.«

»Aber bevor du etwas unternimmst, sprichst du es bitte mit mir ab.« Maren sah mir in die Augen und lächelte ein wenig spöttisch.

»Ja, versprochen. Jetzt so spontan fällt mir auch ehrlich gesagt nichts dazu ein. Ich frage mich im Moment nur, wo der Täter die Mäuse herhaben könnte.«

»Manche Leute haben Mäuse im Garten und bräuchten sie nur in Lebendfallen fangen«, sagte Guido. »In landwirtschaftlichen Betrieben gibt es auch praktisch immer Mäuse, das ist gar nicht zu verhindern. Oder man geht in ein Zoofachgeschäft. Oder man holt sich etwa einmal die Woche bei uns eine Maus ab.« Guido grinste säuerlich.

Ich lachte. »Ich sehe schon das Wanted-Plakat mit Mäuse-Konterfei vor mir: Reward five hundred Dollars. Dead or alive.«

Guido zog eine Augenbraue hoch. »In unserem Falle am liebsten dead.«

Frau Schäfer öffnete mir die Tür. »Kommen Sie herein! Ich bin auch eben erst gekommen.«

Ein brauner, mittelgroßer Hund begrüßte mich schwanzwedelnd.

»Das ist Bernd, ein Magyar Viszla. Er ist mein aktueller Pflegehund.«

Ich betrat die Flohmarkthalle des Tierschutzvereins, bei der es sich, wie mir Frau Schäfer telefonisch erklärt hatte, um ein ehemaliges Bekleidungsgeschäft handelte. Dann bückte ich mich und streichelte Bernd, der mich ansah und mit dem Schwanz wedelte. »Der ist aber freundlich.«

»Ja, und ein guter Spürhund noch dazu. Aber die Leute kaufen sich ohne Sinn und Verstand irgendwelche Moderassen und dann merken sie erst hinterher, dass ihnen der Hund zu groß ist oder er mehr Beschäftigung verlangt, als sie ihm bieten können.« Sie sah Bernd lächelnd an. »Auch ich kann ihm nicht so viel Abwechslung bieten, wie er bräuchte. Vielleicht sollte ich ihn mal an einen Jäger ausleihen.« Sie seufzte und lief mit mir durch die Halle. »Ich komme immer eine halbe Stunde, bevor wir öffnen, und schaue vorsichtshalber alles durch. Wie gefällt Ihnen unser Flohmarkt? Wir sind Ende letzten Jahres hierher umgezogen.«

»Er ist größer, als ich gedacht habe.« Ich schaute mich um. Die Waren lagen nach Produktgruppen geordnet in Regalen und auf Tischen. Bekleidung hing wie im Kaufhaus auf Ständern und Schmuck baumelte von professionellen Schmuckhaltern. Ein Bereich blieb Kinderspielzeug vorbehalten, ein anderer Büchern und DVDs. Es gab ein Regal nur mit Handtaschen und ein anderes war vollgestopft mit Plüschtieren. Das Sammelsurium machte dem Namen Flohmarkt alle Ehre.

»Hier geht es lang.« Frau Schäfer zeigte mit dem Arm auf eine rückwärtige Tür und lief voraus. Bernd begleitete uns. »Ich freue mich sehr, dass Sie Interesse an der Aufgabe des Kassenwarts haben. Wir hatten immer einen ersten Kassenwart und einen Stellvertreter; ich weiß gar nicht, warum Berat, also Herr Yilmaz, so zurückhaltend reagiert hat.«

»Ich bin mir auch noch nicht sicher, ich wollte mich ja erst einmal nur erkundigen, was die Aufgaben des Kassenwarts sind.«

»Das ist nicht schwer, und als Stellvertreterin haben Sie sowieso nicht so viel zu tun.« Frau Schäfer öffnete die Tür und schaltete das Licht an. Wir befanden uns in einem sehr kleinen Raum, in dem gerade so ein Schreibtisch mit Stuhl und ein schmaler Schrank Platz fanden.

»Sitz!« Frau Schäfer zeigte neben den Schreibtisch, und Bernd setzte sich gehorsam auf die angewiesene Stelle.

»Dies ist unser sogenanntes Arbeitszimmer. Hier wird der ganze Verwaltungskram erledigt, es sei denn, jemand nimmt sich die Arbeit mit nach Hause.« Frau Schäfer schaute sich um. »Sehen Sie, hier ist das Kassenbuch für unsere Buchführung, in diesem Ordner sind alle Kontoauszüge und in diesem hier alle Rechnungen und Quittungen. Den alten Hobel hier haben wir mal gespendet bekommen.« Sie zeigte auf den PC. »Der taugt mit Ach und Krach zum Briefeschreiben und fürs Online-Banking.«

Ich griff nach dem Kassenbuch und schlug es auf, während Frau Schäfer weiterredete. »Alles ganz schön altmodisch, aber Herr Werner, der ab Vereinsgründung unser Kassenwart war, hat das damals so eingeführt, und seine Nachfolger haben es beibehalten. Das wäre dann Ihre Aufgabe: Die Ein- und Ausgaben in dem Buch vermerken und die Rechnungen in dem Ordner abheften.«

Ich begann bei den aktuellen Eintragungen und blätterte rückwärts im Buch. Hier und da las ich mir einen Posten durch. Hundefutter. Impfungen. Spendeneingänge.

Währenddessen zeigte Frau Schäfer auf den Schrank in meinem Rücken.

»Hier haben wir unseren Bargeldbestand. Wir bringen immer wieder mal etwas zur Bank, aber wenn zum Beispiel der Flohmarkt keine großen Einnahmen gebracht hat, dann lassen wir das Geld auch erst einmal hier in einer Kassette.«

Die Beträge in dem Buch waren meist ziemlich klein, aber man konnte nachvollziehen, dass alles sehr ordentlich aufgeschrieben wurde. Es gab nicht nur Spendeneingänge, sondern auch Spendenausgänge – vornehmlich an ausländische Tierheime.

»Den Schlüssel für den Schrank und die Geldkassette haben nur die Kassenwarte. Bei den paar Euros, die da liegen, braucht es ja keine großen Vorkehrungen. Sie können als Kassenwart die Schlüssel einfach bei sich zu Hause lagern.«

Moment mal! Mir fiel etwas ins Auge. Anfang August hatte es eine Entnahme von zweitausend Euro gegeben. Dieser Betrag war wesentlich höher als alle anderen. Allerdings war er durchgestrichen worden und schien dann wieder überschrieben worden zu sein, ich konnte es nicht richtig erkennen. Einige Fragezeichen waren in der gleichen Zeile vermerkt. Sehr seltsam! Meines Wissens durfte man in solchen Büchern nichts korrigieren, sondern ein ordentlicher Buchhalter musste eine erneute Buchung vornehmen, wenn die erste nicht korrekt gewesen war. Nun gut, Yilmaz und Germann waren sicher keine Profis, aber es schien mir schon auffällig, dass ausgerechnet an dem größten Betrag, den ich bisher im Buch erkennen konnte, derart herumgekritzelt worden war.

»Frau König?«

»Ja, Entschuldigung, das klingt alles sehr spannend, aber ich werde mir das erst noch mal genau durch den Kopf gehen lassen.« Ich klappte das Buch wieder zu. »Es ist ja doch eine große Verantwortung.« Ich griff wie nebenbei nach dem Ordner mit den Kontoauszügen. Innerlich hochkonzentriert, doch gleichzeitig bemüht, nach außen Gelassenheit vorzutäuschen, suchte ich rasch nach dem August-Auszug. »Aber es ist schon mal ungeheuer interessant zu sehen, wie viele Aufgaben es in einem Tierschutzverein gibt.« Hier war er. Ich scannte, so schnell ich nur konnte, die Soll-Spalte nach zweitausend Euro. Dann klappte ich den Ordner wieder zu.

»Ja.« Frau Schäfer lachte. »Also über Arbeitsmangel können wir uns wirklich nicht beklagen.«

»Übrigens, falls Tom fragen sollte: Ich war schon ab nachmittags bei euch und nicht erst seit eben.«

»Oh, là, là!« Tessa schaffte es, mich gleichzeitig bis über beide Ohren anzugrinsen und sich dabei einen Löffel ihrer indonesischen Hühner-irgendwas-Suppe in den Mund zu schieben.

Sonja schluckte rasch. »Betätigst du dich wieder als Ermittlerin und Tom soll nichts davon wissen?« Sie trug heute ihre Haare in mehreren Bahnen direkt am Haaransatz von vorne nach hinten geflochten. Irgendwie hatte sie auch weichere Gesichtszüge bekommen. Ob sie zugenommen hatte?

»Nein … Das heißt …«

»Nun sag schon.« Tessa schwang ihren Löffel mehrmals in meine Richtung. »Es steckt ein Mann dahinter!«

Ich wiegte meinen Kopf hin und her. »Toms Mordfall ist eine Sache für sich. Ich höre mich nur ein bisschen um. Aber der Grund, weshalb ich für heute Nachmittag ein Alibi benötige, ist in der Tat mein Ex-Freund Markus.«

»Ach, dein Ex-Freund! Ich dachte schon … Na, erzähl erst mal.« Tessa stopfte sich den nächsten Löffel hastig in den Mund.«

»Ist das der aus Hamburg, mit dem du vor Tom zusammen warst?«, fragte Sonja.

»Ja, also er hat mir vor ein paar Tagen einen Blumenstrauß geschickt …«

»Wie hast du die Blumen Tom erklärt?«, unterbrach mich Tessa.

Endlich konnte ich Tessa mal mit meiner Raffinesse beeindrucken. »Ich habe ihm allein die Vorderseite der Karte gezeigt, wo nur mein Name draufstand, und behauptet, es wäre kein Absender dabei.« Ich grinste triumphierend.

»Nicht überzeugend«, urteilte Tessa mit vollem Mund. »Ruf mich das nächste Mal an, wenn du wieder in so einer Situation bist.«

Ich schmollte. »Dafür war keine Zeit. Ich musste das in wenigen Sekunden entscheiden, weil Tom direkt daneben im Wohnzimmer saß.«

»Also da wäre mir auch nicht so schnell was eingefallen«, meinte Sonja zu meiner Unterstützung.

»Wo hast du die Karte gelassen?« Tessa fixierte mich, während sie sich den nächsten Löffel in den Mund schob.

Dass sie aber auch immer den wunden Punkt finden musste! »Ich gebe zu, das war vielleicht nicht so günstig, aber ich habe sie in meine Börse gesteckt und ...«

»Okay«, konstatierte Tessa, »wir können also schon mal festhalten, dass Tom über deine Affäre Bescheid weiß.«

»Quatsch, Affäre. Außerdem saß Tom auf der Couch und machte einen ganz entspannten Eindruck.« Tessa sah die Dinge immer zu schwarz.

Sie ließ ihren Löffel sinken. »Aber innerlich hat er gekocht!« Tessas Augen sprühten und sie machte mit ihrer freien Hand eine katzenartige Kratzbewegung in der Luft. »Du hättest auf seinen angespannten Kiefermuskel achten müssen. In Gedanken hat er seinen Nebenbuhler unter archaischem Gebrüll kurz und klein geschlagen, während du naiv lächelnd das Wasser in die Vase hast laufen lassen.«

Woher wusste Tessa das? Mir wurde auf einmal ganz mulmig.

»Lass dir von Tessa keine Angst machen«, schaltete sich Sonja nun wieder ein. »Erzähl mal lieber, wie das Date mit diesem Markus verlaufen ist.«

»Das war kein Date«, widersprach ich trotzig. »Er hat nächste Woche eine Fortbildung in Heidelberg und weil er schon auf dem Weg war, wollte er kurz bei mir vorbeischauen.«

»Klar.« Tessa hielt mit dem Löffel vor ihrem Mund inne. »Und weil alles so harmlos und nebensächlich gedacht war, hat er dir auch einfach nur eine WhatsApp-Nachricht geschickt, statt Blumen sprechen zu lassen.«

»Schscht!« Sonja machte eine abwehrende Handbewegung in Tessas Richtung. »Jetzt lass sie doch ausreden!«

Tessa hatte mich aus dem Konzept gebracht, aber ich versuchte, mich zu konzentrieren. »Okay, also wir haben uns vorhin in einem Café getroffen. Ich war auf ihn gespannt, auch wenn es schon eineinhalb Jahre her ist ...«

»Alte Liebe rostet nicht«, murmelte Tessa kaum hörbar vor sich hin.

»... aber er hat sich kaum verändert. Er ist von Beruf Lehrer und macht diese dreiteilige Fortbildung, weil er eine Seminarleitung in Aussicht hat. Es freut mich für ihn, dass er Karriere macht, denn er ist recht clever und hat schon lange im Auge, einmal Schuldirektor zu werden.«

Tessa gähnte demonstrativ und zog damit unsere Aufmerksamkeit auf sich. Dann nickte sie wiederholt ungeduldig und machte mehrfach eine kreisende Handbewegung, wie wenn sie beim Bodenturnen die Bänder zum Rotieren bringen wollte. »Ja, und weiter? Frauen?«

»Äh, nein. Aber das wusste ich schon von meiner Freundin Verena. Er hat wohl direkt nach mir eine Beziehung gehabt, aber das ist ebenfalls bald wieder in die Brüche gegangen. Er hat es mir aber vorhin auch noch einmal selbst erzählt.«

»Und das nicht ohne Hintergedanken.« Tessa löffelte ihre Suppe und schaute dabei auf den Teller.

»Das glaube ich nicht. Er war sehr nett und sachlich. Wir haben uns einfach zivilisiert unterhalten.«

»Aha!« Tessa zeigte mit dem Finger auf mich. »Er hat das außerordentlich klug vorbereitet. Erst ein Treffen, um Vertrauen zu schaffen, beim nächsten Mal geht er dann zum Angriff über.«

»Nein, so wirkte es überhaupt nicht auf mich.«

»Das Wichtigste haben wir noch gar nicht geklärt«, schaltete sich Sonja nun wieder ein. »Was hast DU für ihn empfunden?«

Ich legte den Löffel ab und lehnte mich zurück. »Ob ihr es glaubt oder nicht: Gar nichts. Seit ich mit Tom zusammen bin, ist Markus einfach ein vergangener Lebensabschnitt. Ich habe mich auch gefragt, ob ich nicht zumindest eine Art sentimentales Bedauern verspüren würde, wenn ich ihn wiedersähe, und diese Neugier war es auch, die mich zu dem Treffen veranlasst hat, aber er hat mich tatsächlich nicht im Mindesten berührt.«

»Das ist super«, sagte Tessa und griff nach der Schöpfkelle. »Dann können wir uns jetzt dem geheimnisvollen Unbekannten zuwenden, mit dem man dich im Café Riesinger gesehen hat.«

Ich setzte mich wieder aufrecht hin. »Mir scheint, ich stehe unter Beobachtung.«

»Na ja, für einen fremdgehenden Beerfeldener ist ein Café mitten im Ort nicht gerade der diskreteste Treffpunkt, um seine Obsessionen auszuleben.« Sonja kicherte.

Ich nahm meinen Löffel wieder auf und klopfte damit auf die Tischplatte, um meinen Worten mehr Nachdruck zu verleihen. »Also erstens möchte ich hiermit offiziell kundtun, dass Tom ein hervorragender Liebhaber ist und ich keinerlei Grund habe, irgendwelche Bedürfnisse außerhalb unserer Beziehung auszuleben. Und zweitens ist Christian ein Darmstädter Kollege von Tom, über den ich an wichtige Informationen zum Mordfall Germann komme, und den ich mir deswegen unbedingt warmhalten möchte.«

»Warmhalten ist schon mal gut«, sagte Tessa.

»Wir waren einfach neugierig, weil er unglaublich gutaussehend sein soll«, erklärte Sonja.

Wenn ich mich nur erinnern würde, wer bei meinem Treffen mit Christian mit uns im Café gesessen hatte und die undichte Stelle sein könnte! Ob diese Gerüchte auch bis zu Tom vorgedrungen waren?

»Ja, Christian ist zweifellos exorbitant attraktiv.«

Tessas Festnetztelefon klingelte. Sie machte eine abwehrende

Handbewegung. »Lasst es nur klingeln, ich möchte jetzt alles über diesen Christian wissen.«

»Na ja, was gibt es da zu sagen ...« Ich überlegte.

Der Anrufbeantworter ging mit einem Piepston an. Sofort ertönte eine aufgebrachte Männerstimme.

»Tessa, du verdammte Schlampe!«

Tessa sprang auf und lief zum Telefon.

»Du hast meinen Teppich ruiniert! Wenn ich dich in die Finger ...«

Tessa hatte das Telefon abrupt ausgeschaltet und lächelte uns verlegen an. »Mein Exfreund.«

»Welcher?«, fragte Sonja.

»Der Aktuelle natürlich. Die anderen haben sich mittlerweile eingekriegt.« Tessa setzte sich wieder. »Will noch jemand Suppe?«

KAPITEL 8

»Und stellt euch vor: Anfang August ist offensichtlich ein Betrag von zweitausend Euro aus der Kasse genommen worden, aber auf dem Kontoauszug war keine entsprechende Einzahlung zu finden.« Ich schob mir die Gabel mit einem Stück Sachertorte in den Mund.

»Nein!« Hedi schaute entsetzt.

Wir saßen bei mir in der Küche und schlemmten uns durch eine große Auswahl Tortenstücke, die ich beim Riesinger erstanden hatte.

Ich hob meine Hand, um anzudeuten, dass ich noch etwas sagen wollte. Dann schluckte ich rasch. »Und diese Ausbuchung im Kassenbuch war irgendwie mehrmals überschrieben oder durchgestrichen, also jedenfalls hatte man sich mit dem Eintrag sichtlich schwergetan.«

»Durchstreichen ist nicht erlaubt«, stellte Herbert fest. Er hatte bereits eines seiner beiden Tortenstücke aufgegessen, während ich noch nicht einmal die Hälfte meines ersten Stückes vertilgt hatte. Konnte es sein, dass er schnellere Kaubewegungen machte als ich? Ich versuchte, ihn unauffällig zu beobachten.

»Also wenn ihr mich fragt, hat Yilmaz irgendeine Schweinerei mit dem Geld gemacht, Germann hat ihn erwischt und dafür das Messer in den Rücken gestoßen bekommen.« Ich stieß meine Gabel mit Nachdruck durch die feste Schokodecke der Sachertorte, sodass es knackte.

Hedi bekam plötzlich einen Hustenanfall. Sie hielt sich rasch die Serviette vor den Mund, und ihre Augen tränten. Herbert klopfte ihr sanft auf den Rücken.

»Du sollst die Torte essen und nicht einatmen«, sagte er und zwinkerte mir zu.

Hedi beruhigte sich allmählich, trank ein paar Schluck Kaffee, lehnte sich dann zurück und atmete mehrmals tief durch. »Ich habe sie nicht eingeatmet.« Sie hielt sich die Hand auf die Brust. »Ich habe mich so erschrocken über Alex' These. Aber sie klingt leider nur zu schlüssig.«

»Das tut sie«, bestätigte Herbert. »Und meiner Ansicht nach ist damit der Zeitpunkt gekommen, wo du mit Tom über seinen Fall sprechen solltest. Du begibst dich wieder auf gefährliches Terrain.« Herbert kaute rasch. Von seinem zweiten Stück Torte war schon fast nichts mehr übrig. Ob er es war, der die Torte irgendwie einatmete?

»Tom?« Ich zog die Augenbrauen hoch. »Nein, der Germann-Fall wird doch von Christian von Bahlsen bearbeitet. Das hat Tom überhaupt nicht zu interessieren. Außerdem bin ich wirklich vorsichtig.«

Herbert sah mich kritisch an.

»Und seit Neuestem habe ich sogar einen völlig harmlosen Fall, in dem ich recherchiere. Der wäre sogar geeignet, falls Hedi sich mal als Ermittlerin probieren möchte.« Ich blickte Hedi auffordernd an.

»Oh, ja, das würde mich interessieren. Was ist das für ein Fall?« Hedi bekam glänzende Augen.

»Ihr dürft es aber nicht weitererzählen, weil es sich für Maren geschäftsschädigend auswirken würde. Mir ist heute Vormittag eine Idee dazu gekommen und ich habe mit Maren abgestimmt, dass ich euch als Detektive einspannen darf.«

»Ja, jetzt erzähl doch mal!« Hedi wurde ganz ungeduldig.

»In der Hessenstubb setzt offensichtlich jemand ständig Mäuse aus. Tom und Guido haben das ganze Gebäude überprüft, aber es gibt keine Schlupflöcher. Sie sind davon überzeugt, dass jemand die Mäuse absichtlich ins Haus bringt.«

»Schöne Sauerei«, kommentierte Herbert trocken.

»Ja, und sie haben drei ihrer Stammgäste in Verdacht, weil die einen Grund haben könnten, der Kneipe schaden zu wollen. Was mich interessieren würde, ist, wer von diesen dreien leicht an Mäuse kommt. Man muss sie ja erst einmal kaufen oder einfangen, bevor man sie in der Hessenstubb wieder aussetzen kann. Und hier kommt ihr ins Spiel.«

Hedi und Herbert sahen mich gespannt an.

»Hättet ihr vielleicht Lust, euch diese drei mal genauer anzusehen? Wer von ihnen kommt leicht an Mäuse? Hat jemand einen landwirtschaftlichen Betrieb oder Kontakte in diese Richtung? Hält sich einer der Verdächtigen Schlangen und hat schon allein dafür Mäuse im Haus? Könnt ihr mal unauffällig in den Zoogeschäften nachfragen, ob sie lebende Mäuse im Angebot haben und wer die dort kauft? Wobei ihr meiner Ansicht nach den Kreis nicht so weit um Beerfelden ziehen müsst, denn ich kann mir nicht vorstellen, dass jemand jede Woche zum Mäusekauf nach Heidelberg fährt, um seine Spuren zu verwischen. Und hier in Erbach gibt es ja eine Zoohandlung; ich weiß nur nicht, ob sie auch lebende Mäuse verkauft.«

»Das lässt sich herausfinden.« Herbert gab sich zuversichtlich.

»Aber nur, wenn ihr wirklich Lust dazu habt. Dann wäre ich euch sehr dankbar. Ich kann euch nachher die Namen der fraglichen Kandidaten aufschreiben. Es würde mir enorm weiterhelfen, denn der Germann-Mordfall hält mich ganz schön auf Trab.« Und nicht nur der.

»Ich hoffe, dass ich mir die Mäuse nur aus der Ferne ansehen muss.« Hedi blickte fragend auf Herbert.

»Ja«, antwortete dieser, »das kriegen wir locker hin.« Herbert griff nach dem Tortenheber und nahm sich sein drittes Stück Torte. »Weiß Tom, dass du dich in dem Mäuseproblem engagierst? Ich frage nur, damit wir uns nicht verplappern.«

»Äh, nicht so richtig.« Ich lächelte entschuldigend.

»Wo ist Tom überhaupt?«, fragte Hedi.

»Oh, er fährt sein Motorrad aus.« Ich griff nach meinem Kaffeelöffel und entschloss mich zu einem Geständnis. »Ich verstehe, dass das seine Leidenschaft ist. Ich fahre auch gerne mit ihm. Das Einzige, was mich stört, ist, dass er ständig ›Steig auf!‹ zu mir sagt, wenn wir losfahren wollen. Als ob ich das nicht sowieso gleich machen würde. Da versucht er offensichtlich, den Ton anzugeben, und ich fühle mich etwas bevormundet. Neulich haben wir in der Stadt Schorsch getroffen, und der war dabei, als ich mir gerade den Helm anzog und Tom ›Steig auf!‹ sagte. Das war mir ganz schön peinlich, und Schorsch hat auch so dreckig gegrinst.«

»Motorrad fahren ist definitiv gefährlich«, sagte Herbert. »Ich denke, dass Tom deswegen so bestimmend wird, weil er sich für deinen Schutz verantwortlich fühlt. Wenn es um die Sicherheit geht, kann man nicht lang rumdiskutieren. Wenn du hinter Tom aufs Motorrad kletterst, muss gewährleistet sein, dass er einen festen Stand hat und das Motorrad nicht umkippt.«

»Hm, das wäre vielleicht eine Erklärung. Aus diesem Blickwinkel habe ich sein Verhalten noch gar nicht betrachtet.« Ich rührte gedankenverloren in meinem Kaffee. »Bisher hat es mir immer nur Kummer gemacht, dass es möglicherweise für Tom gefährlich sein könnte. Wenn ich dabei bin, fährt er immer sehr vernünftig, aber ich bin mir nicht sicher, wie er fährt, wenn er alleine unterwegs ist. Manchmal frage ich mich, worüber ich mir mehr Sorgen machen sollte: Über seine Motorradfahrten oder über die Gefahren, die durch seinen Job auf ihn lauern.«

»Siehst du«, sagte Herbert, »du möchtest dir auch keine Sorgen um Tom machen. Also solltest du ihm ebenfalls keine bereiten.«

»So ist es«, fiel mir nun auch Hedi in den Rücken.

»Ihr habt grundsätzlich recht«, gab ich zu, »aber solange Tom nichts weiß, hat er auch keinen Grund, sich zu sorgen. So habe ich ihm auch nicht erzählt, dass ich neulich am Reitstall den Eindruck hatte, jemand hätte sich im Wald neben dem Parkplatz versteckt und würde mich beobachten. Ich habe mir tatsächlich eingebildet, derjenige würde mich bis in den Stall verfolgen, aber in Wirklichkeit war es dann nur eine andere Reitschülerin, die mich gesucht hat. Hätte ich wie eine hysterische Trulla sofort Tom angerufen, hätte ich ihn unnötig beunruhigt.« Ich zögerte, und Herbert sah mich aufmerksam an. »Allerdings gestern, das muss ich zugeben, da war ich mir nicht ganz sicher …«

Nun blickte auch Hedi gespannt auf. »Was war gestern?«, fragte sie.

»Na ja, da habe ich zugegebenermaßen das Gefühl gehabt, mit dem Auto verfolgt worden zu sein.« Ich beobachtete wie abwesend den sich in meiner Tasse kräuselnden Kaffee, als ich die Erinnerung wieder in mir wachrief. »Aber vielleicht habe ich mir das auch nur eingebildet.«

»Wann war das?«, fragte Herbert.

Ich schaute auf. »Nach der Arbeit. Ich bin nach Fischbachtal gefahren, weil ich mir Germanns Wohnort ansehen wollte.«

»Und?« Hedi legte ihre Gabel ab.

»Das mit Germann war leider nicht sehr ergiebig. Was seine Wohnung betraf, gab es nichts Besonderes zu sehen, und von den Nachbarn war gerade mal ein Einziger zuhause. Ich gab vor, von dem Mord gelesen zu haben, und fragte, ob die Wohnung zu vermieten sei, aber der Nachbar war nicht unbedingt gesprächig und hat mir nur den Namen des Vermieters genannt.« Ich trank einen Schluck Kaffee.

»Ja, und weiter?« Hedi beugte sich vor. »Wer hat dich verfolgt?«

Ich zuckte mit der Schulter. »Das weiß ich leider nicht. Vielleicht habe ich es mir auch nur eingebildet, wie die Sache am Reitstall. Es war natürlich auch schon ziemlich dunkel. Aber sowohl auf dem Hin- als auch auf dem Rückweg schien es mir, als ob der immergleiche Wagen hinter mir herfuhr. In einem großzügigen Abstand. Und wenn ich dachte, ich hätte ihn an einer Ampel abgehängt, dann tauchte er ruckzuck erneut in der gleichen Entfernung auf. Als ob er nach der Ampel so richtig Gas gegeben hätte, um mich wieder einzuholen. Das war ein bisschen gruselig.«

»Das ist sehr gruselig.« Hedi nickte. »Ich hätte das nicht ausgehalten.«

»Du solltest unbedingt Tom davon erzählen.« Herbert klopfte mit seiner Kuchengabel mehrmals leicht auf den Teller, als ob er sich mit dem wiederholten »Ping!« Gehör verschaffen wollte. »Er wird wissen, was zu tun ist.«

»Ja.« Ich ließ bewusst offen, welchen von Herberts beiden Sätzen ich bejahte. Und um weiteren Nachfragen zu entgehen, fuhr ich ein bombensicheres Ablenkungsmanöver auf. »Noch ein Stück Torte, Herbert?«

Heute verließ ich meine Arbeitsstelle etwas früher, um das letzte Tattoo-Studio auf meiner Liste anzufahren. Dazu musste ich bis zum Neckar, nach Eberbach. Wie immer hatte ich mich vorab telefonisch rückversichert, dass das Studio geöffnet hatte, und mein Kommen angekündigt. Wenn ich jetzt keinen Treffer landete, würde ich die Suche nach dem Träger des Schlangen-Tattoos aufgeben. Zumal ich mittlerweile Berat Yilmaz zu meinem Hauptverdächtigen erkoren hatte und gar nicht mehr sicher war, ob das Gespenst überhaupt eine Rolle bei der Ermordung Germanns spielte oder ob es nicht vielleicht nur zufällig auf den Fotos häufig in seiner Nähe zu sehen war.

Der Tätowierer, ein Herr Braun, hatte am Telefon nicht besonders höflich geklungen, deshalb wollte ich mich umso mehr anstrengen, trotz meiner pessimistischen Stimmung Freundlichkeit auszustrahlen. Ich fand einen Parkplatz direkt vor dem Studio. Als ich den Laden betrat, fiel mein Blick auf das Geschehen hinter der Theke: Eine junge Frau saß auf einem Stuhl, hatte den Arm auf der Lehne abgelegt und bekam gerade ein Tattoo in ihren Oberarm gestochen. Es sah aus wie ein Armreif. Der Tätowierer, vermutlich Herr Braun, saß mit dem Rücken zu mir davor, drehte bei meinem Eintreten nur leicht den Kopf und zeigte mit dem Arm von sich weg. »Nehmen Sie Platz. Ich brauche noch drei Minuten.«

In der Richtung, in die er gezeigt hatte, entdeckte ich zwei Sessel, und ich setzte mich in einen. Die Minuten vergingen. Niemand sprach.

Nach einer Viertelstunde hatte er seine Arbeit endlich beendet. Als er sich aufrichtete und zu mir umdrehte, offenbarte Herr Braun seine ganze Körpergröße. Er war groß und breit wie ein Bär, trug einen langen, rötlichen Bart, mehrere Piercings im Gesicht und Tattoos fast überall, wo ein Stückchen Haut zu erblicken war. Wie, um seinen leicht bedrohlichen Anblick zu unterstreichen, hatte er sich komplett in schwarzes Leder gekleidet. Ich schluckte und vergewisserte mich, dass ich nur durch eine große Schaufensterscheibe von der Straße getrennt war, sodass die Geschehnisse in diesem Studio von außen zu sehen waren. Die Kundin war mit ihrer Körperverzierung sichtlich zufrieden, bedankte sich, bezahlte und verließ das Studio.

Herr Braun wandte sich nun mir zu. Ich stand auf und gab ihm die Hand, die in der seinen förmlich verschwand. »Hallo, ich hatte vorhin angerufen, ich bin Alexandra König. Ich bin auf der Suche nach einem Tattoo und wollte Ihnen gerne ein Foto davon zeigen.« Ich zog mein Handy aus der Jackentasche und holte das Foto auf den Bildschirm. Dann zeigte ich es Herrn Braun. »So sieht es aus.«

Herr Braun nickte. »Kann ich Ihnen machen. Wohin?«

Diese Tätowierer hatten anscheinend alle eine schnelle Nadel. »Nein, ich wollte Sie nur fragen, ob Sie das Tattoo kennen. Ob Sie es schon mal jemandem gestochen haben.«

Er lehnte sich mit dem Rücken an die Theke. »Ja, ist mein Entwurf.«

Hurra! Mir wurde gleichzeitig heiß und kalt bei dieser freudigen Nachricht. Hatte sich der ganze Aufwand doch noch gelohnt! Ich sprang ein Stück auf ihn zu. »Wissen Sie noch, wem Sie das Tattoo gestochen haben?«

»Ja. Ist etwa zwei Jahre her. Steht in meinem Terminkalender. Muss ich für die Steuererklärungen aufheben.«

Beinahe hätte ich ihn vor Aufregung am Arm gepackt. »Das ist ja super! Könnten Sie mal nachschauen, wie der Kunde hieß?«

»Können schon.« Er sah mich provozierend ausdruckslos an.

Die lodernden Flammen meiner freudigen Erregung verwandelten sich augenblicklich in die erkalteten Reste eines gefüllten Aschenbechers.

»Wieso? Wo ist das Problem?«, fragte ich konsterniert.

»Schon mal was von Datenschutz gehört?« Er stemmte die Hände in die Hüften, um seiner Aussage Nachdruck zu verleihen.

»Ja, natürlich, aber ...« Ich suchte fieberhaft nach Argumenten.

»Vergiss es, Frau König.« Er lief hinter die Theke und schaute in ein Buch. »Mein nächster Kunde kommt gleich. Also, wenn das alles wäre ...«

Ich krallte mich an die leicht überstehende Platte, die die Theke abdeckte. »Es wäre aber unglaublich wichtig, dass Sie mir diesen Namen ...«

Er warf mir einen demonstrativ genervten Blick zu, der mir jede Hoffnung raubte.

»Und tschüss.« Er senkte den Kopf und kritzelte in sein Terminbuch.

Ich ließ meine Arme sinken. Okay. Bei Herrn Braun biss ich auf Granit. »Auf Wiedersehen.« Frustriert verließ ich das Studio und setzte mich in mein Auto.

Dieser Typ saß auf Informationen, die Gold wert waren, und rückte sie einfach nicht heraus! Ich kochte. Am liebsten hätte ich ihm eine Pistole vor die Brust gehalten und ihn gezwungen, mir den Namen zu nennen.

Mir ging Tom durch den Sinn, der vermutlich noch nicht einmal seine Pistole zücken müsste, um den Mann zum Reden zu bringen. Tom würde wahrscheinlich ganz lässig seine Dienstmarke vorzeigen und sagen: Rede schon, Junge, oder es raucht!

Der Gedanke an Tom führte mich zur entscheidenden Idee. Aber klar doch! Tom war ja nicht der einzige Mensch mit Dienstmarke! Dies war Christians Fall, und Christian könnte Herrn Braun genauso kraft seines Amtes und ganz offiziell zum Reden bringen. Und da er im Gegensatz zu Tom kein privates Interesse daran hatte, mich vom Ermitteln abzuhalten, würde er es mir sicher nicht übelnehmen, dass ich im Germann-Fall Nachforschungen angestellt hatte. Vielmehr hoffte ich, dass Christian über die unerwartete Hilfeleistung entzückt sein würde.

Ich wählte seine Nummer und lauschte dem Piepton, während ein neuer Kunde das Tattoo-Studio betrat.

Dann nahm Christian den Anruf an. »Christian von Bahlsen.«

»Hallo, Christian, hier ist Alex.«

»Alex, was für eine Überraschung! Wie geht es dir?«

»Grundsätzlich gut, aber im Moment ärgere ich mich sehr.«

»Weshalb? Kann ich dir irgendwie helfen?«

Wie nett! »Ja, pass auf. Mich hat dieser Germann-Mordfall die ganze Zeit nicht losgelassen ...«

»Das tut mir sehr leid.«

Mein Gott, was für ein verständnisvoller Mann!

»Danke, aber das meine ich jetzt nicht. Ich habe gesehen, dass auf der Halloween-Veranstaltung, wo Germann ermordet wurde, sehr häufig jemand in einem Gespenster-Kostüm in seiner Nähe herumgeschlichen ist.«

»Was? Warum hast du das nicht bei der Zeugenbefragung erwähnt?« Selbst Christians Vorwurf klang irgendwie noch charmant.

»Das habe ich erst später erfahren. Ich habe mir die Fotos angesehen, die Dirk Zengel gemacht hat.«

»Verdammt, Alex, das ist ...«

O weh, wollte er mir jetzt den Kopf waschen?

Er hielt kurz inne. »Das ist nicht ungesetzlich.« Er lachte. »Alex, du bist wirklich eine ungewöhnliche Frau.«

Falls er versuchte, mich um den Finger zu wickeln, so war er dabei gerade einen deutlichen Schritt weitergekommen.

»Also jedenfalls war auf den Fotos häufig dieses Gespenst in Germanns Nähe, als wenn es ihn verfolgt hätte ...«

»Das haben meine Mitarbeiter gar nicht erwähnt ...«

»Es war auch oft nur ganz klein abgebildet und nie in direkter Interaktion mit Germann. Wie dem auch sei, auf einer Aufnahme ist zu sehen, dass es ein Schlangen-Tattoo auf dem Arm trägt, deswegen habe ich die letzten Tage bei allen möglichen Tattoo-Studios das Foto mit dem Schlangen-Tattoo vorgezeigt, aber keiner konnte sich daran erinnern – bis heute.«

Ich hörte förmlich, wie Christian den Atem anhielt.

»Ich bin hier bei ›Du und dein Tattoo‹ in Eberbach, und dieser Herr Braun hat mir auch bestätigt, dass er das Tattoo vor etwa zwei Jahren gestochen hat, aber er will mir aus Datenschutzgründen nicht sagen, wer der Kunde war. Deshalb dachte ich ...«

»Alex, du bist ein Goldschatz. Ich fahre sofort los.«

Ich hörte Christian bereits laufen.

Er atmete jetzt lauter. »Wirst du auf mich warten?«

Spürte nur ich, dass diese Frage Raum für mehrere Konnotationen ließ?

»Ja.«

Ich hatte mich zunächst in mein Auto gesetzt und auf Christian gewartet, aber schon nach einer Viertelstunde hielt ich die Kälte nicht mehr aus. Ich suchte nach dem nächstbesten Café und trank dort einen Milchkaffee, um mich innerlich und äußerlich aufzuwärmen. Nach einer Dreiviertelstunde ging ich zum Tattoo-Studio zurück und lief auf dem Bürgersteig auf und ab. Herr Braun warf mir bei meinem ersten Vorbeischreiten einen kurzen, gelangweilten Blick zu und strafte mich von da an mit demonstrativer Missachtung. Ich marschierte noch ein wenig hin und her, um mich warm zu halten, dann setzte ich mich wieder in meinen Wagen. Von Darmstadt bis Eberbach dürfte es mit dem Auto etwa eine Stunde und fünfzehn Minuten dauern, sodass Christian allmählich hätte eintreffen müssen.

Tatsächlich fuhr er wenige Minuten später mit dem Auto vor. Ich freute mich, ihn zu sehen, putzte mir rasch die Nase und stieg aus meinem Wagen. Christian kam mir lächelnd entgegen. Nachdem wir uns begrüßt hatten, legte er seine Hand auf meine Schulter. »Mein Mitarbeiter hat in der Zwischenzeit die Fotos erneut gesichtet und mich anschließend angerufen. Er hat deine Einschätzung vollumfänglich bestätigt. Ich kann dir gar nicht sagen, wie dankbar ich dir bin, dass du diese wichtige Entdeckung gemacht hast.«

»Ja, und schau mal«, bestätigte ich und zeigte mein Handyfoto vor, »so sieht dieses Schlangen-Tattoo aus.«

Christian betrachtete es kurz. Dann schaute er auf das Schaufenster des Tattoo-Studios. »Okay, lass uns diesem Tätowierer auf den Zahn fühlen.«

Christian öffnete mir galant die Tür zum Tattoo-Studio und ließ mich vorgehen. Herr Braun, der hinter der Theke saß, blickte nur kurz auf.

»Was wollen Sie diesmal?«, fragte er, während er den Blick wieder auf seine Zeitschrift richtete.

»Das Gleiche wie vorhin«, antwortete ich, und Christian legte geräuschvoll seine Dienstmarke auf die Theke. Herr Braun erstarrte sichtlich, schenkte uns dann aber endlich seine volle Aufmerksamkeit.

»Christian von Bahlsen, Fachkommissariat für Tötungsdelikte im Polizeipräsidium Darmstadt. Wie ist Ihr werter Name?« Christian steckte seine Dienstmarke wieder ein.

»Dietmar Werner Braun.« Ein Schuljunge hätte seinen Namen nicht gehorsamer aufsagen können. Herr Braun warf mir einen kurzen Blick zu, den ich mit einem breiten Grinsen erwiderte.

Christian reichte Herrn Braun seine Hand über die Theke und schüttelte dessen zögerlich ausgestreckte Pranke unbefangen. »Herr Braun, ich ermittele gemäß den Paragraphen einhundertsechzig und folgenden der Strafprozessordnung in einem Mordfall und benötige zur Feststellung eines dringend Tatverdächtigen den Namen Ihres Kunden, der sich von Ihnen das Tattoo hat stechen lassen, welches Ihnen von Frau König bereits auf einem Foto gezeigt wurde. Wären Sie so freundlich, uns diesen Namen aus Ihrem Terminbuch herauszusuchen?«

Herr Braun nickte unsicher, dann bückte er sich und zog aus einem hinter der Theke stehenden Kleinmöbel einen Terminkalender hervor. Er legte ihn auf die Theke. »Das müsste 2016, ungefähr im Sommer gewesen sein.« Er schlug den Kalender in der Mitte auf und fing an zu suchen. Es dauerte etwa drei Minuten, während derer sich feine Schweißperlen auf seiner Stirn bildeten. Sieh an, der bärige Kerl konnte doch Gefühle zeigen, wenn auch keine freundlichen.

»Hier.« Er drehte das Terminbuch um und meine Handinnenflächen begannen, vor Aufregung zu schwitzen. Herr Braun zeigte mit dem Finger auf den Eintrag und Christian und ich lasen gespannt mit: »21.07., Schlange um Rose gewunden, mehrfarbig, 250 Euro, Kerstin Trumpfheller.«

KAPITEL 9

Christian und ich sahen uns an und ich konnte in seinen Augen lesen, dass auch ihm der Name nicht unbekannt war. In meinem Hirn rotierte es. Frau Trumpfheller war die Witwe von Jens Trumpfheller, und das war Toms aktueller Mordfall. Hatte Christian sich über Toms Fall informiert? Was zum Teufel hatte Frau Trumpfheller auf dem Halloweenfest in der Nähe von Christians Mordopfer Henrik Germann zu suchen gehabt? Oder sollte alles nur ein seltsamer Zufall sein?

Christian hatte sich vor mir gefasst und mittlerweile wieder an Herrn Braun gewandt. »Darf ich das fotografieren?«

Herr Braun nickte und Christian machte Aufnahmen von dem brisanten Eintrag.

»Und Sie haben auch keinerlei Zweifel, dass dieses Tattoo eine individuelle Anfertigung speziell für Frau Trumpfheller war?«, fragte ich zur Sicherheit.

Herr Braun nickte bekräftigend. »Ja, das habe ich selbst entworfen.«

»Und Sie haben auch keinem weiteren Kunden dieses Tattoo gestochen?«, fragte Christian.

Herr Braun schüttelte den Kopf.

»Gut, dann danke ich Ihnen für Ihre Kooperation«, sagte Christian höflich und wir verabschiedeten uns.

Draußen auf der Straße platzte es aus mir heraus. »Kerstin Trumpfheller ist die Witwe in Toms aktuellem Mordfall! Das gibt's doch nicht!«

»Das ist wirklich sehr bemerkenswert.« Christian schien eine Weile nachzudenken, dann zückte er sein Handy.

Ich hatte diese neue Information immer noch nicht richtig verarbeitet. Kerstin Trumpfheller! Dabei gab es doch überhaupt keine Verbindung zwischen Toms Mordfall und dem von Christian!

»Hallo, hier ist Christian von Bahlsen. Ich habe eine interessante Neuigkeit.« Christian erzählte wem auch immer am Telefon von unserer erstaunlichen Entdeckung. Er schloss das Telefonat mit den Worten: »Ich bin gleich bei Ihnen.« Wahrscheinlich hatte er mit seinem Mitarbeiter gesprochen.

Als er sein Handy wieder in die Tasche gleiten ließ, wollte ich meine Verwunderung mit ihm teilen: »Was ich nicht verstehe, ist, warum ...«, aber plötzlich klingelte mein Handy. Ich entschuldigte mich bei Christian und nahm den Anruf unbesehen an.

»Alexandra König.«

»Was zum Teufel hast du mit von Bahlsens Mordfall zu schaffen?«

Schon beim ersten Wort durchfuhr mich ein heißer Schreck, denn die Stimme war mir allzu vertraut. Ich sollte mir dringend einen gesonderten Klingelton für Tom einrichten.

»Oh, ich habe nur ...«

»Sag mir nicht, dass du in seinem Fall recherchiert hast.« Keine Frage, Tom war ziemlich aufgebracht. Wenn ich seine Reaktion auf meine sensationelle Entdeckung allerdings mit der von Christian verglich, platzte mir fast der Kragen.

»Doch, das wollte ich gerade sagen, bevor du mich so rüde unterbrochen hast. Christian hat sich sehr über diese wichtige

Entdeckung gefreut.« Ich schaute auf Christian, der freundlich lächelnd nickte.

»Alex, du bist mein Sargnagel.« Ich hörte Toms Bürostuhl quietschen. Christian zog derweil eine witzige Grimasse und zeigte auf mein Handy, dann schüttelte er den Kopf. Ich lächelte über seine Faxen, aber sie brachten mich auch auf eine clevere Idee.

»Wir kommen gleich bei dir vorbei, dann können wir ja weiterstreiten. Bis dann«, sagte ich rasch und drückte das Gespräch weg, sodass Tom keine Widerworte mehr geben konnte.

Während ich das Handy wieder einsteckte, sagte Christian: »Bitte entschuldige, aber Tom hat so laut gesprochen, dass ich leicht mithören konnte. Warum echauffiert er sich dermaßen? Deine Klugheit hat uns einen wichtigen Ermittlungsfortschritt eingebracht.«

»Tom macht sich andauernd viel zu viele Sorgen um mich. Er möchte mich aus seinen Fällen immer heraushalten. Dabei habe ich ihm schon manches Mal helfen können. Aber in der Stimmung möchte ich ihm nicht so gerne nachher zuhause begegnen. Deshalb kam mir gerade die Idee ... Es macht dir hoffentlich nichts aus, wenn ich mit dir zu Tom in die Polizeidirektion fahre? Ich glaube, er ist auf hundertachtzig, und ich hoffe, dass seine Unmutsbekundungen etwas weniger krass ausfallen, wenn du zugegen bist.« Ich lächelte Christian charmant an. »Ich würde dich gerne als Retter der Witwen und Waisen missbrauchen.«

Christian grinste und schlug seinen Mantelkragen hoch. »Diese Rolle steht mir ganz besonders gut.«

Auf dem Weg nach Erbach fuhr Christian hinter mir her. Es erinnerte mich an die Situation, als ich mich auf der Fahrt nach Fischbachtal verfolgt gefühlt hatte, allerdings wusste ich ja, dass mir

Christians Anwesenheit eher Schutz bot, statt eine Bedrohung darzustellen. Aber es war interessant zu sehen, wie diese Polizisten sich an jemandes Fersen heften konnten, ohne besonders aufzufallen.

Folgerichtig trafen wir zeitgleich vor der Polizeidirektion in Erbach ein. Der Parkplatz davor war um diese Zeit fast leer. Wir meldeten uns am Empfang und liefen hoch zu Toms Büro. Christian ließ mich in seiner galanten Art als Erste eintreten. Tom stand bei meinem Anblick mit grimmiger Miene auf und stemmte die Hände in die Hüften. Als hinter mir Christian folgte, ließ er seine Arme jedoch wieder sinken. Ich unterdrückte ein frohlockendes Grinsen. Mein Plan schien zu funktionieren.

»Hallo. Setzt euch.« Tom zeigte auf seinen Drehstuhl hinter dem Schreibtisch und den Besucherstuhl gegenüber. Er lehnte sich mit dem Po an die Schreibtischplatte und drehte damit mir, die ich hinter dem Schreibtisch Platz genommen hatte, demonstrativ den Rücken zu. Ich ließ mich nicht beeindrucken und rollte einfach mit dem Stuhl um den Schreibtisch herum, sodass ich beiden Männern in die Augen sehen konnte.

»Wie ich am Telefon bereits geschildert habe, hat Alex eine wichtige Entdeckung gemacht, die meine Mitarbeiter leider übersehen haben«, begann Christian das Gespräch.

»Jemand in einem Gespensterkostüm und mit Kerstin Trumpfhellers Tattoo am Arm hat also ihren Schwager auf dem Halloweenfest verfolgt«, fasste Tom seinen Wissensstand zusammen.

»Ja«, bestätigte Christian. »Sie waren nicht gemeinsam auf der Veranstaltung, aber das Gespenst hielt sich immer in Germanns Nähe auf.«

Ich konnte gerade geistig nicht ganz folgen. »Äh, Moment mal, was für ein Schwager?«, fragte ich verwirrt.

Christian sah mich erstaunt an. »Na, ihren Schwager eben! Henrik Germann ist doch der Bruder von Jens Trumpfheller!«

»Waaaas?« Ich war kurz davor, von meinem Stuhl aufzuspringen. »Davon wusste ich überhaupt nichts! Aber ... warum haben sie denn unterschiedliche Namen?«

»Trumpfheller hat den Namen seiner Frau Kerstin angenommen, als sie geheiratet haben«, erklärte Tom sachlich. An seinem Blick konnte ich allerdings erkennen, dass er immer noch sauer auf mich war.

»War dir diese Verbindung nicht klar?« Christian schaute mich perplex an. »Du hast Frau Trumpfheller doch auf der Beerdigung gesehen!«

Ich starrte ratlos auf ihn. Dann kapierte ich. »Die schwarz Gekleidete mit dem Hutschleier vor dem Gesicht, die als Erste ans Grab getreten ist!«

Christian und Tom nickten.

»Aber da war sie ja gar nicht zu erkennen«, beklagte ich mich.

»Nun, ich dachte, wo du schon ihretwegen mit der Reiterei angefangen hast, hättest du sie trotzdem erkannt.« Toms Miene verriet dem aufmerksamen Betrachter seine Freude darüber, mir so ganz nebenbei mitteilen zu können, dass er meine Absichten längst durchschaut hatte.

»Ich habe nicht wegen Kerstin Trumpfheller angefangen zu reiten«, log ich schamlos. »Mich hat allein der Germann-Fall interessiert, weil ich die Leiche gefunden hatte.« Es war sicher klüger, Tom nicht gleich damit zu konfrontieren, dass ich in beiden Fällen recherchierte.

Tom blickte ebenso überrascht wie skeptisch.

»Niemand will dir etwas vorwerfen«, sagte Christian versöhnlich. »Schon gar nicht, wo du uns dermaßen gut weitergeholfen hast.«

Ich lächelte Tom spöttisch an. Endlich ein Mann, der meine Fähigkeiten zu schätzen wusste! »Und ihr wusstet das bereits? Das hätte mir ja mal einer sagen können.« Den vorwurfsvollen Ton in meiner Stimme sollten sie ruhig hören.

Christian wand sich ein wenig. »Ich habe es auch erst nach unserem gemeinsamen Mittagessen in Darmstadt erfahren, als wir Germanns Bruder befragen wollten und feststellen mussten, dass dieser ebenfalls Opfer eines Tötungsdelikts geworden ist. Deshalb habe ich mit Tom Kontakt aufgenommen und er hat mich gebeten, nicht mit dir über meinen Fall zu sprechen. Er hat wohl vorausgesehen, dass dich der Leichenfund zu Recherchen animieren würde.«

Ich zog die Augenbrauen hoch. Deshalb hatte Christian nach der Beerdigung bei unserer Verabredung im Café Riesinger so wenige Informationen herausgerückt! Die Jungs hatten sich über mich unterhalten und versucht, mich auszugrenzen. Und ich hatte von all dem nichts bemerkt.

Ich verschränkte die Arme vor der Brust und blickte auf Tom. »Wieso hast du beim Halloween-Fest nicht gemerkt, dass es sich bei dem Toten um Trumpfhellers Bruder handelte?«

Tom antwortete unwillig. »Sein Gesicht war kaum zu sehen und sein Name wurde mir auch nicht genannt, also woher sollte ich wissen, um wen es sich handelte? Außerdem hatten meine Mitarbeiter Trumpfhellers Bruder befragt, sodass mir sein Aussehen sowieso nicht bekannt war.«

Offensichtlich war auch Christian Toms schroffer Ton mir gegenüber aufgefallen. »Tom ist nur um dich besorgt, das wirst du doch sicher verstehen.« Christians Stimme wurde regelrecht fürsorglich, sodass ich beinahe automatisch »Ja« gesagt hätte.

Tom verhinderte jedoch glücklicherweise, dass ich mich von Christian einlullen ließ. Er hatte die Hände rechts und links auf den Rand der Schreibtischplatte gestützt und trommelte ungeduldig mit den Fingern, was mich dazu veranlasste, Christians Bemerkung zu ignorieren und ihn stattdessen zu fragen: »Was mich interessieren würde, hat das Gespenst Germann auf Burg Frankenstein wirklich verfolgt, oder warum seid ihr euch so sicher, dass es nicht vielleicht doch mit ihm zusammen die Veranstaltung besucht hat?« Zwar war ich davon überzeugt, dass das Gespenst nicht mit Germann gemeinsam auf das Fest gegangen war, aber ich hätte meine Theorie gerne von den Profis bestätigt bekommen.

»Nun, mein Mitarbeiter hat sich die Fotos genau angesehen. Sie interagieren nicht, und das Gespenst läuft tendenziell immer ihm nach, während Germann sich nie nach ihm umgedreht hat oder seinerseits hinter ihm hergelaufen wäre.«

»Hinter IHR hergelaufen wäre«, korrigierte ich Christian.

»Nein, hinter ihm, dem Gespenst«, erläuterte er.

Ich beharrte auf meiner Version. »Aber es heißt: Hinter IHR, nämlich Frau Trumpfheller.«

Christian schüttelte den Kopf. »Nein, Frau Trumpfheller kann nicht unter dem Gespensterkostüm gesteckt haben.«

»Wieso?« Hatte ich noch etwas verpasst?

»Sie hat ein wasserdichtes Alibi.«

»Was?«, rief ich fassungslos aus. Der Fall wurde ja immer verzwickter statt durchsichtiger! »Was für ein Alibi denn?«

Tom senkte den Kopf und massierte sich mit Daumen und Zeigefinger den Nasenrücken, aber ich bemühte mich, ihn nicht zu beachten.

»Sie war an Halloween mit einem Freund auf einer Tanzveranstaltung in Michelstadt«, erklärte Christian geduldig. »Und zwar so lange, dass sie unmöglich den Mord auf Burg Frankenstein begangen haben kann.« Er sah mich unverwandt an und nickte langsam.

Ich lehnte mich zurück. Toms Drehstuhl quietschte dabei. »Aber was ist dann mit dem ach so individuellen Tattoo?«

»Vielleicht hat uns Herr Braun angelogen, oder er hat sich geirrt. Vielleicht hat er die Vorlage irgendwo abgekupfert. Oder jemand anderes hat das Tattoo bei Frau Trumpfheller gesehen und sich das gleiche stechen lassen. Ich werde der Frage nachgehen müssen, wer sonst noch als Träger des Schlangen-Tattoos in Frage kommt.« Christian seufzte. »Es wird auf alle Fälle schwer werden, Frau Trumpfheller dadurch zu belasten. Und womöglich ist dies wirklich eine falsche Spur. Ihr Alibi spricht jedenfalls für sie. Der Zeuge ist absolut glaubwürdig.«

»Wir sollten Frau Trumpfheller dennoch damit konfrontieren«, wandte Tom sich unter demonstrativer Missachtung meiner Person erneut an Christian.

»Ja«, stimmte dieser zu, »aber ich denke, das hat keine Eile. Sie kann sich auf ihrem Alibi ausruhen und muss gar nichts zu dem Tattoo sagen.«

Tom nickte unmerklich.

»Gibt es denn sonst keine Verdächtigen?« Ich hoffte, den Jungs noch mehr Informationen aus der Nase ziehen zu können.

Tom und Christian antworteten gleichzeitig.

»Nein«, sagte Tom.

»Doch«, kam es aus Christians Mund.

Dann schauten sie sich in die Augen.

Tom redete als Erster. »Keine, die dich interessieren müssten.« Er verschränkte die Arme vor der Brust.

Ich blickte auf Christian. Er wand sich ein wenig. »Wenn du die Fotos von Herrn Zengel gesehen hast, weißt du ja bereits, dass Henrik Germann sich mit einem anderen Mann gestritten hat.«

Tom stand jetzt auf. »Und mehr gibt es dazu auch nicht zu sagen.«

Aha, sie wussten also noch etwas über Yilmaz, was Tom mir nicht sagen wollte. Aber ich konnte mir nicht vorstellen, dass sie die Bücher des Tierschutzvereins geprüft hatten. Doch solange ich nicht handfestere Infos hatte, wollte ich noch nicht darüber reden. Allerdings gab es ja noch eine weitere wichtige Spur, von der ich nicht glaubte, dass Tom sie kannte, und die ich ihm wie einen Köder vor die Nase halten konnte, um sie im letzten Moment wegzuziehen. Es sei denn, er versorgte mich im Gegenzug mit seinen Ermittlungserkenntnissen.

»Tja, dann interessiert euch wahrscheinlich auch nicht der Vorfall mit dem erschossenen Fuchs. Schade, ich hatte gedacht, wir könnten gegenseitig von unserem Wissen profitieren.«

Christian stützte beide Hände auf seine Oberschenkel und beugte sich vor. »Doch, das würde mich sehr interessieren. Was hat es mit diesem Fuchs auf sich?«

Ich warf Tom einen kurzen Blick zu. Er taxierte mich. Ich stand seufzend auf und schob den Drehstuhl wieder an seinen Platz. »So funktioniert das nicht. Ich möchte ...«

Erst im Umdrehen bemerkte ich, dass Tom mir nachgelaufen war und dicht vor mir stand. Wollte er mir drohen? Ich fuhr im Geiste schon mal meine Krallen aus.

Tom legte jedoch seine Hände sanft an meine Oberarme. »Alex, wenn du etwas weißt, was für die Ermittlungen wichtig wäre, dann bitte ich dich, es uns zu sagen.«

Huch, versuchte Tom, die höfliche Tour von Christian zu imitieren? Er schaute mir tief in die Augen. Welch Gemeinheit! Er wusste offensichtlich genau, wie er mich weichkochen konnte.

»Also gut. Neulich in der Hessenstubb hat Heinz erzählt, dass die Trumpfhellers einen Fuchs aufgezogen und ausgewildert hatten, und dass dieser Fuchs jeden Abend zu ihrem Haus zurückkam, um sich Futter abzuholen. Wenige Wochen vor Trumpfhellers Tod wurde der Fuchs am Galgen erschossen. Und die Trumpfhellers hatten kein großes Aufheben darum gemacht, obwohl sie unheimlich wütend gewesen sein müssen.«

Tom und Christian schauten sich an. Dann sah Tom wieder auf mich. »Und woher weiß Heinz das alles?«

»Von einem Nachbarn, der die Trumpfhellers den Fuchs hat suchen gehen sehen. Später kamen sie mit dem toten Tier zurück und begruben es in ihrem Garten.«

Tom wandte sich an Christian. »Ich lasse Günter – meinen Mitarbeiter – morgen den Nachbarn befragen. Sie sollen den Fuchs exhumieren und die Patrone rausholen. Es würde mich nicht wundern, wenn sie zu einer anderen Patrone passt, die wir schon als Beweisstück gesichert haben.«

Christian nickte. Die Männer sahen sich nachdenklich an.

Und wo blieben die Dankesbezeugungen für meine tollen Recherchen? Undank war der Welten Lohn!

Tom drehte sich wieder zu mir und deutete energisch mit dem Zeigefinger auf mich. »Und wir beide machen morgen einen Ausflug zum Beerfelder Galgen.«

Nach der Besprechung mit Christian in Toms Büro fuhren Tom und ich gleichzeitig von Erbach nach Hause. Tom traf mit dem Motorrad vor mir ein. Er hatte sich bereits über den Inhalt des Kühlschranks hergemacht, als ich die Haustür hinter mir schloss. Ich stiefelte in die Küche.

»Ich bin schlagkaputt. Ich weiß, dass ich mit dem Kochen dran bin, aber ich kann nicht mehr.«

»Dann lass es einfach.« Tom sprach mit halbvollem Mund und reichte mir sein Käsebrot.

»Ein halb angefressenes Käsebrot, na super.« Ich biss in das Brot und schaute selber in den Kühlschrank. Wenigstens schien Tom nicht mehr sauer zu sein. Er setzte sich an den Küchentisch und aß. Ich nahm mir eine Paprika, legte das Käsebrot auf einen Teller und stellte diesen auf den Tisch. Dann ging ich zum Spülbecken, um die Paprika zu waschen.

»Ich finde, du hättest dich wenigstens mal bedanken können für all die Infos, die ich herausgefunden habe.«

»Danke«, sagte Tom mit vollem Mund. »Und ab sofort möchte ich, dass du aufhörst, deine Nase in meine Ermittlungen zu stecken.«

»Das tue ich ja gar nicht.« Ich schnitt die Paprika in der Mitte durch und fing an, sie von ihren Kernen zu befreien. »Ich habe nur in Christians Fall recherchiert.«

»Wir arbeiten zusammen, weil es ein überzufälliges Ereignis ist, dass in einer Familie zwei Brüder eines unnatürlichen Todes sterben. Somit mischst du dich auch in meinen Fall ein.« Ich hörte, wie Tom aufstand und sich hinter mich stellte. »Außerdem spionierst du Frau Trumpfheller während deiner Reiterei nach. Und was den Fuchs betrifft …« Tom griff an mir vorbei und schnappte sich die bereits geputzte Paprikahälfte.

»He!«, protestierte ich.

»… so gehört der ja wohl auch eindeutig zu meinem Fall.« Tom lief wieder zum Tisch und setzte sich.

»Du liegst falsch. Ich reite aus Eigenantrieb. Das ist alles. Und das mit dem Fuchs habe ich zufällig in der Hessenstubb erfahren. Heinz hat nach deinem aktuellen Fall gefragt und dann hat er von sich aus den Fuchs erwähnt. Ich verstehe nicht, warum es dir so schwerfällt, meine Ermittlungserfolge anzuerkennen. Ich habe mehr Erkenntnisse aus den Fotos von Dirk Zengel gezogen als ihr Profis. Christian hat sich jedenfalls bedankt.«

»Ph!« Tom biss in die Paprika.

»Er ist ein sehr höflicher Mensch.«

Tom kaute und setzte sein Pokerface auf.

Ich lief zum Tisch und nahm Platz. »Ich finde, du könntest ruhig erzählen, was du über den Mann weißt, der sich auf den Fotos mit Germann gestritten hat.«

Tom schluckte seinen Bissen herunter. »Frag doch deinen Keks.« Er sah mich provozierend an.

»Wen?«

»Dein Krümelmonster.« Tom zog die Augenbrauen zusammen.

»Meinst du Christian? Was hast du nur mit ihm, er ist doch sehr charmant.« An Christians Manieren könnte sich Tom ruhig mal ein Beispiel nehmen.

Tom schlug mit der Faust auf einen Brötchenkrümel, der vom morgendlichen Frühstück auf dem Tisch liegengeblieben war. Dann blickte er wieder auf mich. »Der geht mir auf den Keks.« Er starrte mich an. »Der soll dich bloß nicht vollkrümeln!«

Tom und ich fixierten uns drei Sekunden gegenseitig mit den Augen. Dann prusteten wir gleichzeitig los.

»Vollkrümeln! Wie kommst du denn darauf?« Ich hielt mir den Bauch vor Lachen. »Neulich hast du doch gemeint, er würde fusseln!« Ich bekam mich nicht mehr ein.

Tom beruhigte sich wieder etwas. »Ich suche nur nach einer höflichen Umschreibung für die Tatsache, dass er bei deinem Anblick immer an das Eine denkt.«

»Was? An Kekse?« Ich konnte meinen Lachanfall nicht mehr stoppen.

»Nein.« Tom blickte übertrieben nach oben. »Das, was mit ›S‹ beginnt.«

»Schokokekse?« Ich wieherte vor Lachen.

Tom brach erneut in Gelächter aus. Dann wurde er wieder sachlich. »Das mit dem Galgen morgen war kein Witz. Vielleicht macht dir der Anblick der Hinrichtungsstätte den Ernst der Situation klar.«

Ich kam freitags generell früher von der Arbeit nach Hause. Wir hatten Glück mit dem Wetter, denn die Sonne schien bereits seit mittags, wenn auch schwach. Aber es würde hell genug sein, um alles gut zu sehen.

Bisher war ich am Galgen höchstens vorbeigefahren; es hatte mich noch nichts dazu gedrängt, ihn genauer zu betrachten. Ich wusste, dass diese mittelalterliche Hinrichtungsstätte bis ins neunzehnte Jahrhundert hinein in Betrieb gewesen war, und fand es grausam, Menschen auf diese Weise zu töten. Mal abgesehen davon, dass es generell grausam war, Menschen zu töten. Tom an meiner Seite würde dem Ort jedoch den Schrecken nehmen, somit sah ich dem mir aufgezwungenen Ausflug zuversichtlich entgegen. Außerdem interessierte es mich tatsächlich, den Ort der Fuchstötung in Augenschein zu nehmen.

Als ich Toms Motorrad vorfahren hörte, sprang ich auf und öffnete die Tür. Ich lächelte ihm zu.

Er klappte sein Visier hoch und lächelte ebenfalls. »Steig auf!«

Tom, bestimmend wie immer. Ich machte eine beschwichtigende Handbewegung. »Moment mal, ich muss mir erst noch eine Jacke anziehen.« Ich zog mir rasch Jacke und Schuhe an, trat hinaus und schloss die Haustür ab. Als ich mich umdrehte, reichte Tom mir bereits meinen Helm. Ich setzte ihn auf und ließ mich hinter Tom nieder. Aus irgendeinem Grund war dies ein Platz, auf dem ich mich immer geborgen fühlte. Ich schlang meine Arme um ihn, und er fuhr los.

Der Beerfelder Galgen befand sich westlich und nur wenige

Hundert Meter vom Ortsrand entfernt. Er lag auf einer Anhöhe, von der aus man einen wunderbaren Panoramablick hatte. Wir fuhren die Airlenbacher Straße immer bergauf und bogen direkt hinter dem Galgen auf den Parkplatz ein. Dort stellte Tom das Motorrad ab.

Wir liefen die paar Meter bis zur Hinrichtungsstätte, die rundum mit aufrechtstehenden Steinen eingefasst war, welche an eine Art Miniatur-Stonehenge erinnerten. Am nördlichen Ende der Anlage stand der Galgen: Drei Steinsäulen aus Buntsandstein, im Dreieck aufgestellt, mit drei darüber liegenden Holzbalken, die sie verbanden und an denen je zwei etwa einen halben Meter lange Metallketten baumelten, jeweils mit einem Haken am Ende. Sie vermittelten einen nur allzu plastischen Eindruck der früheren Geschehnisse.

»Wie kann man hier nur diese Metallhaken herunterbaumeln lassen? Das lädt doch förmlich dazu ein, damit Schindluder zu treiben, wenn es nicht sogar eine drastische Einladung zum Selbstmord ist.« Ich schüttelte den Kopf.

»Du hast recht, ein gewisses Gefahrenpotential ist der Konstruktion nicht abzusprechen.« Tom schaute nach oben.

Ich ging weiter zu einem großen Stein, ähnlich einem Grabstein, in den eine Gussplatte eingelassen worden war, und las mir dessen Inschrift durch.

»Wusstest du das? Die letzte gehenkte Person wurde wegen des Diebstahls von einem Huhn und zwei Laib Brot verurteilt. Stell dir mal vor: wegen einem Huhn und zwei Broten, noch 1804! Wie schlimm!«

Tom schnaufte kurz durch die Nase und nickte.

Ich sah mich um. »Hier steht auch, dass das Steinkreuz unter der Linde den Verurteilten zum Empfang der Sterbesakramente diente. Siehst du hier irgendwo ein Steinkreuz?« Ich drehte mich langsam um die eigene Achse. Dann schaute ich nach oben. »Die Bäume hier scheinen alle Linden zu sein. Was ist denn das für eine ungenaue Ortsbeschreibung?« Ich warf einen kurzen Blick auf Tom, der süffisant lächelte. Was war denn so lustig an der schlechten Beschreibung? Oder hatte man das Steinkreuz mittlerweile abgebaut? Ich drehte mich weiter um meine eigene Achse.

»Ach, ich geb's auf«, sagte ich schließlich. »Ich sehe hier kein Steinkreuz.«

Tom grinste jetzt bis über beide Ohren. »Du stehst drauf.«

»Was?« Ich schaute nach unten. Tatsache: In den Boden waren mehrere Buntsandsteine eingelassen, die ein Kreuz bildeten. Ich stand genau auf der Stelle, wo die zum Tode Verurteilten die letzten Sakramente empfangen hatten! Mir wurde auf einmal ganz mulmig. Aber ich war ja nicht abergläubisch, deshalb blieb ich trotzig auf dem Steinkreuz stehen.

»Habt ihr eigentlich schon mit Frau Trumpfheller gesprochen?«

Tom hörte auf zu grinsen und nickte. »Ich habe sie heute befragt. Sie meinte, ein Idiot hätte den Fuchs erschossen und ihn wohl liegengelassen, weil er seinen Fehler bemerkt hätte. Sie hat mir den Platz in ihrem Garten gezeigt, wo er begraben lag, und die Kollegen haben ihn bereits ausgegraben. Montag bekomme ich wahrscheinlich eine erste Einschätzung zur Patrone.«

»Was heißt: erste Einschätzung? Gibt es noch eine zweite?«

Tom sah einen Moment einem vorbeifahrenden Motorrad hinterher. »Wir bekommen meist innerhalb von zwölf Stunden eine vorläufige, recht wahrscheinliche Aussage zu der Frage, ob die beiden Patronen aus der gleichen Schusswaffe abgefeuert wurden. Das endgültige Gutachten liegt aber erst Tage oder schlimmstenfalls Wochen später vor, das kommt ganz auf die Kapazitäten des Hessischen Landeskriminalamtes an.«

»Aha.« Ich zog meinen Reißverschluss etwas höher. Hier oben war es doch ziemlich windig. »Und was denkst du über die Behauptungen von Frau Trumpfheller? Sind sie glaubwürdig?«

Tom legte kurz den Kopf schräg. »Der Nachbar, den ich ebenfalls befragt habe, behauptete, Frau Trumpfheller hätte, als sie und ihr Mann mit dem Fuchs in den Armen zurückkamen, auf seine Nachfrage nur kurz angebunden gesagt, dass jemand den Fuchs erschossen und aufs Steinkreuz gelegt habe.« Tom deutete auf meine Füße, und ich trat jetzt doch lieber einen Schritt zur Seite. Der arme Fuchs! Und was für eine symbolträchtige Handlung!

»Das sieht mir dann aber doch sehr nach einer Drohung aus, insbesondere, wenn Frau Trumpfheller sie dir gegenüber nicht erwähnt hat.«

Tom nickte schweigend.

Ich wandte mich ab, lief an den Rand der Anlage und schaute den sanften Hügel hinunter nach Beerfelden. Tom folgte mir und legte von hinten seine Arme um mich.

»Ich möchte dir nur klarmachen, dass das alles hier kein Spiel ist. Die Patrone, die in Trumpfhellers Kopf steckte, hat ein bei Jägern beliebtes Kaliber. Germann und der Mann, mit dem er sich beim Halloweenfest gestritten hat, haben zusammen das grüne Abitur gemacht.«

»Das was?«

»Den Jagdschein.«

Ich war wie elektrisiert. Doch damit Tom nichts merkte, versuchte ich sofort, meine Körperspannung zu normalisieren und kratzte mich der Ablenkung halber rasch an der Nase.

Tom redete derweil weiter. »Bitte halte dich von Menschen fern, die in einem Zusammenhang mit zwei Mordfällen stehen und mit Waffen umgehen können. Bitte frage auch Christian nicht nach dem Namen dieses Mannes.« Tom atmete in meine Haare.

»Ich werde Christian nicht fragen«, antwortete ich wahrheitsgemäß. Schließlich wusste ich den Namen bereits. Dass Yilmaz und Germann allerdings beide auch Jäger waren, stellte eine wichtige neue Erkenntnis für mich dar. Mal sehen, was ich mittels dieser Information noch über Yilmaz herausfinden konnte.

Bis dahin sollte ich Tom gegenüber nicht zu erkennen geben, dass er eben meine Neugier nur weiter angefacht hatte, und unauffällig das Thema wechseln. »Sag mal, als wir hier hochgefahren sind, sind wir doch an dem schicken Neubau vom Kiesinger vorbeigekommen.« Ich griff nach Toms Hand.

»Ja, ich frage mich jedes Mal, ob ich anhalten und klingeln und ihn fragen soll, ob ich mal eine Runde in seinem Pool drehen darf.« Toms Körper vibrierte leicht, sodass ich sein leises Lachen erahnen konnte.

Ich kicherte. »Mach das bloß nicht, das wäre mir viel zu peinlich. Aber direkt neben dem Grundstück vom Kiesinger, hier den Hügel rauf, da ist doch noch ein Stück unbebaut, das müsste so etwa das viertletzte Grundstück vor dem Ortsrand sein. Ob das nicht ein schöner Bauplatz wäre?«

Tom legte seine Wange an meine. »Hab ich mir schon mal angeguckt. Der Besitzer will aber nicht verkaufen. Er hebt es für seine halbwüchsigen Kinder auf.«

Ich war entzückt zu erfahren, dass Tom bereits über dieses Thema nachgedacht hatte. »Ein Haus mit Garten, das wäre wirklich super.«

»Und ein Pool«, ergänzte Tom.

»Ach, ich weiß nicht, ist das für Kinder nicht zu gefährlich?«

»Dann müssen wir mal nachts hierherkommen und heimlich

beim Kiesinger in den Pool springen. Und danach könnten wir neben dem Pool …«

Ich kniff Tom rasch in den Arm. »Bloß nicht! Das wäre mir viel zu riskant! Dann tu lieber auf dem Rückweg so, als ob du mit dem Motorrad von der Straße abkommst und versehentlich mit dem Bike im Pool landest, dann hast du eine gute Ausrede für das von dir angestrebte Bad.«

»Du spinnst wohl!«, rief Tom entsetzt aus und löste seine Umarmung. »Das Poolwasser wäre total schlecht für meine Maschine!«

KAPITEL 10

Tom und ich verbrachten einen gemütlichen Abend zuhause und sahen fern, als mein Handy klingelte.

»Das ist Herbert«, sagte ich nach einem Blick auf das Display und verzog mich in die Küche, um Tom nicht beim Fernsehen zu stören.

»Hallo, Herbert, alles klar bei euch?«

»Ja, vielen Dank. Ich wollte dir von unseren Nachforschungen in Sachen Mäuseinvasion berichten. Hedi und ich waren die letzten drei Tage sehr fleißig.«

»Oh, das ist ja toll!« Ich lief in die hinterste Ecke der Küche, damit Tom mich möglichst nicht hören konnte, und dämpfte meine Stimme. »Ich bin höchst gespannt!«

»Nun, wir haben leider nicht viel herausgefunden. Wir waren noch Dienstagabend bei Maren, um uns die drei Kandidaten anzusehen, aber es waren nur die beiden Männer da. Diese Frau Kaffenberger habe ich gegoogelt und ein paar Fotos von ihr im Internet gefunden. Vorgestern haben wir uns als Erstes das Zoogeschäft in Erbach vorgeknöpft, aber sie führen keine lebenden Futtermäuse. Wir haben uns dann weiter umgesehen und, um es kurz zu machen, wir haben in Groß-Zimmern ein Geschäft mit lebenden, zur Verfütterung vorgesehenen Mäusen ausfindig gemacht, das jeden Mittwoch diese Tiere angeliefert bekommt.

Dort haben wir gleich den ganzen Tag den Mäuseverkauf beobachtet, aber es war keiner der drei Gesuchten unter den Kunden.«

»Oh nein, Herbert, das ist mir aber peinlich! Das war doch viel zu anstrengend!«

»Nein, gar nicht. Wir haben uns abgewechselt, und in der näheren Umgebung waren mehrere Cafés und Geschäfte, in denen man sich ausgezeichnet die Zeit vertreiben konnte. Es gibt noch einen weiteren Zoofachhandel, aber auch nicht unbedingt nah an Beerfelden, dort können wir nächste Woche mal vorbeischauen.«

»Erzähle ihr das von den Gärten«, soufflierte Hedi aus dem Hintergrund.

»Ja, und dann haben wir uns angesehen, wie diese drei Pappenheimer wohnen. Das mit dem landwirtschaftlichen Betrieb kommt nicht infrage. Sie leben alle in Beerfelden, außer dem Walther, der wohnt in Hetzbach, und zwar entweder in Wohnungen ohne Garten oder in Häusern, deren Grünfläche nicht gerade nach Mäuseplage aussieht. Wenn du mich fragst, hat keiner der drei eine offensichtliche Möglichkeit, auf Mäusefang zu gehen.«

»Okay, gut – beziehungsweise schlecht. Ich bin etwas enttäuscht, dass so wenig bei diesem Ansatz herumgekommen ist. Was natürlich nicht an euch liegt, ihr habt das unglaublich toll recherchiert. Ich hatte mir nur mehr von meiner Idee versprochen. Jetzt stehe ich wieder am Anfang.« Ich überlegte kurz. »Jedenfalls werdet ihr auf keinen Fall noch mal den ganzen Tag in einem Zoogeschäft verbringen, bitte! Das wäre wirklich zu viel verlangt. Ich muss mir eine andere Möglichkeit ausdenken, wie ich den Täter zu packen kriege. Euch danke ich jedenfalls erst mal sehr herzlich für eure Hilfe. Kann ich euch morgen Nachmittag als Zeichen meiner Verbundenheit in Connis Hotelrestaurant zum Kuchen einladen?«

»Für Kuchen bin ich immer zu haben.« Herbert lachte. »Aber

es wäre nicht nötig, denn es hat Spaß gemacht, und besonders Hedi fand es höchst aufregend. Also melde dich einfach, wenn wir noch mal etwas für dich tun können. Und viele Grüße an Tom.«

»Vielen Dank und einen schönen restlichen Abend für euch!«

Nachdenklich ging ich ins Wohnzimmer zurück. Tom saß mit geschlossenen Augen vor der Werbepause. War er eingeschlafen?

»Tom?«

»Hm?« Er öffnete die Augen.

»Viele Grüße von Hedi und Herbert.« Ich setzte mich neben ihn. »Bist du müde?«

»Nein.« Er legte den Arm um mich. »Mit geschlossenen Augen konnte ich mich besser auf dein Gespräch konzentrieren. Du scheinst auch Hedi und Herbert in Marens Mäuseproblem eingespannt zu haben.«

»Es ist alles mit Maren abgesprochen«, verteidigte ich mich.

»Kein Problem.« Tom gähnte. »Menschen, die Mäuse in Kneipen aussetzen, sind nicht unbedingt bekannt dafür, Hobby-Detektive ins Jenseits zu befördern.«

»Na, da bin ich aber froh.«

»Und wie weit bist du mit deinen Recherchen gekommen?«

»Leider habe ich noch gar nichts herausgefunden. Mein Ansatz verlief ins Leere«, gestand ich enttäuscht ein.

»Sag Bescheid, wenn du Hilfe brauchst.« Tom kuschelte sich an mich.

»Nur über meine Leiche«, behauptete ich stolz. »Das schaffe ich auch alleine.«

Tom und ich verbanden das Angenehme mit dem Nützlichen. Das heißt, er bekam den nützlichen Teil ab und ich den angenehmen, weil ich mich mit Sonja und Tessa zum Einkaufsbummel verabredet hatte. Tom hingegen wollte sich heute mit Christian in der Polizeidirektion treffen und dienstliche Belange besprechen. Natürlich fand ich es nicht schön, dass er samstags arbeiten musste, aber da er sich bei anderen Gelegenheiten auch wieder freinehmen konnte, durfte man sich über diese Regelung nicht beschweren.

Wir fuhren bis zur Polizeidirektion, wo Tom im Gebäude verschwand und ich auf dem Parkplatz auf Tessas Auto wartete, in dem sich auch Sonja bereits befinden sollte. Wir hatten keine weiteren Pläne geschmiedet, aber eines war so gut wie sicher: Tessa kam nie pünktlich. Ich zog meinen Schal noch fester um den Hals und hielt nach Tessas Auto Ausschau. Der Himmel präsentierte sich grau in grau und ich musste hoffen, dass es aus den dunklen Wolken nicht auch noch zu regnen anfing.

Auf einmal kamen Tom und Christian aus der Direktion und liefen auf mich zu. Ich lächelte beide an.

»Hallo, Alex!« Christian nickte mir freundlich zu.

Tom gab mir einen Kuss. »Lässt Tessa auf sich warten?«

Ich nickte. »Ja, sieht so aus.«

Tom griff kurz nach meiner Hand. »Wir gehen in ein Café in der Stadt. Es dauert nicht lang.«

Den Spruch kannte ich. Unter einer Stunde kam Tom selten weg.

»Viel Spaß!« Ich korrigierte mich rasch. »Äh, viel Erfolg oder was auch immer.«

Tom drehte sich im Weggehen noch einmal um und hob die Hand.

Ich sah ihm nach. Bis heute wusste ich nicht genau zu sagen, warum, aber seine Art, sich zu bewegen, wirkte auf mich immer noch so anziehend wie am ersten Tag. Christians Gang hingegen verfügte über weniger Schwung. Trotzdem ahnte man irgendwie schon von hinten, dass es sich um einen sehr attraktiven, eleganten Mann handeln musste. Ich kicherte in mich hinein. Ob man mit einem Playmate-Kalender ausnahmslos mit Rückansichten von Männern viel Geld machen konnte?

Tom und Christian waren auf dem Fußweg in Richtung Lustgarten verschwunden. Ich wartete. Meine Nase begann zu laufen und ich griff rasch nach einem Taschentuch. Heute war es aber auch kalt! Wo blieb nur Tessa? Ich begann, die Neue Lustgartenstraße auf und ab zu laufen.

Endlich bog Tessas Auto von der B45 ein. Sie fuhr an mir vorbei, wobei sie und Sonja mir temperamentvoll zuwinkten, drehte eine meiner Ansicht nach unnötige Runde über den Parkplatz und hielt dann schließlich vor mir.

»Hey, Mann, das hat ja gedauert!« Ich nahm auf der Rückbank Platz. »Schöne Frisur, Sonja.«

»Tut mir leid«, entschuldigte sich Tessa, »mein Ex-Freund hat vor meinem Haus rumgelungert, und ich musste fast eine halbe Stunde warten, bis er endlich abgezischt ist. Wo wollen wir hinfahren?«

»Lass uns doch gleich in Erbach starten«, schlug Sonja vor.

Tessa fuhr wieder auf die B45 in Richtung Michelstadt und bog von dort in die Hauptstraße ein.

»Da vorne wird ein Parkplatz frei!« Sonja wies auf die rechte Straßenseite.

»Hoffentlich schnappt ihn uns keiner weg.« Tessa schaute in den Rückspiegel.

Wir standen in einer Schlange, und der Autofahrer, der gerade ausparkte, tat sich damit sichtlich schwer. Tessa trommelte ungeduldig mit ihren Fingern auf der Mittelkonsole herum.

»Guckt mal, da vorne ist ja Tom!«, rief Sonja plötzlich und zeigte auf den rechten Bürgersteig vor uns.

»Und er ist in Begleitung einer unglaublichen Sahneschnitte.« Tessas Mund stand offen.

»O-oh!« Sonja schaute auf Tessa. »Diesen Blick kenne ich.«

In unserer Autoschlange ging es immer noch nicht vorwärts. Tom und Christian sahen sich um; offensichtlich wollten sie die Straße überqueren. Christian bog schließlich ab und lief direkt vor unserer Kühlerhaube zwischen den Autos durch, Tom folgte dicht dahinter.

Tessa kuppelte rasch aus und ließ zweimal kurz hintereinander den Motor aufheulen. Wir kicherten.

Christian und Tom sahen sich erstaunt um und lächelten, als sie uns giggelnd im Auto sitzen sahen.

Tom stellte sich an mein Fenster, und ich ließ die Scheibe herunter. »Weit seid ihr ja nicht gekommen.« Er küsste mich.

»Wie schwer arbeitende Polizisten seht ihr aber auch nicht gerade aus.«

Hinter uns wurde gehupt. Die Autos vor uns waren mittlerweile weitergefahren, aber Tessa blieb ungerührt auf der Straße stehen.

Tom blickte vor und zurück. »Wir suchen noch ein Café, wo wir uns in Ruhe unterhalten können.«

Tessa hatte nun ebenfalls ihre Fensterscheibe heruntergelassen. »Wir wollten auch gerade in ein Café gehen.« Sie schenkte Christian ihr zauberhaftestes Lächeln. »Wollen wir nicht zusammen etwas suchen? Wie wäre es zum Beispiel mit dem Kaffeehaus?«

Tom blickte zu Christian.

»Warum nicht?«, sagte Christian. »Wenn man schon so charmant gefragt wird.«

»Nun gut.« Tom nickte Tessa und mir zu. »Bis gleich.«

Tessa und ich fuhren unsere Fensterscheiben wieder hoch. Sie drehte sich zu Sonja, hielt ihr die Handfläche entgegen und gab ein energisches »Ja!« von sich.

Sonja schlug ein.

»Aber ein bisschen zu alt ist er für dich vielleicht schon, oder?«, gab ich zu bedenken.

Tessa schaute in den Rückspiegel, weil erneut eine Hupe erklang. »Ich fahr ja schon, du Blödi! – Wie alt ist Toms Freund denn?«

»Ich weiß nicht, ich schätze Christian auf Anfang vierzig. Aber er ist nicht Toms Freund, sondern ein Kollege.«

»Was?«, rief Sonja entsetzt aus. »Tessa, lass bloß die Finger von diesem Mann! Mit dem kannst du nicht Schlitten fahren, wenn er am Ende mit dir Schluss macht. Mit einem Polizisten kriegst du richtig Ärger.«

»Ach was, so weit sind wir ja noch nicht. Ich gucke ihn mir erst mal nur an.«

»Das sagst du jedes Mal.« Sonja seufzte.

Tessa fand einen Parkplatz und wir stiegen aus. Tom und Christian hatten bereits Vorsprung.

»Wartet Mädels, wie sehe ich aus?« Tessa schüttelte ihre Haare und blickte uns erwartungsvoll an.

»Super«, antworteten Sonja und ich gleichzeitig.

»Moment.« Tessa öffnete ihre Jacke und zog ihren BH zurecht.

Ein Fußgänger lief an uns vorbei und drehte sich im Laufen nach Tessa um.

»Mund zu!«, rief ihm Sonja nach.

»Okay«, sagte Tessa und zog ihren Reißverschluss wieder hoch, »es kann losgehen!«

Die Jungs hatten nur noch einen Tisch für vier Personen ergattert, zogen aber gerade einen fünften Stuhl heran, als wir das Kaffeehaus betraten. Christian winkte uns zu.

Tessa stürzte vor, sicherlich in der Absicht, einen Platz neben Christian zu ergattern. Er schob ihr galant den Stuhl unter den Hintern, was Tessas Augen zum Funkeln brachte. Sonja und ich blickten uns verstohlen an. Ich kam auf Christians anderer Seite zu sitzen, dann folgten Sonja und Tom. Wir hängten unsere Jacken und Mäntel über die Stuhllehnen.

»Ganz schön warm hier drin«, sagte Tessa und öffnete die obersten Knöpfe ihrer Strickjacke, um den Blick auf ihr Dekolleté freizugeben. Dabei grinste sie der ihr gegenübersitzenden Sonja spitzbübisch zu. Obwohl Tessa eine zierliche Figur hatte, konnte sie einen ordentlichen Vorbau vorweisen. Vielleicht sollte ich sie bei Gelegenheit mal nach der Marke ihres Push-ups fragen.

Kaum dass wir unsere Getränke bestellt hatten, verstrickte Tessa Christian in ein Gespräch. Um ihre Ambitionen nicht zu torpedieren, überließ ich Christian seinem Schicksal und lauschte der Unterhaltung zwischen Tom und Sonja. Unsere Getränke wurden serviert und ich wärmte die Hände an meiner Kaffeetasse. Dann griff Tessa nach dem Zucker, und Christian nutzte die Gelegenheit, um sich mit gedämpfter Stimme an mich zu wenden.

»Ich hoffe, es ist alles in Ordnung mit dir und …« Er machte eine winzige Kopfbewegung in Toms Richtung. »Ich war mir vorgestern nicht sicher, ob es Ärger wegen deiner Nachforschung gab.«

Ich warf einen raschen Blick auf Tom, aber er schien immer noch mit Sonja in ein Gespräch vertieft.

»Das täte mir sehr leid«, fuhr Christian fort, »denn ich finde, du hast hervorragende Arbeit geleistet.«

»Oh, vielen Dank. Nein, das …«, ich machte eine unauffällige

Handbewegung in Richtung Tom, »... war nur ein kurzes Gewitter.«

Christians Kopf rückte noch näher an meinen. »Wenn es irgendwelche Probleme geben sollte, kannst du mich jederzeit ansprechen. Ich bin ja schon von Berufs wegen in Konfliktlösung und Streitschlichtung ausgebildet und könnte dir ein paar professionelle Tipps geben.«

Jetzt nahm er sich aber ganz schön wichtig. »Das ist nett, aber ich denke, das ist nicht nötig.« Ich blickte auf und wurde von Toms Blick eingefangen. Er schaute mich ausdruckslos an, während Sonja von einer unverschämten Kundin berichtete, die sie im Supermarkt von Toms Bruder Lars hatte abkassieren müssen.

Tessa unterbrach den Moment wortlosen Gedankenlesens. »Streitschlichtung ist das richtige Stichwort.« Sie blickte mit einer winkenden Handbewegung zu Sonja, die ihr daraufhin ihre Aufmerksamkeit schenkte. »Wenn Christian Konflikte lösen kann, kann man sich auch sicher nicht so leicht mit ihm persönlich streiten.« Tessa kicherte. »Bist du eigentlich nachtragend, Christian?« Tessa blickte zwischen ihm und Sonja hin und her und grinste.

»Das kommt darauf an.« Christian griff nach seiner Kaffeetasse. »Ich denke, eher nicht.«

Das waren die letzten Worte, die ich an diesem Tag bewusst von Christian wahrnahm, denn danach wurde er vollends von Tessa zugetextet.

Als wir unsere Getränke ausgetrunken hatten, schob sich Sonja ihre Ärmel zurück und klopfte mit dem Löffel an ihre Tasse, wodurch sie unsere ungeteilte Aufmerksamkeit erhielt. »Ich lasse jetzt die Bombe platzen.« Sie blickte uns erwartungsvoll an.

»Was für eine Bombe?«, fragte Tessa.

»Ich habe mich heute mit euch verabredet, weil ich in ganz

bestimmten Läden einkaufen gehen wollte.« Sonja holte Luft und grinste dann bis über beide Ohren. »Und zwar in Geschäften für Babyausstattung!«

Eine Sekunde lang war es totenstill, dann folgte ein ohrenbetäubendes Geschrei aus Tessas und meinem Mund.

Ich hob beide Hände an. »Das gibt's ja nicht, herzlichen Glückwunsch!«

Tessa und ich sprangen auf und umarmten Sonja. Tom und Christian lachten und gratulierten ebenfalls.

»Warte.« Tessa machte auf einmal eine ernste Miene und legte Sonja bedeutsam die Hand auf die Schulter. »Und wer ist der Vater?« Als Sonja ein verdutztes Gesicht machte, lachte Tessa laut auf. »War nur Spaß. Werdet ihr jetzt heiraten?«

»Ja«, sagte Sonja, »wir haben die Hochzeit so etwa für das Frühjahr geplant.«

»Super. Ich werde Brautjungfer«, bestimmte Tessa und setzte sich wieder neben Christian.

Ich setzte mich ebenfalls und seufzte. »Meine jüngeren Freundinnen bekommen schon Nachwuchs, bevor ich mich mit Tom überhaupt über die Aufteilung der Elternzeit geeinigt habe.«

»Darüber haben Kevin und ich auch noch nicht gesprochen«, sagte Sonja. »Das lassen wir alles auf uns zukommen.«

Tom und ich erlebten einen zweiten Moment wortlosen Gedankenaustauschs an diesem Tag.

»Man kann nicht alles planen im Leben«, bestätigte Tessa. »Man muss auch einfach mal nur genießen können.« Sie streckte ihre Hände vor und bewegte in rascher Abfolge alle Finger, als sei sie vor lauter Tatendrang nicht mehr zu bremsen. »Okay, in welches Babygeschäft gehen wir als Erstes?«

Lustig, plötzlich spielte Christian gar keine Rolle mehr für sie. Sonja und ich erhoben uns von unseren Plätzen.

Tessa stand übertrieben hektisch auf, verlor dabei das Gleichgewicht und landete fast auf Christians Schoß. »Huch, Entschuldigung!« Sie gab sich verlegen.

Christian hatte sie aufgefangen und stand nun ebenfalls auf. »Gerne doch.« Er half Tessa in die Jacke, wobei sie sich, als sie ihm den Rücken zugedreht hatte, ungeniert die Brüste nach oben schob und uns zuzwinkerte. Dann drehte sie sich strahlend zu Christian um und bedankte sich.

Tom senkte den Kopf, schüttelte ihn leicht und lachte leise vor sich hin.

Ich ging zu ihm und legte ihm die Hand in den Nacken. Dann beugte ich mich herunter und gab ihm einen Kuss. »Bis später.«

Er lächelte mich an. »Bis später.«

Als wir draußen standen, prustete Sonja los. »Ich konnte ja fast nicht mehr an mich halten, als du deine Brüste hochgedrückt hast und dieser Christian hinter dir stand. Ich bin mir nicht ganz sicher, ob er deine Bewegung nicht auch von seiner Position aus erahnen konnte.« Sie hielt sich den Bauch vor Lachen, und ich lachte mit. »Ich muss das heute Nachmittag mal mit Kevin nachspielen.« Sonja zeigte lachend mit dem Finger auf Tessa. »Ich ruf dich dann an und sage dir, ob du dich blamiert hast oder nicht.«

»Was denn?«, verteidigte sich Tessa. »Der hat nicht so richtig gezogen, da musste ich gewichtigere Argumente auffahren.« Sie schmollte. »Er schien mir sowieso eher Interesse an Alex zu haben.«

»Das liegt bestimmt am Alter«, versuchte ich, sie zu trösten. »Du bist für Christian wirklich zu jung.«

»Nicht quatschen, machen«, befahl jetzt Sonja. »Mädels, wir haben noch eine größere Einkaufstour vor uns!«

Nachdem wir uns auf der Suche nach der Erstausstattung für Sonjas Baby die Füße platt gelaufen hatten, war ich sehr froh, am Folgetag eine wesentlich gemütlichere Verabredung getroffen zu haben. Bei Kaffee und Kuchen hielt ich Hedi und Herbert auf dem Laufenden.

»Tja, damit kennt ihr den aktuellen Stand meiner Ermittlungen in den beiden Mordfällen.«

Hedi schaute mich mit großen Augen an, während Herbert scheinbar ungerührt sein zweites Stück Torte bearbeitete.

»Das ist unglaublich spannend«, sagte Hedi bewundernd. »Was du immer alles herausfindest! Ist dir gestern auch noch etwas zu dem Mäuseproblem eingefallen?«

»Nein, leider nicht ...«

Conni Waldheim betrat den Raum und lief lächelnd auf uns zu. Toms Tante war Besitzerin des Hotels, in dessen Restaurant ich Hedi und Herbert zum Kuchenessen eingeladen hatte.

»Kein Wort zu Conni, bitte«, raunte ich rasch Hedi und Herbert zu.

»Hallo, ihr drei! Alles klar bei euch?« Conni setzte sich auf den letzten freien Stuhl an unserem Tisch.

»Ja, und bei dir?«

»Alles bestens. Ich habe euch vorhin hereinkommen sehen und wollte mal schauen, wie es meiner beinahe angeheirateten Nichte geht.« Conni grinste. »Aber ich wollte euch nicht unterbrechen.« Sie machte eine auffordernde Handbewegung.

Es folgte eine seltsame Stille, während der Hedi geschäftig mit der Gabel in den Resten ihres Tortenstücks herumspielte und Herbert sehr langsam aus seiner Kaffeetasse trank. Leider fiel auch mir auf die Schnelle kein Gesprächsthema ein, weshalb Conni als Erste wieder das Wort ergriff.

»Wie geht es dir eigentlich in Bezug auf den Leichenfund am Halloweenfest? Tom meinte, du hättest es gut verkraftet, aber er hat ein schlechtes Gewissen, weil er dich dazu überredet hatte, dort hinzugehen.«

»Ach, das ist nicht der Rede wert, und ich habe Tom auch schon so oft gesagt, dass es ja nun wirklich nicht seine Schuld ist. Es tut mir leid, wenn er sich immer noch Sorgen macht.«

»Er hütet dich wie seinen Augapfel.« Conni zeigte ihr kräftiges Gebiss. »Du sollst seit neuestem reiten gehen und dich im Tierschutz engagieren; er fragt sich, ob diese neuen Hobbys dir helfen, die Sache zu verarbeiten. Ach ja, und dann noch das neue Tattoo. Darf ich es mal sehen?«

Ausgerechnet in diesem Moment schien die Sonne kräftig durch das Fenster bis zu unserem Tisch. »Ach, das ist jetzt schwierig, da müsste ich mich halb ausziehen. Ich sehe schon die Überschrift im Odenwälder Journal: Hamburgerin entblößt sich in der Öffentlichkeit.« Ich lachte, aber Conni wartete immer noch auf eine Antwort.

»Nein, die Reitstunden haben nichts mit dem Germann-Mord zu tun.« Das war noch nicht einmal gelogen, denn die machte ich ja, um Tom im Trumpfheller-Mordfall zu unterstützen. »Das wollte ich schon immer mal ausprobieren und jetzt habe ich endlich Nägel mit Köpfen gemacht.« Nun, wenn Conni schon danach fragte, war dies möglicherweise ein guter Moment, ein paar Informationen abzugreifen. »Doch auch wenn es mich nicht belastet, würde ich doch gerne mehr über diesen Germann erfahren. Hast du ihn vielleicht näher gekannt? Tom hat mir erst neulich erzählt, dass er der Bruder von diesem Trumpfheller ist, der hier in der Nähe erschossen wurde.«

»Ja, die Familie ist wirklich vom Schicksal geschlagen. Den Germann kannte ich gar nicht so gut, der hat ja in Fischbachtal gewohnt. Er und sein Bruder, der Trumpfheller, haben von ihren Eltern ein Mietshaus, ich glaube in Darmstadt, geerbt, und das muss ganz schön was abgeworfen haben. Dabei waren die Brüder eher zurückhaltende Typen, haben nicht viel Geld ausgegeben. Aber die Frau vom Trumpfheller, die Kerstin, die wusste immer mit dem Geld was anzufangen. Sie haben mehrere Autos, wobei er den unauffälligen Mittelklassewagen gefahren hat, während sie immer im SUV und in diesem dicken BMW zu sehen war. Außerdem sind sie häufig in Urlaub gefahren. Dann soll sie noch ein Pferd im Eichenstall stehen haben ...«

Hm, das wusste ich alles schon.

»Ich kenne die Trumpfhellers halt besser, weil sie ja schon einige Jahre hier in Beerfelden wohnen. Der Germann ... war da nicht noch irgendwas mit Germanns Frau ...« Conni überlegte.

»Sie ist vor einigen Monaten bei einem Autounfall gestorben«, klärte ich Conni auf.

»Ah, ja, das war mir schon wieder entfallen. Aber ich meine, sie hatten keine Kinder. Trumpfhellers auch nicht. Sie hat eine Schwester, mit der sie ganz dicke ist; ich glaube, sie heißt Monika. Jens Trumpfheller hat mal scherzhaft gesagt, andere Männer müssten sich dem Schwiegervater vorstellen und vor seinen Augen bestehen, bei ihm wäre es die Schwägerin gewesen.« Conni lachte. Dann wurde sie wieder ernst. »Ist allerdings schon seltsam, dass beide Brüder so kurz hintereinander zu Tode kamen. Erbt jetzt Kerstin Trumpfheller nicht auch Germanns Vermögen?«

»Kommt darauf an, wie viele Verwandte es noch gibt«, schaltete sich Herbert ein. »Erst geht es an die Nachkommen; wenn die nicht vorhanden sind, an die Eltern. Wenn die Eltern auch nicht mehr leben, geht es an die Geschwister. Ich weiß nicht, ob vielleicht danach deren Ehepartner dran sind.«

»Ja, aber selbst wenn Kerstin Trumpfheller erbberechtigt wäre, so hat sie doch laut Tom ein Alibi in Bezug auf den Germann-Mord, und hinsichtlich des Mords an ihrem Gatten hat Tom sie auch schon freigesprochen.« Ich nippte an meinem Kaffee. Es blieb allerdings immer noch die Möglichkeit, dass jemand anderes die Morde in ihrem Auftrag begangen hatte. Aber so weit wollte ich Conni nicht an meinen Gedanken teilhaben lassen, nicht, dass meine Überlegungen die Runde bis zu Tom machten.

»Hm, dafür, dass du dich nur für Germann interessierst, kennst du dich mit dem Trumpfheller-Fall ja ziemlich gut aus.« Conni grinste schelmisch.

»Na ja, sie gehören ja irgendwie zusammen.« Ich steckte mir ein Stück von meinem Apfelkuchen in den Mund und bemühte mich darum, unbeteiligt auszusehen.

»Nun, dann lasst es euch schmecken, ich gehe mal wieder an die Arbeit.«

Wir nickten, und wer den Mund nicht gerade voll hatte, rief Conni noch einen Abschiedsgruß hinterher.

»Schade, sie wusste nichts Neues über Germann.« Hedi sprach mir aus dem Herzen.

»Aber wenn Kerstin Trumpfheller tatsächlich nun Erbin beider Brüder sein sollte, dann macht sie das in meinen Augen hochverdächtig. Wenn sie schon in der Ehe die Hosen anhatte, dann könnte ich mir gut vorstellen, dass sie auch einen Liebhaber dazu bringen konnte, die Drecksarbeit zu verrichten.«

»Was immer du tust, du solltest sehr vorsichtig sein.« Herbert zog die Augenbrauen hoch, senkte den Kopf und sah mich von unten her an.

»Klar doch.« Aber diesen Andreas Werkmann musste ich mir unbedingt noch einmal genauer ansehen.

Ich zog die Reitstiefel auf der Terrasse aus. Tom saß mit dem Laptop auf dem Schoß und den Füßen auf dem Couchtisch im Wohnzimmer. Als er mich auf der Terrasse erblickte, stand er auf und öffnete mir die Tür.

»Na, alles okay?« Er gab mir einen Kuss.

»Ja. Tom, stell dir vor, ich bin heute galoppiert!« Ich schloss die Tür hinter mir.

»Super.« Tom setzte sich wieder hin, nahm den Laptop und stützte seine Füße auf den Tisch.

»Das war gar nicht so schwer! Ich glaube, ich habe mich auch ganz gut angestellt. Schnappi ist erst ein bisschen vorgesprungen und dann hat es sich angefühlt, als ob ich auf einem Schaukelpferd säße.«

»Mhm.« Tom schaute auf den Bildschirm.

»Heute war auch dieser Hofmann wieder da, der Tierarzt. Alle Weiber vom Stall standen um ihn herum und haben ihm auf den Hintern gesehen. Weißt du, was mir Stella erzählt hat? So eine Physiotherapie beim Hofmann kostet hundertsiebzig Euro. Stell dir vor, hundertsiebzig Euro! Weißt du, wie viele Massagen ich für das Geld bekommen könnte?« Ich setzte mich neben Tom.

Er schnüffelte übertrieben, ohne aufzusehen. »Du bringst den Duft der großen weiten Welt mit.«

»Jetzt sei doch nicht so ein Warmduscher.« Ich senkte unauffällig den Kopf, um meinen eigenen Geruch einzufangen. Meinte er etwa das bisschen Pferdegeruch? Ich stand auf.

Tom wischte demonstrativ über den Platz, auf dem ich gesessen hatte. Ich fing währenddessen an, mich auszuziehen. »Ich ziehe meinetwegen die Stallklamotten aus, aber ich wollte dir erst mal von meiner tollen Reitstunde erzählen. Hörst du mir überhaupt zu?«

»Doch, doch«, sagte Tom, »hundertsiebzig Euro.«

»Ja, und galoppiert bin ich auch. Auf beiden Händen.«

Tom sagte nichts. Ich nahm meine Reithose und die Jacke,

ging hinaus und hängte sie über die Terrassenstühle. Dann kehrte ich wieder ins Wohnzimmer zurück.

Dort teilte ich mit Tom meine Gedanken. »Wenn unsere Kinder groß genug sind, können wir sie auch Reitstunden nehmen lassen.«

»M-hm.«

Ich verschränkte die Arme vor der Brust. »Und Kinder bekommen wir, sobald du eingewilligt hast, den größten Teil der Elternzeit zu nehmen. Nachdem ich abgestillt habe. Sag ja.« Er hörte ja sowieso nicht zu.

Bildete ich es mir nur ein, oder war Tom hinter dem Bildschirm eben etwa zehn Zentimeter kleiner geworden?

Doch zu meiner Überraschung antwortete Tom. »Der Befehlston von deinem Reitstall scheint abzufärben. Die Antwort lautet: Nein. Vielmehr nimmst du die komplette Elternzeit, und ich widme mich meinem für die Gesellschaft äußerst wichtigen Beruf.«

Dieser Wichtigtuer. »Ihr Polizisten könnt bis zu dreißig Stunden die Woche Teilzeit arbeiten. Das wäre ein schöner Kompromiss. Dann könntest du dich gleichzeitig um unser Kind und um deinen Job kümmern.«

»Das könntest du auch.« Toms Gesicht war für mich selbst im Stehen nicht zu sehen, da er den Laptop oben auf seinen Knien balancierte. »Woher weißt du überhaupt, was für Polizeibeamte möglich ist?«

»Ich hab Steffi neulich in Erbach getroffen, und die hat mir das gesagt.«

Tom tauchte hinter seinem Laptop auf. »Steffi? Sie will doch hoffentlich nicht schwanger werden? Wir haben immer noch keinen Ersatz für Rudi Gambach, und ich kann im Moment wirklich jeden Mitarbeiter brauchen.«

»Keine Ahnung, was Steffi will, aber ich finde, sie und ihr Freund passen gut zusammen. Wäre doch schön für sie.«

Tom sah mich kritisch an. »Du solltest dir was anziehen, sonst erkältest du dich.«

Ich hätte ihm unterstellt, dass er vom Thema ablenken wollte, aber ich hatte tatsächlich Gänsehaut. Ich lief zu ihm und warf mich auf ihn. »Du kannst mich wärmen. Soll ich dir noch mal erzählen, wie toll ich heute galoppiert bin? Also pass auf!« Ich grinste.

Tom stellte den Laptop neben uns auf die Couch. »Ach, einmal reicht eigentlich.«

»Du bist tatsächlich schön warm.« Ich kuschelte mich an ihn. »Du fühlst dich unheimlich gut an.«

»Das sagen sie alle.« Tom grinste und legte die Arme um mich. Nach zwei Sekunden hob er sie jedoch wieder an. »Uh, deine Klamotten sind ganz nassgeschwitzt. Die solltest du umgehend ausziehen.«

Ich seufzte und trennte mich schweren Herzens von Tom. »Okay, ich gehe duschen.«

Tom blickte übertrieben verzweifelt drein. »Ich ahne es schon, das wird wieder ewig dauern. In letzter Zeit brauchst du immer so lange unter der Dusche.«

Ich lief bereits Richtung Bad und drehte mich noch einmal grinsend um. »Komisch, das sagen sie alle.«

KAPITEL 11

»Guckt mal, wie niedlich.« Hedi zeigte auf das Modell der Villa Haselburg, vor dem wir standen. »Aber nicht gerade dicht bebaut.«

»Das sind nur die Gebäude, die sie bisher bei Ausgrabungen entdeckt haben. Das restliche Gelände muss erst noch untersucht werden«, erläuterte Herbert.

»Ach so.« Hedi drehte sich um und deutete nun in die entgegengesetzte Richtung. »Wollen wir nicht zuerst in das Informationszentrum gehen?«

»Das können wir auch nachher noch machen«, antwortete Herbert. »Ich habe im Internet schon einiges über die Villa gelesen und kann euch sicher auch etwas erklären.«

»Na gut.« Hedi lief um das Modell herum und stellte sich vor die ersten freigelegten Mauerreste, die nur etwa zwanzig Zentimeter aus dem Boden herausragten. »Wirtschaftstrakt«, las sie laut von einem Schild ab. »Schaut mal, da hinten haben sie wohl eine frühere Holzkonstruktion angedeutet.«

»Mag sein«, sagte Herbert. »Dies hier ist eine Art Innenhof des Wirtschaftstrakts, der von Dächern auf Holzkonstruktionen umgeben gewesen sein soll.« Er zeigte mit der Hand darauf. Dann schoss er ein Foto.

»Und was ist das hier rechts?« Ich beugte mich über die Mauer und lugte um die Ecke.

»Das können wir uns mal näher ansehen, das zugehörige Gebäude hat als Keller gedient.« Herbert stellte einen Fuß auf die Mauer, um hinüberzusteigen.

»Vorsicht, Herbert!« Hedi streckte die Arme nach ihm aus. »Die Mauern dürfen nicht betreten werden! Das stand hier irgendwo auf einem Schild.«

»Schon gut.« Herbert trat einen Schritt zurück, und wir liefen alle auf einem angelegten Weg um die Mauer herum bis zum Kellergebäude.

Hedi las sich eine Informationstafel durch. »Ah, eine Rekonstruktion.«

»Die Anlage stand hier im zweiten Jahrhundert nach Christus, da kann man kaum erwarten, dass man noch viele Originalteile vorfindet.« Herbert machte eine ausladende Armbewegung. »Das Ganze hier war eine sogenannte Villa Rustica. Man vermutet, dass hier Ziegel gebrannt wurden oder eine Herberge betrieben wurde, vielleicht wurden auch Verwaltungstätigkeiten durchgeführt. Der Größe nach zu urteilen – sie ist eine der größten ihrer Art in Hessen – hat hier ein wohlhabender Römer gelebt. Wobei die Ansiedlung an dieser Stelle eher ungewöhnlich ist, denn der Odenwald war damals überhaupt nicht dicht besiedelt und der Boden ist in dieser Gegend recht karg, was eher gegen Ackerbau spricht.«

»Dann verstehe ich auch nicht, warum er sich ausgerechnet hier niedergelassen hat. Für einen Italiener war es in Höchst doch vergleichsweise kalt und ungemütlich.« Ich lief ein Stück weiter.

»In Pompeji war es bestimmt wärmer.« Herbert grinste.

Wir lasen uns die nächste Informationstafel durch und betrachteten dann das dazugehörige Matronenbild, drei in Stein geschlagene römische Muttergottheiten.

»Ich verstehe nicht, warum die Christen den mittleren Matronen die Köpfe abschlugen, weil sie sie als heidnisch erachteten, während sie die beiden Matronen seitlich davon als Heilige betrachteten.« Hedi blickte auf Herbert.

»Das weiß ich auch nicht.« Er zuckte mit den Schultern. »Darüber habe ich nichts gelesen. Vielleicht, weil sie im Gegensatz zu der mittleren Figur Hauben tragen und diese fälschlich als Heiligenschein interpretiert wurden?«

Ich wies Hedi und Herbert an, sich neben das Matronenbild zu stellen, und machte ein Foto von ihnen.

Danach wandte Herbert sich ab und zeigte mit dem Arm auf ein Sammelsurium an Mauerresten neben uns. »Hier drüben war das Haupthaus. Lasst uns ein Stück hineingehen.«

Wir folgten Herbert. Mitten in der Anlage machte er einen großen Schritt über eine Schwelle, während Hedi, die ihm folgte, unbekümmert darauf trat.

»Vorsicht, Hedi, jetzt hast du einen originalen Stein berührt, der seit beinahe zweitausend Jahren dort liegt. Genau diese Schwelle ist nämlich keine Rekonstruktion und soll deshalb nicht betreten werden.«

»Himmel, soll ich etwa drüberspringen?«, rief Hedi empört. »Nicht jeder hat so lange Beine wie du!«

»Für ältere Leute ist das wirklich etwas viel verlangt«, versuchte ich, Hedi zu beruhigen. »Oh, sieh doch, das dort hinten soll bestimmt eine Toilette sein.« Ich zeigte mit dem Arm die Richtung an.

»Ja«, bestätigte Hedi, »das sieht aus wie eine Art Plumpsklo. Und das daneben müsste eine Badewanne sein.«

»Richtig«, bestätigte Herbert und schoss ein Foto.

»Aber eine ziemlich große Badewanne«, sagte ich. »Wahrscheinlich hatten sie das Bad auch nicht vierundzwanzig Stunden am Tag in Betrieb, sondern nur zu bestimmten Zeiten, und dann sind mehrere Römer gleichzeitig in die Wanne gesprungen. Was meinst du, Herbert?«

»Das kann ich nicht mit Sicherheit sagen, aber ich denke auch, dass hier nicht nur ein einziger Römer drinsaß. Der hat sich gewiss ab und zu eine Sklavin mit reingenommen.« Herbert grinste.

»Herbert, man kann dich vom Informationszentrum aus hören.« Hedi war die Offenherzigkeit ihres Mannes sichtlich peinlich.

»Wir gehen ja gleich noch dort hin, dann können wir sie fragen, ob sie mich gehört haben.« Er lachte.

Nachdem wir Hedi versichert hatten, dass Herbert seine Ankündigung nicht ernst gemeint hatte, ließ sie sich dazu überreden, die Ausstellung im Informationszentrum zu besichtigen. Hier gab es Exponate zu sehen, die bei den Ausgrabungen gefunden worden waren.

»Guckt mal, Pfotenabdrücke von Hunden, die über noch nicht getrocknete Ziegel gelaufen sind. Das hat doch irgendwie etwas Niedliches.« Ich zeigte auf die Vitrine, in der das kuriose Stück lag, und nahm mit meinem Handy ein Bild davon auf.

»Ja, und hier.« Hedi stand schon bei der nächsten Vitrine. »Seht ihr, wie dünn das Glas damals schon angefertigt werden konnte?« Herbert und ich stellten uns neben Hedi und schauten in die Vitrine.

Als wir bei den Bruchstücken der Jupitersäule angelangt waren, fragte Hedi mich unvermittelt: »Haben Tom und du euch jetzt auf die Aufteilung des Erziehungsurlaubs geeinigt?«

»Das heißt jetzt Elternzeit.« Ich seufzte. »Leider nein. Er möchte sich am liebsten gar nicht freinehmen, und ich fühle mich in die Heimchen-am-Herd-Rolle gedrängt.«

»Was ist denn so schlecht an dieser Rolle?«, fragte Hedi verwundert.

»Das ist nicht mehr wie in deiner Generation. Mir ist mein Job wichtig. Ich verdiene zwar weniger als Tom, aber ich sehe das nicht als Grund zurückzustecken.«

»Aber willst du denn nicht viel Zeit mit deinem Nachwuchs verbringen?«, mischte sich jetzt Herbert in das Gespräch ein.

»Natürlich! So viel wie irgend möglich!«

»Warum willst du dann nicht die komplette Elternzeit, oder wie das jetzt heißt, nehmen?« Hedi sah mich verständnislos an.

»Ja, wieso bist du denn dann nicht sogar froh darüber, dass Tom dir diese Zeit vollständig überlassen will?« Nun sah mich auch Herbert entgeistert an.

Ich blickte stumm auf meine Freunde. Ja, warum eigentlich?

Herbert zog mit dem Zeigefinger parallel zum Boden einen Kreis in der Luft. »Oder anders gefragt: Wenn Tom heute Abend sagen würde: Alex, in Ordnung, ich übernehme die vollen drei Jahre Elternzeit, wie würdest du dann reagieren?«

Ich schaute aus dem Fenster und dachte nach. Herbert und Hedi blickten derweil gespannt auf mich. Die Variante, dass Tom plötzlich nachgeben und die volle Elternzeit nehmen wollen könnte, war in meiner Vorstellungswelt noch nicht vorgekommen.

»Du hast recht«, antwortete ich schließlich. »Das würde ich gar nicht wollen. Ich möchte so viel Zeit wie möglich mit meinen Kindern verbringen. Ich glaube, es geht mir mehr darum, dass er meine Fähigkeit zu arbeiten, beruflich erfolgreich zu sein und meine Familie zu ernähren – wenn vielleicht auch nicht ganz so finanzstark wie er – anerkennt. Ich möchte, dass Tom sagt: Alex, ich verstehe, dass dir dein Job genauso wichtig ist wie mir meiner. Ich weiß, dass deine Fähigkeiten nicht auf kochen und Windeln wechseln beschränkt sind. Bitte entscheide frei und unabhängig, wie viel Elternzeit du übernehmen willst, und egal wie deine Entscheidung ausfällt, ich übernehme den Rest. Dann könnte ich mich möglicherweise sogar zur vollen Elternzeit hinreißen lassen.« Ich schnaufte tief durch. So klar hatte ich es bisher selber nicht vor Augen gehabt.

Hedi tätschelte meinen Arm. »Ihr werdet euch sicher noch einig.« Sie nickte mehrmals bekräftigend.

»Ansonsten müssen die Götter nachhelfen.« Herbert zwinkerte mir zu und zeigte mit der Hand auf die neben uns an der Wand hängende Aufstellung griechischer und römischer Götter.

Wir liefen durch die restliche Ausstellung und ich nahm mir vor, bald noch einmal das Gespräch mit Tom zu suchen.

Kurz darauf verließen wir das Informationszentrum in Richtung Parkplatz. Draußen hatte es angefangen, leicht zu nieseln.

»Wir haben genau das richtige Zeitfenster für unseren Ausflug erwischt«, stellte Herbert fest.

»Und es war sehr lehrreich«, ergänzte Hedi.

»Ja, es ist schon erstaunlich, wie sich mit solchen Fundstücken das Leben vor langer Zeit rekonstruieren lässt«, erwiderte ich. »Das ist so ähnlich wie bei meinen Ermittlungen. Man findet ein Puzzle-Stück und fragt sich, wie es ins Gesamtbild passt.« Ich schlenderte vorneweg zum Auto.

»Apropos Ermittlungen.« Hedi eilte neben mich. »Wie ist denn der Stand der Dinge bei deinen Recherchen? Hast du über den Mann aus dem Tierschutzverein etwas herausgefunden?«

Herbert trat nun auch an uns heran.

Ich schüttelte den Kopf. »Nein, dieser Yilmaz ist immer total abweisend, wenn es um das Thema Kassenwart geht. Ich habe zusätzlich vorgegeben, an seinem Pflegehund interessiert zu sein, und zwar in Anwesenheit dieser Frau Schäfer, die ist immer sehr nett zu mir. Herr Yilmaz hat erst meine fehlende Hundeerfahrung ins Feld geführt, aber Frau Schäfer hat mein Anliegen unterstützt, und gegen zwei Frauen kam Herr Yilmaz nicht an. Schließlich ist es ja auch das erklärte Ziel der Hundepflegschaft, einen endgültigen Besitzer zu finden. Deshalb darf ich den Hund jetzt ab und zu ausführen. Aber leider ist Herr Yilmaz dadurch auch nicht gesprächiger geworden. Dabei bin ich mit seinem Hund schon dreimal Gassi gegangen.«

Herbert sah mich ernst an. »Weiß Tom davon?«

»Nein, aber jetzt wisst ja ihr es, und wenn ich morgen tot aus der Mümling gezogen werde, dann könnt ihr Tom sagen, wen er als Ersten befragen muss.«

Hedi schaute erschrocken, deshalb fügte ich rasch hinzu: »Das war natürlich nur Spaß. Ich habe aber Herrn Yilmaz gegenüber behauptet, dass mein Verlobter meine Hundeaktivitäten befürworten würde, sodass er denken muss, Tom wüsste es. Tom habe ich nur gesagt, dass ich jetzt auch einen Hund ausführe, aber ich habe Herrn Yilmaz natürlich nicht erwähnt. Außerdem nehme ich den Hund nur an der Haustür entgegen und gehe gar nicht zu Herrn Yilmaz hinein. Das wäre mir zu gefährlich.« Ich machte eine wegwerfende Handbewegung. »Zumal er einen nicht sehr vertrauenerweckenden Waffenschrank im Flur stehen hat.«

»Einen Waffenschrank?« Hedi machte große Augen, und Herbert blickte kritisch auf mich.

»Ja, Tom hat herausgefunden, dass Yilmaz und Germann gleichzeitig den Jagdschein gemacht haben. Sie sind beide Jäger.«

»Ich dachte, sie sind im Tierschutzverein.« Hedi konnte es nicht fassen.

»Ja, das auch. Ich verstehe selbst nicht so recht, wie das zusammengeht.« Ich zuckte mit den Schultern.

»Das ist alles sehr aufregend.« Hedi schüttelte sich.

»Aber auch gefährlich«, ergänzte Herbert.

Wir blieben vor meinem Auto stehen und Herbert legte mir die Hand auf die Schulter. »Wenn ich dir einen väterlichen Rat geben darf: Halte dich von dem Waffenschrank fern!«

Ich nickte.

»Maarrrrennnnnn!« Schorsch hob sein leeres Glas an, ohne sich nach Maren umzudrehen. »Und deshalb überlegt der Gerd, ob sie nicht lieber nach Kanada fliegen. Das ist auch eine Reise wert, meinte er.« Schorsch zuckte mit den Schultern.

»Ganz schön teuer«, sagte Heinz. »Aber der Gerd hat's ja.«

»Ja, der Gerd will dann auf Grizzly-Jagd gehen. Aber nur mit dem Fotoapparat.« Schorsch lachte.

Ich hatte mich eigentlich schon ausklinken wollen, weil ich langsam müde wurde. Aber bei Schorschs Stichwort war ich wieder hellwach. »Apropos Jagd, wie ist das denn mit dem Jagdschein, wieso nennt man den auch ›grünes Abitur‹? Kennt sich damit einer von euch aus?« Ich blickte in die Runde.

»Ich bin kein Jäger, aber das mit dem grünen Abitur kenne ich«, sagte Heinz. »Das soll verdeutlichen, dass es sehr schwierig ist, die Prüfungen zu bestehen. In Hessen soll die Durchfallquote bis zu dreißig Prozent betragen.«

Schorsch hob verwundert die Augenbrauen an. »Das wusste ich auch nicht.« Dann lehnte er sich zur Seite. Maren brachte ihm einen Apfelwein und nahm sein leeres Glas wieder mit. »Danke, Maren.« Schorsch hob sein Glas an.

Heinz trank währenddessen einen Schluck. »Die Schwester vom Arras hat doch auch einen Jagdschein. Mit der hab ich mich schon ein paar Mal unterhalten.«

»Eine Frau?« Schorsch stellte sein Glas krachend wieder ab, ohne daraus getrunken zu haben. »Ernsthaft?« Dann grinste er.

»Oder meinst du den hier?« Schorsch hielt seine flache Hand vor die Stirn und bewegte sie mehrmals von links nach rechts.«

»Nein, ich meine das Papier. Die kennt sich richtig gut aus. Beim Erbacher Wiesenmarkt hat sie schon in jungen Jahren den Schießbudenbetreiber ganz grün im Gesicht werden lassen. Die kann vielleicht schießen!« Heinz stülpte die Unterlippe um.

»Eine Frau, soso.« Schorsch nickte.

»Jetzt geh mir mal nicht auf den Senkel«, tadelte ich Schorsch. »Wieso sollten Frauen nicht genauso gute Jägerinnen sein wie Männer? Du immer mit deinen Vorurteilen gegenüber Frauen.« Ich schob mein Glas ungeduldig auf dem Tisch hin und her.

»Das meine ich ja gar nicht«, verteidigte sich Schorsch. »Es ist nur ungewöhnlich, weil Frauen doch eher tierlieb sind. Dazu passt die Rumballerei nicht recht.«

»Ach so.« Es war mir auch unverständlich, wie Yilmaz und Germann dieser Tätigkeit nachgehen und gleichzeitig Mitglieder in einem Tierschutzverein sein konnten.

»Nein, nein, das siehst du völlig falsch«, ergriff wieder Heinz das Wort. »Jäger fühlen sich für die Bestandspflege verantwortlich. Sie schießen oft nur alte und kranke Tiere heraus oder solche, von denen eine Überpopulation besteht. Denkt mal nur an die Wildschweine, die sind mancherorts schon eine regelrechte Plage.«

»Richtig.« Schorsch deutete mit dem Zeigefinger in Richtung Heinz. »Darüber habe ich schon was gelesen.«

»Die müssen auch genau wissen, welche Tiere sie aus der Gruppe rausnehmen«, fuhr Heinz fort. »Wenn sie zum Beispiel die Bache erschießen, dann fällt oft gleich die ganze Rotte auseinander. Als Jäger muss man die sozialen Strukturen kennen und beachten. Und ansonsten darf ein Jäger auch nicht einfach alles abschießen, was ihm vor die Flinte kommt. Für jede Tierart gibt es Jagd- und Schonzeiten.«

»Also könnte es durchaus sein, dass Jäger sich gleichzeitig im Tierschutz engagieren«, überlegte ich laut.

»Sicher, die meisten Jäger sehen sich nach ihrem Selbstverständnis auch als Tierschützer. Sie sorgen dafür, dass der Bestand gesund bleibt.«

»Dann wäre es kein Widerspruch, wenn sie zum Beispiel die Rettung von Kitzen vor der Ernte gutheißen?«, hakte ich nach.

Heinz schüttelte den Kopf. »Nein, im Gegenteil, ich weiß, dass dabei zuweilen auch Jäger mithelfen.«

Schorsch lachte. »Klar, die wollen die Viecher lieber erschießen, wenn sie groß geworden sind und ein ordentliches Steak abliefern.«

Heinz beachtete den Einwurf nicht. »Den Jägern sind auch ihre Hunde lieb und teuer. Die Schwester vom Arras hat sogar mehrere. Apportier- und Spürhunde. Die Spürhunde haben eine extrem gute Nase. Die können die kleinsten Spuren erschnüffeln.«

Für meine Ermittlungen interessierten mich weniger die Hunde als die Waffen der Jäger. »Und wie ist das mit den Gewehren? Müssen Jäger ihre Waffen registrieren lassen, genauso wie Sportschützen?«

Heinz nickte. »Sie dürfen meines Wissens auch nicht endlos viele Waffen besitzen. Zwei Kurzwaffen und unbegrenzt viele Langwaffen, aber alles registriert.« Heinz trank aus seinem Glas und wischte sich anschließend den Bierschaum vom Schnauzer.

Das war hochinteressant. Tom hatte ja bereits erwähnt, dass niemand in Trumpfhellers Umfeld ein registriertes Gewehr besaß, aus dem die tödliche Patrone abgefeuert worden sein könnte. Aber möglicherweise hatte der Täter – eventuell Herr Yilmaz – ein illegales Gewehr besessen und nach der Tat irgendwo entsorgt, wo es noch nicht gefunden worden war. Wobei die Frage wäre, warum Herr Yilmaz Herrn Trumpfheller hätte erschießen wollen. Und dessen eigener Bruder hatte ja erst recht keinen Grund dazu. Vielleicht …

»Fragst du wegen dem Trumpfheller-Mord?« Heinz sah mich aufmerksam an. »Ist der Täter ein Jäger?«

»Ich frage wegen Toms Fall, ja, aber über den Tatverdächtigen weiß ich nicht viel«, antwortete ich vage. »Ich habe mich nur gefragt, ob jemand, der einen Menschen aus vermutlich größerer Entfernung erschießt, nicht ein sehr guter Schütze sein muss, insbesondere, wenn er nicht versehentlich Frau Trumpfheller erschießen wollte.«

»Vielleicht wäre ihm das aber auch egal gewesen.« Wir alle starrten Mike erstaunt an. Die anderen beiden taten dies vermutlich, weil Mike damit heute Abend zum ersten Mal das Wort ergriffen hatte; mich verblüffte mehr Mikes Gedankengang. Ob ich diese Variante auch in Erwägung ziehen musste? Herr Trumpfheller als versehentliches Opfer anstelle seiner Frau?

Heinz fing sich als Erster wieder. »Wie findet Tom eigentlich dein Interesse an seinem Mordfall?«

»Ach, ich glaube nicht, dass es ihn stört, wenn ich mir ein paar eigene Überlegungen mache«, behauptete ich.

»Falls du dir da nicht ganz sicher bist, kannst du ihn ja gleich fragen.« Schorsch grinste spöttisch und deutete mit dem Kopf hinter mich.

Ich drehte mich um. Tom kam schnurstracks auf mich zugelaufen und lächelte mich an.

Ich winkte ihm zu und drehte mich wieder zu meiner Tafelrunde. »Aber man muss ja nichts überstürzen.« Ich lächelte gequält.

Tom hatte mich erreicht und beugte sich zu mir herunter. »Das ›Ich schau mal kurz bei Maren vorbei‹ dauerte mir ein wenig zu lange, deshalb wollte ich lieber sicher gehen, dass alles in Ordnung ist.«

Ich griff ihm leicht in den Nacken und gab ihm einen Kuss. »Das ist furchtbar nett von dir.« Hoffentlich verpetzte mich jetzt niemand bei Tom. »Ich bin auch schon ziemlich müde.«

»Ich kann dich mit dem Motorrad mitnehmen.« Tom richtete sich wieder auf. »Wir können dein Auto morgen holen.«

Ich nickte dankbar und stand auf. »Dann macht's mal gut, Jungs.«

»Ihr auch«, sagte Heinz, und Mike nickte.

Schorsch hielt Tom noch mal kurz am Arm fest. »Vergiss nicht, ihr zu sagen, dass sie aufsteigen soll.« Er grinste süffisant. »Nicht, dass du losfährst, und sie sitzt noch gar nicht auf dem Motorrad.«

»Vielleicht muss man es ihm vortanzen.«

Maren und ich knieten vor Bernd und starrten ihm in die Augen. Dieser saß uns gegenüber, blickte uns freudestrahlend an und wedelte ab und zu mit dem Schwanz.

»Wo ist das Mäuschen?«, wiederholte ich zum soundsovielten Mal.

Bernd öffnete das Maul und sabberte.

Maren seufzte. »Ich wisch das weg.« Sie stand auf und lief hinter die Theke. Fast zeitgleich kam ihr Guido aus der Küche entgegen. Er hielt eine mit einer Maus bestückte Lebendfalle in der Hand.

»Guck mal.« Er ließ Maren die Maus vorm Gesicht baumeln. »Ist sie nicht niedlich?«

»Iiiiih, tu das weg.« Maren streckte ihm abwehrend ihre

Hände entgegen. »Dass ich die Mäuse nicht töten wollte, bedeutet nicht, dass ich sie mir vor dem Aussetzen noch einmal von Nahem ansehen muss.«

Guido lachte. Dann schaute er auf mich. »Ah, du bist es, Alex. Was führt dich vor der Öffnungszeit hierher?« Er stellte die Mausefalle auf den Boden, stützte sich auf die Theke und blickte auf Bernd. »Hundehypnose?«

Ich lachte und stand auf. »Schön wär's. Nein, ich habe es eben schon Maren erzählt. Ich habe über den Tierschutzverein, in dem ich vielleicht mitarbeiten werde, eine sehr nette Frau Schäfer kennengelernt. Sie hat, wie viele Vereinsmitglieder, einen Pflegehund, das ist Bernd.« Ich zeigte auf ihn.

Bernd erhob sich, als er seinen Namen hörte, und wedelte erneut mit dem Schwanz.

»Als ich gestern Abend hier war, sagte Heinz, dass Spürhunde die meisten Spuren verfolgen können, und da kam mir gestern beim Einschlafen der Gedanke, dass sie dann ja auch Mäuse aufspüren können sollten.« Ich trat einen Schritt zur Seite, da ich Maren, die mit einem Küchenpapier bewaffnet Bernds Spuckelache anvisierte, im Weg stand. »Und da habe ich gleich heute Morgen Frau Schäfer gefragt, ob ich Bernd mal ausführen darf, weil ich dachte, er kann womöglich auch die Mäuse hier bei euch finden. Bernd ist nämlich ein Magyar Viszla und ausgebildeter Spürhund.«

»Das ist ein Loser, dein Bernd.« Guido kam auf uns zu, ließ Bernd kurz an seiner Hand riechen und streichelte ihm dann den Kopf. »Der findet noch nicht mal den Weg zum Kühlschrank. Gell, du kleiner Loser?« Guido knetete Bernd mit beiden Händen durch.

»Nenn' ihn nicht Loser.« Ich fühlte mich persönlich beleidigt.

»Er könnte das sicher ganz toll, wenn ich ihm nur verständlich machen könnte, was ich von ihm will.«

»Ja, die Alex redet so seltsam, gell Bernd?« Guido sprach mit Bernd wie mit einem kleinen Baby, aber Bernd schien das zu gefallen. Er wedelte immer aufgeregter mit dem Schwanz und sprang ein wenig hin und her. Guido kniete sich nieder. »Die Alex kommt aus Norddeutschland, da reden die alle so komisch. Kann halt nicht jeder ein Hesse sein, gell Bernd?«

»Komm Bernd, der Guido spinnt.« Ich wandte mich zum Gehen, doch Bernd beachtete mich nicht. Er schien sich besser mit Guido zu verstehen.

Ich holte erst tief Luft, um Bernd eine Standpauke zu halten, aber dann gab ich klein bei und lief hinüber zu Maren, die hinter der Theke herumwuselte. »Der Bernd hat sich einfach von Guido ausspannen lassen. Diese treulose Tomate.«

Maren lachte. »Ja, Guido kann erstaunlich gut mit Tieren, man traut es ihm gar nicht so zu.« Sie schaute stolz auf ihren Mann.

»Aber was mache ich denn jetzt mit meiner schönen Idee?« Ich blickte auf die Maus in der Falle, die immer noch auf dem Boden stand. »Wenn Bernd gar nicht versteht, dass er nach Mäusen suchen soll, dann funktioniert mein ganzer Plan nicht!«, jammerte ich und drehte mich zu Bernd, der mittlerweile auf dem Boden lag und sich von Guido den Wanst streicheln ließ.

»Warum fragst du nicht Tom? Als Waldbesitzer hat er immer wieder mit Förstern und Jägern zu tun; es kann gut sein, dass er sich auch ein bisschen mit Spürhunden auskennt.« Marens Augen wanderten zwischen mir und den beiden balgenden zwei- und vierbeinigen Männern hin und her.

»Tom? Dem wollte ich eigentlich triumphierend meinen Ermittlungserfolg unter die Nase halten, sobald ich den Täter überführt habe. Meine Intention war nicht, ihn vorab um Hilfe anzubetteln.« Außerdem wäre es mir peinlich, ihn um Hilfe zu fragen, obwohl ich behauptet hatte, dies käme »nur über meine Leiche« infrage.

»Von Betteln ist gar nicht die Rede«, sagte Maren und winkte ab. »Und jetzt lauf mal eine Runde mit Bernd, sonst kommt Guido gar nicht mehr dazu, die Maus wieder im Wald auszusetzen und die Eiswürfelmaschine zu reparieren.«

Guido hatte seinen Namen gehört und stand auf. »Schon unterwegs.« Er klopfte Bernd noch einmal auf die Rippen, dann schlurfte er schicksalsergeben hinter die Theke.

»Komm, Bernd.« Ich schnallte ihm die Leine an. »Macht's gut, ihr zwei!«

Ich verließ die Hessenstubb, setzte Bernd ins Auto und fuhr mit ihm nach Hause.

Nachdem ich Bernd hereingelassen und mir die Schuhe ausgezogen hatte, suchte ich nach Tom. Ich schaute in der Küche nach ihm, und da er noch keine unübersehbaren Spuren seiner Frühstückseinnahme hinterlassen hatte, konnte ich messerscharf schlussfolgern, dass er noch im Bett lag. »Komm, Bernd«, flüsterte ich und zeigte zur Schlafzimmertür. Bernd folgte und ich öffnete die Tür. Tatsächlich lag Tom immer noch im Bett und blinzelte bei meinem Eintreten verschlafen mit den Augen.

»Such den Tom«, befahl ich Bernd und deutete dabei mit dem Arm auf Tom.

Bernd hechtete sofort los, sprang aufs Bett und legte sich neben Tom hin. Dann bellte er einmal.

»Ahhhh, oh nein!« Tom zog sich sein Kissen über den Kopf. »Welcher Spinner hat den Hund hier reingelassen?«, murmelte es etwas undeutlich aus dem Kissen heraus.

Ich lachte. »Darf ich vorstellen: Das ist Bernd.«

Tom schob das Kissen zur Seite und blickte auf Bernd, der ihn die ganze Zeit nicht aus den Augen gelassen hatte. »Tom Brugger«, stellte Tom sich vor.

»Wir gehen zusammen Gassi«, erläuterte ich.

»Gott sei Dank. Ich dachte schon, ihr hättet eine Affäre.« Tom drehte sich von Bernd weg und mummelte sich in seine Bettdecke ein.

»Jetzt hör doch mal zu.« Ich holte tief Luft. »Ich brauche deine Hilfe.«

»Du?«, fragte Tom mit gespielt übertriebenem Zweifel. »Nie und nimmer.«

»Ich meine es ernst. Der Bernd ist ein ausgebildeter Spürhund und soll Marens Mäuse aufspüren.«

Tom drehte sich zu mir. »Wozu? Die laufen früher oder später in eine der aufgestellten Fallen.«

»Er soll sie aufspüren, bevor sie ausgesetzt werden.«

Eine Sekunde rührte Tom sich überhaupt nicht, dann schlug er seine Bettdecke zurück. »Okay.« Er setzte sich auf und schaute auf Bernd. Dieser hatte immer noch nicht seine Position verändert. Tom blickte auf mich. »Keine schlechte Idee. Wozu brauchst du mich dabei?«

Erfreut über Toms Lob setzte ich mich neben ihm aufs Bett. »Ich weiß nicht, wie ich ihn dazu bringen soll, nach einer Maus zu suchen.«

»Ah, verstehe. Allerdings bin ich darin auch kein Experte. Weißt du, wozu genau er ausgebildet wurde?«

»Keine Ahnung.«

»Hat er einem Jäger gedient, oder war er eher in einer Rettungshundestaffel?«

»Ach so, das weiß ich leider nicht.«

»Okay, ich denke, er hat eben instinktiv auf deine Armbewegung reagiert, als er zu mir ins Bett gehüpft ist, aber mir scheint, dass er den Such-Befehl bereits kennt.« Tom schaute auf Bernd.

»Was für ein Such-Befehl?«

»Na ja, du hast doch ›Such den Tom‹ gerufen, als du hereinkamst. Den meisten Spürhunden wird mit dem Wort ›Such‹ beigebracht, nach etwas zu suchen. Dann hast du noch auf mich gezeigt, und schon hat er mich angezeigt.«

»Was heißt angezeigt?«

»Wenn der Hund das Gesuchte gefunden hat, friert er an Ort und Stelle ein. Er verharrt in seiner Position oder legt sich hin und bewegt sich nicht mehr. Manche bellen zusätzlich. Du solltest Bernd jetzt befreien und ihn irgendwie dafür belohnen, dass er mich gefunden hat. Vielleicht ein kleines Stück Wurst aus dem Kühlschrank.«

Ich lief rasch in die Küche, schnitt ein Stück Wurst ab und brachte es zurück zu Bernd.

»Lob ihn«, wies mich Tom an.

Ich streichelte Bernd über den Rücken. »Ja, super«, sagte ich zu ihm, woraufhin er aufstand und sich freute. Dann bekam er meine Wurst.

Tom lehnte sich an das Kopfteil des Betts. »Macht richtig Spaß, dich vom Bett aus zu dirigieren.« Er grinste.

»Sobald ich alle Informationen von dir habe, um Bernd die Mäuse-Suche beizubringen, hat es sich ausdirigiert.« Ich setzte mich noch mal aufs Bett. »In Ordnung, so sucht er also und so zeigt er mir seinen Fund an. Aber ich kann mich ja nicht in die Hessenstubb stellen, ›Such die Maus‹ rufen und mit dem Arm auf die Maus zeigen, wenn ich noch gar nicht weiß, wer die Maus in der Tasche mitgebracht hat.«

»Deine Geste hat Bernd vorhin nur erahnen lassen, was er suchen soll. Das ist aber nicht das normale Vorgehen. Du musst ihm das Wort dessen, was er suchen soll, beibringen, oder du zeigst ihm etwas, was so riecht wie das, was er finden soll. Wobei die Hunde, die mit Geruchsproben arbeiten, dann nur der Spur dieses bestimmten Individuums folgen. Du musst ihm den Begriff ›Maus‹ beibringen, damit er jegliche Maus aufspürt, die sich im Suchradius befindet.« Tom überlegte. »Lass uns mal schauen, was Bernd kann. Hol mir doch mal ein kleines Stück von unserem Cheddar. Aber lass das Messer, mit dem du ihn abschneidest, im Kühlschrank liegen.«

»Na, super«, stöhnte ich, stand aber auf und ging in die Küche.

Bernd wollte mir folgen, aber Tom sagte: »Bernd! Hier!«, woraufhin Bernd sofort umdrehte, sich neben Tom stellte und ihn ansah. »Der Bernd kann was.«

»Das habe ich mir gleich gedacht«, rief ich aus der Küche. »Aber ich kenne mich zu wenig mit Hunden aus.« Ich kehrte ins Schlafzimmer zurück. »Bitte sehr.« Ich reichte Tom den Käse.

Er hielt ihn Bernd, der ihn erwartungsvoll ansah, unter die Nase. »Such!« Tom zeigte mit dem Arm in Richtung Wohnzimmer.

Bernd lief eifrig los und schnüffelte sich zügig durch das Wohnzimmer, während Tom hinter ihm herlief. Als er alles abgesucht hatte, zeigte Tom mit dem Arm zur Küchentür und Bernd fing an, sich die Unterschränke entlang zu schnüffeln. Als er am Kühlschrank vorbeikam, blieb er stehen, legte sich hin und bellte einmal.

Ich war verblüfft. »Wie kann er den Käse durch die geschlossene Kühlschranktür riechen? Die Tür mit ihren Gummidichtungen müsste den Inhalt des Kühlschranks doch hermetisch abriegeln?«

»Guter Hund.« Tom lobte Bernd, während ich erneut ein Stück Wurst abschnitt.

»Okay. Ich bin ehrlich begeistert von Bernds Können. Und über deine Kenntnisse in Sachen Hundeerziehung.«

Tom machte eine lässig abwehrende Handbewegung. »Was man halt so mitkriegt.« Aber trotz der bescheidenen Antwort lächelte er erfreut.

»Nun bleibt nur noch die Frage, wie ich Bernd das Wort Maus beibringe.«

»Du befiehlst ihm: »Such die Maus.« Dann gehst du anfangs mit ihm zur Maus und lobst ihn. Irgendwann verbindet er den Geruch mit dem Wort und sucht auch allein auf das Wort hin.«

»Ja schön, dann brauche ich ja nur noch ne Maus. Hab nur gerade keine dabei.« Ich kratzte mich am Kopf.

»Na ja, wer hat denn im Moment mehr Mäuse, als ihr lieb ist?«

»Oh, du hast recht. Hoffentlich hat Guido sie noch nicht weggebracht. Sie haben nämlich gerade heute Morgen eine gefangen.«

Ich zog mein Telefon aus der Tasche und wählte die Nummer der Hessenstubb. Am anderen Ende meldete sich Guido.

»Hey, Guido, hast du die Maus schon weggebracht?«

»Nein«, sagte er. »Die wollte ich eigentlich unseren Gästen unter das Essen mischen.«

»Jetzt mal im Ernst. Ich könnte die Maus brauchen, um Bernd zu trainieren. Hast du sie noch?«

»Ja«, sagte Guido, »sie steht hinten neben den Mülleimern. Wie hättest du sie denn gerne? Dead or alive?«

KAPITEL 12

»Auaaaah! Verdammt noch eins!« Ich rieb mir den Arm.

»Was denn?« Stella äugte an Schnappis Hintern vorbei.

»Er hat mich erwischt!« Ich schob den linken Ärmel hoch. »Guck mal, man sieht richtig die Zähne.« Auf meinem Arm waren zwei halbmondförmige Abdrücke zu sehen.

»Kaum«, urteilte Stella ungerührt. »Du könntest die Sattellage etwas abbürsten, ich kratze ihm schon mal die Hufe aus.

Ich rieb meinen Arm und seufzte. Eben noch hatte ich Schnappi ohne Herrn Werkmanns Hilfe antraben lassen und mich wie die Königin der Reiterei gefühlt, doch nun beim Lösen des Sattelgurts war ich in den Arm gebissen worden. So dicht lagen Freud und Leid beieinander. Ich lief auf Schnappis andere Seite und legte den Sattelgurt über den Sattel. Als ich selbigen herunterzog, entdeckte ich Frau Trumpfheller weiter hinten an der Reitbahn, und Herr Werkmann lief gerade auf sie zu. Gespannt beobachtete ich, wie er sich neben sie stellte, ihr den Arm um die Schultern legte und sie kurz an sich drückte. Das sah sehr vertraulich aus!

Der Sattel wurde immer schwerer in meinen Armen, also legte ich ihn erst mal auf einen Sattelbock. Ich schnappte mir eine Bürste aus der Putzkiste, verschanzte mich wieder hinter

Schnappi und beäugte über seinen Rücken hinweg das Pärchen an der Reitbahn.

»Sag mal, die Kerstin Trumpfheller hat nicht zufällig ein Verhältnis mit Herrn Werkmann?« Ich fing an, Schnappis Rücken abzubürsten.

»Nö.« Stella stand gebeugt schräg neben mir und kratzte Schnappis Vorderhuf aus. »Letzte Weihnachtsfeier soll sie ziemlich einen sitzen gehabt haben und ist auf Herrn Werkmanns Schoß gelandet ...«

Aha!

»... aber da war sie nicht die Einzige.«

Nun ja, vielleicht war Stella zu jung und naiv, um zu merken, was manche Leute so trieben. Ich war mit dem Bürsten an Schnappis Rippen angelangt und er legte böse die Ohren an. Ich versuchte, ihn im Auge zu behalten, ohne meinen Beobachtungsposten aufzugeben. Mein linker Arm tat immer noch weh.

Herr Werkmann entfernte sich einen halben Schritt von Frau Trumpfheller und gestikulierte mit den Händen. Dann legte er sie auf seinen Po und – ich traute meinen Augen kaum – bewegte das Becken mehrmals nach vorne, als wolle er ein steinzeitliches Balzritual aufführen. Ich konnte nicht glauben, was ich da sah!

»Schau dir das an!«

Stella sah erst auf mich, dann folgte sie meinem Blick. »Ja, und?«

Herr Werkmann stellte sein sexistisches Gehabe endlich ein.

»Will er Frau Trumpfheller anmachen? Wie kann man in der Öffentlichkeit so offensiv sein Becken bewegen?«

»Wahrscheinlich wollte er ihr nur zeigen, wie sie ihr Becken beim Reiten bewegen soll. Oder wie Whoopi die Arschbacken zusammenkneifen soll. Herr Werkmann demonstriert seinen Schülern gerne mit Körpereinsatz, was sie an ihrer Reiterei verbessern können.« Stella griff nach Schnappis Hinterhuf.

»Ganz offensichtlich«, murmelte ich.

Ich lief um Schnappi herum, um ihm die andere Seite abzubürsten, und entdeckte jetzt die beiden giggelnden Gören, die ich schön öfter an Herrn Werkmanns Rockzipfel hängen gesehen hatte. Auch sie blickten auf ihn, und ihrem Kichern nach zu urteilen maßen sie ebenfalls Herrn Werkmanns Bewegungen eine andere Bedeutung bei als Stella. Ich warf so oft wie möglich einen Blick nach hinten, um zu sehen, was er bei Frau Trumpfheller trieb.

Er nahm nun mit beiden Händen ihren Arm und griff mal an den Ellbogen, mal ans Handgelenk. Also ich würde mich nicht von ihm auf diese Weise anfassen lassen wollen.

»Sie sind aber sehr innig miteinander.«

Stella ließ den zweiten Hinterhuf sinken und sah zu ihnen rüber. »Ja, das stimmt. Aber das kommt vielleicht daher, dass er zweimal die Woche Whoopi bereitet, und dann hat sie noch zweimal die Woche Unterricht bei ihm. Damit ist sie eine seiner besten Kundinnen. Und seit ihr Mann gestorben ist, ist er besonders nett zu ihr.«

Na, das passte doch! Wahrscheinlich würde es nicht mehr lange dauern, bis sie ihr Verhältnis öffentlich machen würden, und dann wäre er sicher noch sehr viel netter zu ihr.

»Bist du fertig?«, fragte Stella.

Ich machte rasch noch zwei Bürstenstriche. »Ja.«

»Dann kannst du das Sattelzeug wegräumen, ich bringe Schnappi in die Box.«

»Ich würde lieber Schnappi in die Box führen.«

Stella warf den Hufkratzer in die Putzkiste. »Dann mach beides, ich hab gleich selber Reitstunde und muss Herrn Lehmann noch putzen.«

»Äh, okay.« Nun denn. Ich löste Schnappis Strick und drehte ihn um. Doch bevor wir losstiefelten, fiel mein Blick noch einmal auf Frau Trumpfheller und Herrn Werkmann. Er legte ihr wieder den Arm um die Schultern und zog sie unverschämt nah zu sich heran. Jetzt schien er ihr, nahezu Wange an Wange, etwas zuzuflüstern, und sie nickte. Dann lief er zum Ausgang der Anlage. Frau Trumpfheller streckte sich ausgiebig, stützte sich kurz auf die Umzäunung der Reitbahn, dann löste sie sich davon und schritt ebenfalls gemächlich Richtung Ausgang. Wenn das mal keine Verabredung gewesen war, sich außerhalb des Reitstalls zu treffen! Mein Herz schlug schneller und eine gewisse Hektik ergriff mich. Als professionelle Fremdgeher hatten sie sicherlich abgemacht, nicht gleichzeitig den Stall zu verlassen, sondern Frau Trumpfheller würde ihrem Liebhaber erst mit einem leichten Zeitverzug folgen. Sonst wäre es ja zu auffällig gewesen!

Ich beeilte mich, Schnappi in seine Box zu bringen. Ich wollte die beiden unbedingt verfolgen, um zu sehen, ob ich recht hatte. Himmel, dass Schnappi ausgerechnet heute so langsam sein musste! Ich schob ihn in seine Box, zog rasch sein Halfter ab und stopfte ihm ein Leckerli ins Maul. Dann rannte ich zum Putzplatz zurück, um das Sattelzeug wegzuräumen. Zum Auswaschen der Trense hatte ich nun wirklich keine Zeit!

Ich lief an Stella vorbei, die mit Herrn Lehmann auf dem Putzplatz stand. »Viel Spaß noch!«

Stella rief mir verwundert ein »Danke!« hinterher.

Ich rannte zum Ausgang hinaus und über den Parkplatz zu meinem Auto. Mist, Frau Trumpfhellers Auto war schon weg, und was für ein Auto Herr Werkmann fuhr, war mir nicht bekannt. Aber dafür wusste ich bereits, wo Frau Trumpfheller wohnte. Ich lächelte grimmig. Ich würde bei ihrem Haus vorbeifahren und nachsehen, ob sie Herrenbesuch hatte. Und wenn sie nicht dort waren, würde ich Herrn Werkmanns Wohnung im Internet ausfindig machen und dort vorbeifahren.

Die Dämmerung senkte sich bereits über die hügelige Landschaft und die Kälte kroch in meine nassgeschwitzten Klamotten. Ich drehte die Heizung auf und fuhr ohne Eile nach Beerfelden zurück. Ich würde die beiden schon erwischen, entweder bei ihr oder bei ihm.

Frau Trumpfheller wohnte im Güttersbacher Weg. Er führte aus dem Ort heraus und ging nahtlos in eine Art geteerten Feldweg über, auf dem man als Autofahrer sicher auffallen würde. Deshalb parkte ich in der Freiherr-vom-Stein-Straße. Da es bereits ziemlich dunkel war, hoffte ich, mich mit über den Kopf gezogener Kapuze unerkannt als Fußgängerin bewegen zu können, falls ich Frau Trumpfheller oder Herrn Werkmann begegnen würde.

Ich lief auf der gegenüberliegenden Straßenseite auf Frau Trumpfhellers Haus zu und jauchzte innerlich, als ich bereits aus der Entfernung sehen konnte, dass drinnen Lichter brannten. Plötzlich sah ich direkt vor dem Haus einen Mann aus einem Auto steigen und auf das Grundstück laufen. Soweit ich das in der Dunkelheit erkennen konnte, war er blond wie Andreas Werkmann. Ha! Er hatte sich offensichtlich einen Mantel übergezogen, den er im Eichenstall vorhin noch nicht getragen hatte. Leicht gebückt hinter den geparkten Autos Schutz suchend eilte ich, so schnell und leise ich nur konnte, vor das Haus. Als der Eingangsbereich in mein Blickfeld kam, verschwand Herr Werkmann gerade durch die Tür. Ein Triumphgefühl ermächtigte sich meiner. Ich hatte von Anfang an den richtigen Riecher gehabt. Wenn ich das Tom erzählte, wäre er sicher begeistert!

Ich versuchte, durch die Fenster des Hauses zu blicken. Nach einigen Sekunden ging im Obergeschoss das Licht an. Durch das kleine Fenster dort oben konnte man jetzt wahrscheinlich sehen, was drinnen geschah. Nicht, dass ich die beiden beim Sex beobachten wollte, aber einen besseren Einblick als hier vom Boden aus hätte ich mir schon gewünscht.

Ich schaute mich um und entdeckte hinter mir ein unbebautes, leicht ansteigendes Grundstück mit einem Baum darauf. Vielleicht würde er mir einen höher gelegenen Beobachtungsposten verschaffen. Ich stakste durch das hochgewachsene Gras. Der Baum schien mir stabil genug zu sein. Es handelte sich um einen Apfelbaum, der über einen relativ tief angesetzten, kräftigen Ast verfügte, den ich mit etwas Mühe erklimmen und von dem aus ich mich weiterhangeln konnte. Der Ast verlief schräg nach oben. Über ihn erreichte ich den gegenüberliegenden Ast, der ebenfalls dick genug war, um mich zu tragen. Er verlief weniger schräg, fast horizontal, und bot den idealen Sitzplatz für mich. Ich balancierte vorsichtig, griff hier und da nach den umliegenden Ästen und nahm schließlich etwa einen Meter vom Stamm entfernt Platz. Und tatsächlich, nun hatte ich einen idealen Blick auf das mittlere der drei Fenster im Obergeschoss, welches erleuchtet war. Zumindest, wenn ich schön aufrecht saß und somit über ein paar vor mir hängende Zweige hinwegschauen konnte.

Leider verhinderte ein Vorhang eine klare Sicht auf das Geschehen, und zunächst schienen sie sich auch nur zu unterhalten. Herr Werkmann saß mit dem Rücken zu mir, Frau Trumpfheller stand mir gegenüber und sah ein bisschen eingeschnappt aus. Witzigerweise konnte ich zwar nicht verstehen, was sie sagte, aber trotzdem meinte ich, ihre tiefe Reibeisenstimme durch die Scheibe zu hören.

Ich hatte sie erst ein paar Sekunden beobachtet, als sie aus meinem Sichtfeld verschwand. Wo war sie hingegangen?

Meine Frage wurde schneller beantwortet, als mir lieb war. Sie trat plötzlich ans Fenster und blickte kurz hinaus, bevor sie den Vorhang zuzog. Erschrocken duckte ich mich instinktiv zur Seite, um mich hinter den paar Zweigen, die vor mir verliefen, zu verstecken. Durch diese plötzliche Bewegung verlor ich jedoch das Gleichgewicht. Erst jetzt wurde mir wieder bewusst, dass um mich herum praktisch nur Luft existierte. Panisch griff ich nach den nächstbesten Zweigen, die ich entweder nicht zu fassen bekam oder die in meiner Hand abbrachen, und presste die Unterschenkel an den Ast, auf dem ich saß, da er mir den einzigen Halt bot. Während ich mit den Armen ruderte und einen Schreckensschrei von mir gab, fiel ich nach hinten – und fand mich mit den Kniekehlen am Ast und mit dem Kopf nach unten hängend wieder.

Oh nein! Ich war froh, nicht heruntergefallen zu sein, aber was nun? Hoffentlich hatte Frau Trumpfheller meinen Schrei nicht gehört. Das Trumpfheller-Haus lag nun in meinem Rücken und ich konnte nicht sehen, was auf der Straße vor sich ging. Ich streckte meine Arme aus, aber der Boden war viel zu fern. Dann probierte ich, mich mit den Bauchmuskeln hochzuziehen, um mit den Händen den Ast zu ergreifen. Ich ächzte und stöhnte und verzog mein Gesicht vor Anstrengung, aber ich schaffte es nicht. Zum Glück konnte Tom mich nicht sehen, sonst hätte er mir sicher vorgehalten, dass ich mehr Sport hätte treiben sollen.

Meine Situation war alles andere als witzig. Das Blut lief mir in den Kopf, und der Abstand meiner gestreckten Fingerspitzen zum Boden betrug mindestens einen Meter. Würde ich mich aus dieser Höhe fallenlassen, so würde ich mir mit großer Wahrscheinlichkeit beim Aufprall die Handgelenke oder die Arme brechen oder beides. Die Bekleidung meines Oberkörpers war der Fliehkraft entsprechend nach unten gerutscht, und die Kälte kroch mir über Bauch und Rücken. Konnte ich mein Handy aus der Jackentasche ziehen und Tom anrufen? Nein, bis er hier eingetroffen wäre, wäre ich sicher längst kollabiert. Mein Kreislauf protestierte bereits jetzt gegen die ungewohnte Stellung. Vielleicht ...

Eine Haustür wurde zugeschlagen und ich hielt den Atem an. Verließ Herr Werkmann schon wieder das Haus? Hatten sie sich gestritten, oder war er einfach von der schnellen Truppe? Ich lauschte angespannt und spürte, wie mir trotz der Kälte ein Schweißtropfen von den Achseln den Arm hinunterlief.

Ich hörte Schritte, dann stieg jemand in ein Auto ein. Während ich noch überlegte, ob ich erleichtert darüber sein sollte, dass ich in der Dunkelheit nicht entdeckt worden war, oder ob ich um Hilfe hätte rufen sollen, wurde der Motor angelassen und das Autolicht eingeschaltet. Dann wendete der Wagen. Langsam ahnte ich, dass sich mein Schicksal gleich besiegeln würde. Die Lichter des Autos rückten in Schüben, in denen das Auto beim Wenden vor und zurück fuhr, immer näher an mich heran, bis ich mich als am Fleischerhaken aufgehängter Kadaver im Spotlicht der Scheinwerfer wiederfand.

Der Automotor brummte noch einige Sekunden gleichmäßig vor sich hin, als ob der Fahrer Zeit damit verbrachte, sich die Augen zu reiben. Dann wurde der Motor ausgeschaltet, das Licht allerdings angelassen. Der Schweiß lief mir mittlerweile spürbar den Rücken hinunter, und das Licht der Scheinwerfer warf einen gespenstischen Schatten meiner selbst auf die Wiese, die ich zwangsweise anschaute. Jemand stieg aus und lief durch das hohe Gras auf mich zu. Mein Herz pochte überlaut und ich mühte mich vergeblich, mich soweit umzudrehen, dass ich diesen Jemand im

Gegenlicht erkennen konnte. Hoffentlich trug er weder ein Gewehr noch ein Messer bei sich.

»Hallo? Brauchen Sie Hilfe?«

Ich kannte die Stimme, aber in meinem Kopf erschien kein Bild dazu. Doch das spielte im Moment keine Rolle, zumal ich beim Klang der Stimme keine Bedrohung empfand. Infolgedessen überwog umgehend meine Verärgerung über die überflüssige Frage. »Nein, ich hänge mich jeden Abend hier auf und sinniere über mein Leben.«

»Alex? Bist du's?«

In dem Moment, in dem er meinen Namen aussprach, erkannte ich ihn: Christian von Bahlsen. Das Krümelmonster meiner Träume. Hoffentlich versuchte er sich nicht erst in gepflegter Konversation und packte an, bevor ich ohnmächtig wurde.

»Ja, kannst du mir hier herunterhelfen?«

»Sicher, einen Augenblick …« Christian kam die letzten Schritte heran, bückte sich unter dem Ast durch, auf dem ich hing, und ergriff meinen Rumpf von der Seite. Als es mir gelang, mich irgendwie an ihm festzuhalten, löste ich meine verkrampften Beine vom Ast, wodurch meine untere Körperhälfte mit Schwung heruntersauste. Christian verlor den Halt, schwankte nach hinten und fiel mit mir rückwärts ins Gras, sodass ich auf ihm zu liegen kam.

Durch die plötzliche Lageveränderung tanzten mir viele bunte Pünktchen vor den Augen, und Christians Rasierwasser machte mich zusätzlich benommen. Für einen Moment konnte ich, einer Ohnmacht nahe, meinen schweren Schädel nicht hochhalten, und mein Gesicht berührte seine Wange. »Entschuldige«, murmelte ich und hob den Kopf mit Mühe an.

Christian lächelte, allerdings sah er weniger peinlich als angenehm berührt aus. »Schön langsam, nicht dass du mir zusammenklappst.« Er hielt mich immer noch umschlungen und schien es nicht eilig zu haben aufzustehen.

Allmählich funktionierte mein Gehirn wieder, und ich wurde mir insbesondere durch das Scheinwerferlicht unserer prekären Situation bewusst. Außerdem hörte ich jetzt Schritte im hohen Gras, und sie hatten bereits die halbe Wiese durchquert. Ich drehte meinen Kopf, aber ich sah nur eine große, männliche Gestalt im Gegenlicht auf uns zulaufen. Durch die Bewegung wurde mir wieder leicht schwindlig. Die große Gestalt bückte sich unter dem Ast durch, auf dem ich gesessen hatte.

»Störe ich?« Er blieb neben uns stehen und schaute auf uns herunter. Als er dabei die Hände in die Hüften stützte, erkannt ich ihn. Er zeigte mit der rechten Hand kurz auf Christian und mich. »Zuhause bist du immer dagegen, das Licht anzulassen.«

Ich kannte Tom gut genug, um aus seiner Stimme herauszulesen, dass er halb verärgert und halb belustigt war.

»Hilf mir mal.« Ich streckte die Hand aus.

Tom ergriff sie und zog mich hoch. Als ich von ihm herunter war, stand auch Christian auf und klopfte sich den Mantel ab. Ich hätte mich ohrfeigen können: In diesem Mantel hatte ich ihn in Frau Trumpfhellers Haus gehen sehen. Aber ich war zu sehr davon überzeugt gewesen, dass es Herr Werkmann sein musste.

»Was hast du hier gemacht?«, fragte Christian.

Ich war die Einzige, die ins Scheinwerferlicht sehen musste. Aber als ich zwischen den beiden Männern hindurch und über den Scheinwerfer hinwegsah, erkannte ich, wie sich der Vorhang des mittleren Fensters im Obergeschoss des Trumpfheller-Hauses bewegte und das Licht des Zimmers auf die Straße fiel. Mist! Ich stand für Frau Trumpfheller auf dem Präsentierteller, und ich hatte immer noch die Stallklamotten an. So doof konnte sie gar nicht sein, als dass sie mich nicht erkennen würde. Zusammen mit den beiden Ermittlern. Aber es blieb keine Zeit, mich darüber zu ärgern.

Ich hielt mir demonstrativ die Hand über die Augen. »Können wir erst mal aus dem Scheinwerferlicht herausgehen, ich bekomme hier Augenkrebs.«

Als die beiden Kommissare sich umdrehten, verschwand das Licht aus dem Fenster. Ich versuchte, den Gedanken an Frau Trumpfheller auszublenden und mir eine Erklärung für meine Anwesenheit auszudenken. Dafür blieb mir nur die Strecke durch die halbe Wiese. Ich überlegte fieberhaft.

Wir erreichten Christians Auto und die Blendwirkung auf meine Augen ließ nach. Ich sah Tom ins Gesicht. Er hatte sein Pokerface aufgesetzt. Was machte er eigentlich hier?

Christian war zu höflich, um seine Frage zu wiederholen, aber ich wusste, dass ich noch eine Erklärung abgeben musste.

»Das war ja eine skurrile Situation.« Christian lachte.

»Ja«, sagte ich und lächelte über mich selbst. »Ich weiß auch nicht, wie das passieren konnte. Ich war hier mit Tom verabredet, und weil ich etwas zu früh dran war und nicht so lange stehen wollte, habe ich mich auf den Baum gesetzt. Und dann hab ich irgendwie das Gleichgewicht verloren und hing auf einmal nur noch mit den Beinen am Ast.« Ich lachte.

Tom schaute auf mich und zeigte ein kurzes Lachen. Ich konnte förmlich sehen, wie er dachte: Du raffiniertes Biest!

»Ja.« Tom senkte seine Stimme. »Ich wollte mit unserer Zeugin über die Patrone sprechen und habe mich mit Alex hier verabredet, um gleich danach mit ihr essen zu gehen.«

Ich grinste Tom breit an. Ich hatte doch gewusst, dass er auf Zack war und gleich eine Ausrede auf Lager haben würde!

»Ich dachte, wir hätten heute ausgemacht, dass ICH mit unserer Zeugin rede.« Christian hatte ebenfalls seine Stimme gesenkt.

»Da hab ich wohl was missverstanden«, sagte Tom und guckte zerknirscht. »Tut mir leid.«

»Nicht der Rede wert.« Christian warf einen schnellen Seitenblick auf mich. »Wir können morgen darüber reden.«

Tom nickte. Wir wünschten uns gegenseitig einen guten Abend. Tom nahm meine Hand.

Bevor Christian ins Auto stieg, zeigte er noch einmal mit dem Finger auf mich und lächelte gönnerhaft. »Sag Bescheid, wenn du wieder in Schwierigkeiten bist. Ich helfe dir gerne.«

Tom quetschte meine Hand und ich unterdrückte ein »Aua«. Stattdessen lächelte ich Christian verhalten an. Als er an uns vorbeifuhr, hoben Tom und ich noch einmal die Hände.

»Jetzt will ich genau wissen, was los war«, knurrte Tom, noch ehe Christians Auto um die nächste Ecke bog. Er lief los und zog mich die Straße entlang.

»Ich scheue mich, es auszusprechen, aber es war wirklich nicht so, wie es aussah«, antwortete ich kleinlaut.

Tom lachte. »Das meine ich nicht. Ich bin schon um die Ecke gekommen, als du noch am Baum hingst und Christian begann, dich herunterzuziehen. Sah fast so aus, als hätte er sich absichtlich ungeschickt angestellt, um mit dir im Gras zu landen.« Tom schnaufte kurz durch die Nase.

Ich zeigte in die Freiherr-vom-Stein-Straße und Tom bog in sie ein, ohne meine Hand loszulassen. Vor meinem Auto blieb er stehen und drückte mich sanft mit dem Rücken dagegen. Dann stützte er seine Arme links und rechts von mir auf das Autodach und nagelte mich zusätzlich mit einem tiefen Blick in meine Augen fest.

»Ich will jetzt wissen, warum du dich zufällig direkt gegenüber von Frau Trumpfhellers Haus auf einen Baum gesetzt hast.«

Blöd. Wenn Tom mir derart auf die Pelle rückte, war ich nicht mehr in der Lage, ihn anzulügen. Aber ich wollte ihm trotzdem nicht von meinem Verdacht erzählen, dass Frau Trumpfheller möglicherweise einen Liebhaber hatte, den sie dazu angestiftet hatte, ihren Mann zu ermorden, solange ich keine Beweise hatte. Am besten gab ich nur die halbe Wahrheit zu.

»Ich wollte einfach mal sehen, was sie so treibt. Du hast doch selber gesagt, dass sie dir verdächtig vorkommt, und schließlich ist sie ja auch irgendwie in den Germann-Fall verwickelt.«

Tom sah mir immer noch intensiv in die Augen. »Das Tattoo ist kein Beweis, und sie hat ein Alibi. Vergiss es, Alex, bevor du dir eine Anzeige von Frau Trumpfheller einhandelst.«

»Hm.« Tom mochte recht haben. Mein Verdacht, der auf Andreas Werkmann gefallen war, hatte sich bisher nicht bewahrheitet. Was nicht bedeutete, dass Frau Trumpfheller gar keinen Liebhaber gehabt hätte. Doch vielleicht konnte ich einen faulen Kompromiss aushandeln.

»Okay, also wenn ich dir verspreche, dass ich nicht mehr vor Frau Trumpfhellers Haus rumlungern werde, würdest du mir dann im Gegenzug verraten, was du mit Frau Trumpfheller in Bezug auf welche Patrone besprechen wolltest?«

Tom zog die Augenbrauen hoch. »Nun gut, aber ich verlasse mich auf dich!« Er löste seine Hände vom Auto und legte sie mir stattdessen auf die Taille, um mich zu sich heranzuziehen. »Das Gutachten ist heute eingetroffen. Die Patrone, die wir aus dem Schädel des Fuchses geholt haben, entspricht der, die Jens Trumpfheller getötet hat. Sie haben die gleichen Rillen und Einkerbungen, das heißt, sie sind aus demselben Gewehr abgefeuert worden. Damit ist die Theorie eines Bedrohungsszenarios vor der Ermordung Trumpfhellers bestätigt.«

Diese Informationen lenkten meine Aufmerksamkeit wieder

auf Herrn Yilmaz. Ich schaute nachdenklich an Tom vorbei. Vielleicht sollte ich Herrn Yilmaz ...

Tom unterbrach meine Gedanken, indem er mich noch fester an sich herandrückte. Dann senkte er sein Gesicht bis zu meinem und hauchte einen Kuss auf meine Lippen.

»Du kannst auch deine Recherchen im Germann-Fall getrost einstellen. Christian ist nicht gerade mein Lieblingskollege, aber er leistet gute Arbeit.« Tom sprach sehr leise und hielt dabei seine Lippen so dicht an meine, dass sie sich leicht berührten. »Er soll beruflich seinen Mann stehen und ... nicht woanders. Um dich kümmere ich mich ganz alleine.« Tom zupfte mit seinen Lippen an meinen, und für einen Augenblick hatte er mich aus dem Konzept gebracht. Aber dann fiel mir Herr Yilmaz wieder ein.

»Moment mal, vom Germann-Fall war in unserem Deal nicht die Rede.«

Tom wich zurück, dann lachte er. »Du bist einfach unbelehrbar.« Er ließ mich los. »Steig ein, ich will sehen, dass du gut wegkommst.«

Ich lief um mein Auto herum. Bevor ich einstieg, fragte ich: »Wo hast du geparkt?«

»Weiter unten.« Tom zeigte unbestimmt in Richtung Mümlingtalstraße. »Fahr los, ich hole dich sowieso gleich ein.« Tom zeigte sein spöttisches Lächeln.

»Ph.« Ich stieg ein und fuhr los. Im Rückspiegel konnte ich sehen, dass Tom hinter mir die Straße überquerte und mir dabei nachsah. Dann verschwand er in der Dunkelheit.

Komisch, wieso hatte er noch weiter weg von Frau Trumpfhellers Haus geparkt als ich, wo doch noch genügend Parkplätze in der Straße frei gewesen waren? Zum ersten Mal bekam ich das unbestimmte Gefühl, dass Tom mehr vor mir verheimlichte als die Informationen zu seinem Mordfall.

»Ah, heute in Begleitung?« Fünf Augenpaare schauten freundlich auf Bernd. Seit ich ihn und Bacon ausführte, war mir bewusst, wie positiv Menschen auf Hunde reagierten.

»Ja«, antwortete ich Heinz. Ich schnappte mir einen Stuhl vom Nachbartisch, hängte die Jacke über die Lehne und setzte mich neben Hedi. Sie und Herbert hier in der Hessenstubb zu treffen, wunderte mich nicht. Ich hatte sie in meinen Plan eingeweiht und sie wollten es sich nicht nehmen lassen, persönlich bei der Überführung desjenigen, der die Mäuse in der Kneipe aussetzte, dabei zu sein. Ich war mir nicht ganz sicher, ob es klappen würde. Ich hatte mir die letzten Tage Bernd ausgeliehen und trainiert, so oft es irgend ging, und seit gestern hatte ich auch das Gefühl, dass er die an ihn gestellte Anforderung einwandfrei verstand, aber reale Bedingungen waren doch noch mal etwas anderes. Hier war es laut und voll, die verschiedensten Getränke- und Essensgerüche lagen in der Luft, und auch die Gäste brachten sicher ihre jeweils eigenen Duftspuren mit. Doch wir konnten die Durchführung meines Plans nicht länger aufschieben. Guido und Maren hatten sich die letzten Tage jedes Mal, wenn einer der verdächtigen Stammgäste zu Besuch war, in dessen Nähe leise, aber laut genug zum Mithören, über einen angeblichen Nachprüfungstermin der Lebensmittelkontrolle am morgigen Freitag unterhalten. Ich war mir sicher, dass der Täter möglichst kurz vorher, also heute Abend, versuchen würde, erneut eine Maus in der Kneipe zu platzieren, um Maren bei der wenige Stunden später stattfindenden Kontrolle in Misskredit zu bringen.

»Die Kaffenberger ist schon da«, raunte mir Hedi zu. »Das ist die mit dem grauen Rollkragenpullover links von dir.«

Hedi schien fast noch nervöser als ich selbst zu sein. Ich sah mich verstohlen um und nickte.

»Ich konnte sie ganz gut beobachten, seit sie sich da hingesetzt hat«, flüsterte Hedi. »Ich glaube nicht, dass sie schon was angestellt hat. Sie hat eine recht enge Hose an, und in ihre Jackentaschen hat sie auch noch nicht gegriffen.«

Ich schaute noch einmal zum Nachbartisch. Tatsächlich, in die Hosentaschen passte kein Blatt. Da waren schon eher die ausgebeulten Taschen der Jacke verdächtig, die sie über ihre Stuhllehne gehängt hatte.

»Sehr gut«, antwortete ich mit leiser Stimme.

»Habt ihr euch jetzt einen Hund zugelegt?«, fragte Schorsch.

»Nein, er ist im Tierschutz und wartet auf Vermittlung. Ich führe ihn nur manchmal aus.«

Da wir über Bernd gesprochen hatten, konnte ich mich ihm nun unauffällig zuwenden. Ich wollte ihn am liebsten gleich auf seinen ersten Einsatz schicken, noch bevor Frau Kaffenberger möglicherweise die Maus aussetzen konnte.

Ich beugte mich zu ihm hinunter. Auf meinen Handflächen bildete sich Schweiß. »Sitz!« Ich hatte seine Aufmerksamkeit. »Such die Maus!«, flüsterte ich ihm zu.

Bernd sprang auf und lief los. Bis dahin schien alles gut zu funktionieren. Ich tat so, als sei er mir ungewollt entlaufen, und ging hinter ihm her.

Bernd lief kreuz und quer durch die Kneipe. Die Gäste drehten sich teilweise nach ihm um und streichelten ihn im Vorbeilaufen, aber Bernd ließ sich nicht beirren. Er kam auch an Frau Kaffenberger vorbei, aber er zeigte nichts an. Irgendwann schaute er mich schwanzwedelnd an. Okay, entweder hatte Bernd sich geirrt oder Frau Kaffenberger war tatsächlich nur eine unzufriedene Meckerziege ohne weitere Rachegelüste.

Ich lobte Bernd und kehrte mit ihm zu meinem Platz zurück. Dort bekam er heimlich ein kleines Stück Wurst aus einer Plastiktüte, die in meiner Jackentasche steckte.

»Na, ist er dir abgehauen?«, fragte Schorsch.

»Sah eher so aus, als hätte er was gesucht.« Heinz blickte mich unverwandt an. Ob er unser Treiben durchschaut hatte?

»Ach, ich glaube, er wollte sich nur mal umsehen. Ich dachte, vielleicht fühlt er sich wohler in der fremden Umgebung, wenn er sich alles angeguckt hat. Aber er ist ja grundsätzlich sehr brav.«

Heinz zwirbelte nachdenklich seinen Schnurrbart.

Guido kam mit meinem Orangensaft. Er blickte mir kurz in die Augen und ich konnte sehen, dass er ähnlich nervös war wie ich.

»Danke, Guido.«

»Ich war übrigens heute beim HNO-Arzt«, verkündete Hedi, wie um abzulenken. »Ich habe einen leichten Tinnitus. Den habe ich allerdings schon eine ganze Weile.«

»Aber ihr Gehör ist noch sehr gut für ihr Alter, sagte der Arzt«, ergänzte Herbert. »Sie hört halt nur mehr, als sie sollte.« Er lachte.

»Solange es keine Stimmen sind.« Schorsch trank einen Schluck von seinem Bier und Mike lachte kurz, ohne den Blick zu heben.

Wo blieben die anderen beiden Verdächtigen? Hoffentlich würde Bernd noch ein zweites und drittes Mal seinen Job konzentriert verrichten. Ich trank den halben Orangensaft leer.

Plötzlich verspürte ich einen leichten Stoß an meinem Fuß und ich blickte auf Hedi. Sie machte eine kleine Kopfbewegung in Richtung Eingangstür. Dann flüsterte sie: »Peter Walther.«

Ich kannte von keinem der drei Verdächtigen das Aussehen, deshalb war ich froh, dass Hedi mich auf das Eintreten von Walther aufmerksam machte. Er sah sich zögernd um, dann setzte er sich auf einen Barhocker an der Theke.

Sofort klopfte mein Herz etwas schneller. Guido fragte Walther nach seinen Wünschen und warf mir einen kurzen, bedeutsamen Blick zu. Ich machte mich bereit.

Stand ich im Fokus von Heinz' wachsamen Augen? Er richtete sie gerade von mir auf Hedi, weil diese fragte: »Habe ich euch eigentlich schon erzählt, wie ich damals Herbert kennengelernt habe?«

Dankbar für Hedis Ablenkungsmanöver beugte ich mich ein zweites Mal zu Bernd, der unmittelbar aufstand und mich erwartungsvoll ansah. Ich blickte ihm ernst in die Augen und raunte ihm zu: »Such die Maus!«

Bernd lief los und legte einen ähnlichen Weg zurück wie zuvor. Er kam sofort an der Theke vorbei, passierte Walther jedoch ohne jegliches Zögern. Die Kneipengäste beachteten ihn schon gar nicht mehr, sodass er ungestört seine Arbeit verrichten konnte. Als er seiner Ansicht nach genug herumgeschnüffelt hatte und mich schwanzwedelnd ansah, führte ich ihn mit einer leichten Armbewegung noch einmal an den an der Theke aufgereihten Barhockern vorbei, aber Bernds Reaktion signalisierte eindeutig eine Fehlanzeige. Ich war enttäuscht, lobte Bernd aber trotzdem ausgiebig und steckte ihm am Tisch wieder ein Stück Wurst zu.

Hedi hatte ihre Erzählung offensichtlich gerade beendet und fragte nun Schorsch, wie er seine Frau kennengelernt hatte. Das interessierte auch mich. Bei seinem chauvinistischen Gehabe hatte er die arme Frau sicher mit irgendwelchen Machosprüchen flachgequatscht. Schlecht gelaunt nippte ich an meinem Orangensaft.

Schorsch zierte sich ein wenig. »Das interessiert doch keinen.« Er trank einen Schluck von seinem Bier.

»Doch«, sagte ich bestimmt, »das wollen wir jetzt wissen.«

Heinz grinste, als ob er die Geschichte schon kannte.

»Nun gut.« Schorsch rutschte auf seinem Stuhl herum. »Ich war damals auf einem Lehrgang am Rande von Schwäbisch Hall, mit Übernachtung vor Ort. Nach dem ersten Tag wollte ich nicht den Abend im Hotelzimmer verbringen und hab mich an die nächste Bushaltestelle gestellt, um in die Stadtmitte zu fahren. Da stand zufällig auch meine spätere Frau.«

Wir sahen alle weiterhin auf Schorsch, aber er machte nur noch eine wegwerfende Handbewegung. »Das war's.«

»Quatsch«, sagte Heinz, »jetzt geht's doch erst richtig los.«

Schorsch wand sich. »Okay, also ich hab sie gefragt, wo man abends so hingehen könnte, und sie nannte mir eine Kneipe, in der sie sich mit ihren Freundinnen treffen wollte. Nachdem wir uns eine Weile unterhalten hatten, lud sie mich ein, den Abend mit ihr und ihren Freundinnen zu verbringen. So nahm alles seinen Lauf.« Schorsch versteckte sein Gesicht hinter dem Bierglas.

»Der wichtigste Teil fehlt immer noch.« Heinz schaute auffordernd auf Schorsch.

Der stellte sein Bierglas wieder ab. »Na gut. Wir fahren also in diese Kneipe, und ich dachte schon so bei mir, was für ein nettes Mädel ich da kennengelernt hatte. Ihre Freundinnen waren auch ganz in Ordnung, und im Lauf des Abends schlug eine vor, dass wir Tischfußball spielen könnten. Da hab ich mir insgeheim die Hände gerieben, weil ich ziemlich gut darin war und dachte, jetzt kann ich meinen Schwarm mal so richtig beeindrucken.«

Schorsch trank sein Glas leer.

»Und nach dem Spiel hat sie dich gefragt, ob ihr Brieffreunde werden wollt?«, fragte Hedi.

Schorsch blickte erstaunt auf. »Äh, nicht ganz. Wir wollten also Kicker spielen. Ich hab erst gar nicht kapiert, warum die so gekichert haben. Aber dann! Die haben mich völlig abgezockt. Alter! Die Weiber haben gespielt wie die Teufel. Irgendwann war ihnen zu warm, und sie haben ihre Pullis ausgezogen. Darunter trugen sie T-Shirts mit Beschriftung.« Schorsch deutete einen horizontalen Strich in der Luft an. »Kickerverein Schwäbisch Hall. Deutsche Meister 1986.«

Wir lachten. Da war Schorsch ja schön reingelegt worden!

Heinz lachte mit, obwohl er die Geschichte sicher schon gekannt hatte. »Seitdem ist es ein Running Gag, Schorsch zu fragen, ob er Kicker spielen möchte.«

Meine schlechte Laune war verflogen. Vielleicht hatte ich mich in Schorsch völlig geirrt. In der Kneipe mochte er dumme Sprüche über seine Frau machen, aber zuhause hatte womöglich sie die Hosen an!

Ich fing an, mit meinem Glas zu spielen. Ich würde Bernd bald nach Hause bringen müssen. Möglicherweise würde der dritte Verdächtige in Sachen Mäuseproblem gar nicht auftauchen, was gleichbedeutend mit seiner Unschuld wäre. Dann hätte entweder Bernd nicht richtig gearbeitet, oder es wäre bereits die Verdächtigenauswahl falsch getroffen worden, oder ...

»Alex!«

Ich blickte ein wenig erschrocken auf. Guido stand neben mir und legte seine Hand auf meine Schulter. »Ich wollte nur in die Runde fragen, ob ich euch noch etwas zu trinken bringen kann.« Guido sah mich eine Sekunde zu lange an.

Hatten wir das Eintreten des letzten Verdächtigen verpasst? Mike und Herbert gaben eine Bestellung auf, während ich Hedi einen bedeutsamen Blick zuwarf, sodass diese sich umblickte. Dann rückte sie mit ihrem Kopf dicht an meinen.

»Der Schwinn sitzt am Tisch in der Ecke neben der Tür.«

Ich beugte mich zu Bernd hinunter, der geduldig neben meinem Stuhl lag und ein bisschen müde aussah. Oder gelangweilt.

Dabei drehte ich ein wenig den Kopf und beäugte den beschriebenen Tisch, der in einer schummrigen Ecke lag.

»Der neben dem kleinen Mädchen?«

»Ja.«

Ich atmete tief durch. Jetzt würde sich alles entscheiden. Entweder war Schwinn der Übeltäter oder mein Plan würde komplett fehlschlagen. Ohne weiter auf Heinz oder die anderen zu achten, beugte ich mich zu Bernd hinunter. Hedi fing wieder an zu reden, aber ich konzentrierte mich ganz auf Bernd, der, als ich ihn ansprach, sofort hellwach war. »Such die Maus!«

Bernd sprang auf. Hoffentlich würde er sich ein drittes Mal konzentrieren, auch wenn er schon zweimal erfolglos die Kneipe abgesucht hatte.

Bernd zog mit der Nase voran los. An der Theke vorbei, zwischen den Tischen hindurch. Er passierte die Tür. Ich war hochgespannt, als er sich dem Tisch von Kurt Schwinn näherte. Und tatsächlich: Bernd verschwand unter dem Tisch, setzte sich und gab einmal Laut.

KAPITEL 13

Sofort erkannte ich aus dem Augenwinkel, wie Guido hinter der Theke hervorpreschte. Die Gespräche in der Kneipe erstarben langsam, erstaunte Blicke richteten sich auf Guido. Schwinn sah verwundert auf Bernd, genauso wie das kleine, etwa achtjährige Mädchen neben ihm, das wohl seine Tochter sein musste. Dann blickte Schwinn auf Guido, welcher sich vor ihm aufbaute.

»Kurt, du verdammter ...«

Hinter Guido kam Maren angeflitzt, die ihre Hand beruhigend auf Guidos Schulter legte. Im Raum war es nun totenstill, nur die Musik dudelte ungerührt vor sich hin, was dem Szenario einen gespenstischen Anstrich gab.

»Was ist denn?«, gab sich Schwinn unschuldig.

»Du hast uns das ganze Kroppzeug hier reingebracht, gib's zu!«, schrie Guido ihn an, stützte seine Hände auf die Tischplatte und beugte sich vor. »Der Hund hat dich überführt!«

Schwinn stand auf. »Schrei mich nicht so an, du Choleriker.« Das kleine Mädchen beobachtete die beiden streitenden Männer mit großen erschrockenen Augen. Es behagte mir nicht, dass es die Überführung ihres Vaters miterleben musste.

Guido sprang Schwinn fast über den Tisch hinweg an. Er schlug mit der flachen Hand auf die Platte. »Du leerst jetzt deine Taschen aus und zeigst allen die Maus, oder ich rufe die Polizei!«

In dem Moment, als Guido die Maus erwähnte, zuckte das kleine Mädchen zusammen und griff mit beiden Händen an seine Jackentasche. Sollte etwa …? Ich bückte mich und schaute unter den Tisch. In der Tat saß Bernd zwar zu Schwinns Füßen, aber sein Körper und sein Blick waren auf dessen Tochter gerichtet. Ich streckte mich wieder und legte Guido rasch die Hand auf den Rücken. »Guido, warte.« Ich schaute auf das Mädchen. »Dürfen wir deine Maus mal sehen?« Ich lächelte es freundlich an.

Alle blickten nun erstaunt auf die Kleine. Schwinn nickte seiner Tochter auffordernd zu. Sie streckte sich ein wenig, griff in ihre Tasche und holte ein Schraubglas hervor, in dessen Deckel viele kleine Löcher gestochen worden waren. Und in dem Glas wuselte eine Maus herum.

Mit der Hand auf Guidos Rücken fühlte ich, wie er literweise Luft ausatmete. Schwinn plumpste derweil verblüfft auf seinen Stuhl.

»Aber … Wieso hast du denn diese Maus mitgebracht?« Er nahm das Glas in die Hand und blickte ungläubig zwischen der Maus und seiner Tochter hin und her.

»Es wird doch bald Winter, da haben die Mäuse draußen nichts zu fressen und frieren, aber hier bei Maren ist es warm und es gibt ganz viel zu essen«, flüsterte die Kleine.

Schwinn stellte das Glas zerknirscht auf den Tisch. »Guido, ich …«

Guido rieb sich die Stirn. »Macht, dass ihr rauskommt, und klärt das zuhause. Für heute habe ich die Schnauze voll.«

Schwinn nickte. »Komm, Lenchen.« Die beiden verließen die Hessenstubb.

Langsam setzten die Gespräche wieder ein. Bernd war aufgestanden, als Schwinn sich mit seiner Tochter entfernte, und sah mich unschlüssig an. Ich lobte ihn umgehend, führte ihn zurück zu unserem Tisch und gab ihm ein Stück Wurst aus meinem Geheimvorrat. Ich war furchtbar stolz auf ihn.

Kurz darauf erschienen Guido und Maren an unserem Tisch. Guido stellte das Glas mit der Maus mitten auf die Tischplatte, was Hedi dazu veranlasste, mit ihrem Stuhl zurückzurücken.

»Seht euch diese Schweinerei an.« Guido hatte immer noch einen roten Kopf. »Ich hatte mich schon gewundert, warum er in letzter Zeit ständig seine Tochter dabeihatte. Jetzt stellt sich raus, dass sie es war, die hierher wollte, um den Mäusen ein warmes Heim zu bescheren.« Guido lachte bitter.

»Bernd hat jetzt aber eine ganz große Wurst verdient, was Bernd?« Maren klopfte seinen Rücken, und Bernd wedelte daraufhin mit dem Schwanz.

»Ich hab ihm schon was gegeben, und ich glaube, so viel Wurst darf er gar nicht essen.« Ich streichelte Bernd ebenfalls. »Und der kleine Bernd muss jetzt auch schnell in die Heia, gell Bernd?« Jetzt redete ich schon mit Bernd wie mit einem Baby.

Schorsch nahm das Glas in die Hände und betrachtete die Maus. Dann grinste er verschmitzt, rief: »Guckt mal!«, und öffnete plötzlich die Hände. Wir alle schauten erschrocken auf das fallende Glas, aber Schorsch fing es im letzten Moment wieder auf, bevor es auf der Tischplatte zerspringen konnte.

»Uuups!« Schorsch grinste angesichts seines gelungenen Streichs. »Jetzt wäre es mir doch beinahe heruntergefallen.«

»Scheiße, Mann, Schorsch, für solche Scherze habe ich jetzt echt nicht die Nerven!« Guido griff sich das Glas und verschwand mit Maren in der Küche. Wir anderen schwankten zwischen Belustigung und Erleichterung hin und her.

»Okay, Leute.« Ich stand auf und zog mir die Jacke an. Dann legte ich das Geld für den Orangensaft auf den Tisch. »Das war genug Aufregung für heute, und Bernd muss jetzt nach Hause. Er hat heute schwer gearbeitet und sich super geschlagen.«

»Das hat er.« Alle nickten.

»Ich habe mir gleich gedacht, dass ihr was gesucht habt«, sagte Heinz.

»Und ich habe gesehen, dass du dir das schon gedacht hast.«

Wir lächelten uns an.

»Du reitest heute Herrn Lehmann.« Stella kam mir in der Stallgasse entgegen.

»Ist das nicht dieser große Rappe, den du auch schon mal geritten hast?«

Stella nickte. »Klar. Ich hab sie alle schon durch.«

Ich kicherte. »Außer Herrn Hofmann.«

Jetzt kicherte Stella. »Richtig, aber träumen wird ja wohl noch erlaubt sein.« Stella lief zur Sattelkammer und rief mir im Gehen zu: »Du kannst ihn schon mal zum Putzplatz bringen, ich komme gleich nach.«

Ich ging zu Herrn Lehmann in die Box und zog ihm das Halfter über. Er war ein ganzes Stück größer als Schnappi. Auf einmal wurde mir bewusst, dass mir Schnappi bereits vertraut war und dass ich ihn vermisste. Vor Herrn Lehman hingegen hatte ich Respekt. Aber er lief brav mit mir zum Putzplatz.

»Was ist mit Schnappi?«, fragte ich Stella, als sie mit dem Sattelzeug eintraf.

»Ach, der hat einen Einschuss. Das ist nicht so schlimm. Er soll zwei Tage nur Schritt gehen. Nächste Woche kannst du ihn sicher wieder reiten.«

Während des Putzens fiel mir ein, dass Stella mir am ersten Tag erzählt hatte, dass nicht alle Pferde so brav beim Reiten waren wie Schnappi.

»Sag mal, macht Herr Lehmann irgendwelchen Blödsinn beim Reiten?«

»Ja, er erschreckt sich leicht und geht dann durch.«

Oh, das hörte sich ja nicht so toll an.

»Er rennt dann wie ein Irrer ein paar Runden im Longierzirkel herum«, fuhr Stella fort, »aber irgendwann kriegt er sich auch wieder ein. Wenn du bis dahin nicht in Wohnungsnot geraten bist, ist alles gut.«

Na super.

»Der Anja ist das auch schon mal auf dem großen Reitplatz passiert. Kennst du die Anja?«

Ich schüttelte den Kopf.

»Ach so, na ja, die ist danach auch nicht mehr wiedergekommen. Die ist mit dem Gesicht voran abgestiegen und hat sich das Schlüsselbein gebrochen.«

»Okay, ich glaube, mehr Informationen über Herrn Lehmann möchte ich nicht bekommen. Soll ich ihm die Hufe auskratzen?«

Wir putzten Herrn Lehmann fertig und Herr Werkmann erschien auf der Bildfläche, wieder mit den beiden giggelnden Jugendlichen im Schlepptau. »Was ist los Mädels, auf geht's!«, befahl er uns. Ich schaute auf die Uhr. Er war drei Minuten zu früh! Aber Stella und ich beeilten uns. Irgendwie hatte es schon auf mich abgefärbt, mich von dem hier herrschenden Befehlston beeindrucken zu lassen.

Pünktlich zur festgelegten Zeit saß ich auf Herrn Lehmann auf. Herr Werkmann schien es trotzdem eilig zu haben. Er zog das Pferd mehr zum Longierzirkel, als dass er es führte. Dort stand allerdings bereits Kerstin Trumpfheller in der Mitte und ließ Whoopi ihre Kreise um sich ziehen.

»Wie lange brauchst du noch, Kerstin?«, fragte Herr Werkmann.

»Oh, ich habe eben erst angefangen.« Frau Trumpfheller lächelte charmant.

Herr Werkmann hob die Hand. »Kein Problem, wir gehen auf den großen Platz.«

Ja, ja, die beste Kundin. Jeden anderen hätte Herr Werkmann mit Sicherheit aus dem Longierzirkel verscheucht.

»Heute ist einiges mit den Terminen schiefgelaufen«, gestand mir Herr Werkmann. »Aber Sie sind ja keine blutige Anfängerin mehr, da können wir auch auf den großen Platz gehen.«

Hm, das hörte sich nicht sehr vertrauenerweckend an. Erwartete Herr Werkmann auf dem großen Platz Probleme? Plötzlich fiel mir siedend heiß Stellas Schilderung von Herrn Lehmanns Betragen dort ein. Hoffentlich hatte sie übertrieben. Ich versuchte, positiv zu denken.

Ein wenig beunruhigte mich allerdings, dass mir diesmal nicht nur die zwei jugendlichen Fans von Herrn Werkmann, sondern auch Stella beim Reiten zusah. Hoffentlich tat sie das nicht in Erwartung einer Rodeo-Show.

Aber meine Reitstunde ließ sich gut an. Es standen ein paar Hindernisse auf dem Reitplatz, doch Herr Werkmann hatte uns einen freien Fleck gesucht, und Herr Lehmann zog hier den gleichen Kreis wie Schnappi sonst im Longierzirkel. Bald fühlte ich mich immer sicherer auf dem ungewohnten Pferd. Am Rand tuschelten die jungen Mädels, und Stella blickte immer häufiger auf die anderen Reiter, die zwischen den Hindernissen herumritten.

Gegen Ende der Stunde gab Herr Werkmann das Zeichen für Galopp, und Herr Lehmann sprang ruhig und willig an.

Dann geschah es wie aus heiterem Himmel: Es gab einen lauten Knall. Fast zeitgleich zuckte Herr Lehmann heftig, sodass sein Erschrecken mit meinem verschmolz und mir mit einem Schlag das Adrenalin durch den Körper strömte. In derselben Sekunde sprintete Herr Lehmann los – von null auf hundert in drei Sekunden, so schien es mir zumindest. Er schoss zielstrebig auf die Mitte der Reitbahn zu.

»Knie zu!«, hörte ich Herrn Werkmann hinter mir rufen.

Die ersten Meter sah ich noch die lange Leine, die der Reitlehrer in der Hand gehalten hatte, neben uns gespannt von Herrn Lehmanns Maul nach hinten aus meinem Sichtfeld laufen, dann hing sie nur noch locker herunter und schliff über den Boden. Zweifelsohne hing Herr Werkmann nun nicht mehr an ihrem Ende, sondern ich saß im Sattel eines unkontrolliert davonrasenden Pferdes. Herr Lehmanns Zügel hingen viel zu weit vorne an seinem Hals, als dass ich sie hätte greifen können. Vor Angst schien ich jegliche Kraft zu verlieren. Oh nein! Ich verlor meine Steigbügel und fing an zu rutschen, im Vorbeifliegen sah ich die anderen Reiter verdutzt ihre Pferde anhalten. Dies alles geschah binnen weniger Sekunden.

Zu allem Unglück rannte Herr Lehmann nun auch noch auf ein Hindernis zu und beinahe hätte ich aus Furcht, er könnte darüber springen, geschrien, doch im letzten Moment warf er sich in einem rechten Winkel zackig zur Seite und die Fliehkraft zog mich weiter geradeaus. Ich griff reflexartig nach Herrn Lehmanns Hals, meine Beine schleuderten um mich herum und ich rutschte Stück für Stück nach unten. Herr Lehmann wurde mit dem seltsamen Ballast an seinem Hals endlich langsamer, aber ich konnte mich nicht mehr halten, fiel zunächst auf die Füße und plumpste dann mit dem Po in den Sand. Ich sah noch kurz, wie Stella und Herr Werkmann auf uns zu rannten, dann lag ich vollends auf dem Boden und versuchte benommen, wieder Herrin über meine Sinne zu werden. Mein Herz raste, mein Atem ging immer noch wie in Panik und ich zitterte am ganzen Körper.

Plötzlich tauchte Herrn Werkmanns Gesicht über mir auf. »Alles in Ordnung? Das Sauvieh ist einfach abgegangen.« Er wartete meine Antwort nicht ab, sondern streckte mir die Hand entgegen. Ich wollte eigentlich noch gar nicht aufstehen, ergriff aber automatisch seine Hand und ließ mich hochziehen. Stella stand neben Herrn Lehmann, der ebenfalls heftig atmete und verschwitzt glänzte.

Mein Steißbein tat weh und meine Knie zitterten. Ich sah mich nach einer Sitzgelegenheit um, aber Herr Werkmann schob mich nur bis zu Herrn Lehmann. »Wenn man unfreiwillig abgestiegen ist, ist es am besten, man setzt sich gleich wieder drauf.«

Ich blickte Stella ungläubig an. Aber sie nickte bekräftigend. »Sonst bekommst du Angst vorm Reiten.«

Ich hatte bereits Angst vorm Reiten! Und außerdem wollte ich hier eigentlich nur Frau Trumpfheller auf den Zahn fühlen. Ich schaute automatisch zum Longierzirkel, aber er war leer.

»Heben Sie Ihren Unterschenkel an!«

Schon wieder dieser Befehlston!

Herr Werkmann griff nach meinem Bein. »Am Sattel festhalten! Eins, zwei, drei!«

Mit seiner Hilfe zog ich mich in den Sattel.

»Geht doch!«

Mit dieser pädagogisch ausgefeilten Aufmunterung gelang es Herrn Werkmann, mich zum Absolvieren der restlichen Reitstunde zu bewegen, aber ich war danach mit meinen Kräften am Ende, denn meine Knie fühlten sich immer noch weich wie Gummi an. Stella tröstete mich damit, dass ich mich länger als viele andere Reitschüler im Sattel gehalten hätte, und übernahm netterweise das komplette Absatteln und Wegräumen der Reitutensilien. Ich war sauer, verweigerte Herrn Lehmann jegliche Leckerlis und verfütterte die mitgebrachten Schmankerln stattdessen an Schnappi.

Je mehr ich mich beruhigte, desto mehr dachte ich darüber nach, wie es zu dem Zwischenfall überhaupt kommen konnte. Es ging ja alles so rasend schnell, aber hatte es nicht mit einem lauten Knall angefangen? Wo war der hergekommen? Ich lief noch einmal zur großen Reitbahn zurück und sah mich um. Das explosionsartige Geräusch war ungefähr aus der Umgebung des Gebäudes gedrungen, in dem Whoopi und die anderen Privatpferde untergebracht waren. Oder etwa aus den Sträuchern, die an der Gebäudeecke angepflanzt worden waren? Ich schlenderte langsam daran vorbei und tastete alles sorgfältig mit meinen Augen ab. Die Beleuchtung hier war mehr als armselig. Doch vielleicht konnte ich ja trotzdem irgendeinen Hinweis auf die Ursache des Knalls entdecken. Das Ermitteln lag mir ja nun einmal im Blut!

Tatsächlich! Ich blieb wie angewurzelt stehen: Was war das für ein kleines, rosafarbenes Teil, das da in den Sträuchern auf dem Boden lag? Ich quetschte mich ein wenig zwischen dem Gebäude und dem Gebüsch hindurch und schob es mit meinem Stiefel hin und her. Dann hob ich es auf. Es handelte sich um einen zerplatzten Luftballon. Mir wurde schlagartig mulmig. Hatte jemand mit Absicht diesen Ballon zum Zerplatzen gebracht, um mich, wie Stella es formuliert hatte, in Wohnungsnot zu bringen? Natürlich! Mit zusammengekniffenen Augen schaute ich auf Whoopis Stallgebäude. Zu Beginn der Reitstunde hatte Frau Trumpfheller den Longierzirkel besetzt gehabt, und als Herr Lehmann mit mir durchgegangen war, war sie schon nicht mehr zu sehen gewesen. Dabei hatte sie Herrn Werkmann gegenüber doch behauptet, gerade erst angefangen zu haben! Ob sie durch die Belegung des Longierzirkels nur bewirken wollte, dass ich mit Herrn Lehmann auf den großen Reitplatz ausweichen musste?

Mich ergriff ein übler Verdacht. Ein ganz übler Verdacht.

Ich lief zurück in den Schulpferde-Stall. »Sag mal, Stella, was ist eigentlich ein Einschuss, also das, was Schnappi hat?«

»Ach, das ist eine Wunde am Bein, in die Dreck reingekommen ist. Das muss keine große Wunde sein. Das passiert zum Beispiel, wenn man dem Pferd beim Ausmisten versehentlich ins Bein sticht. Dadurch entsteht eine Entzündung unter der Haut. Du musst dir aber keine Sorgen machen, so kleine Verletzungen passieren immer mal. Er bekommt einen Entzündungshemmer und in wenigen Tagen ist er wieder fit.«

Armer Schnappi! Hoffentlich war ich nicht indirekt an seinen Problemen schuld! Wenn sich herausstellen sollte, dass Frau Trumpfheller Schnappi außer Gefecht gesetzt und Herrn Lehmann erschreckt hatte, um mich in Gefahr zu bringen, dann konnte sie sich warm anziehen!

Herr Yilmaz drückte mir die Leine in die Hand. »Also dann, viel Spaß!«

»Vielen Dank! Bis später!« Bacon und ich marschierten los.

Die ersten Meter sprang er schwanzwedelnd um mich herum, wie jedes Mal, seit ich ihn ausführte. Heute war es das vierte Mal. Es ärgerte mich, dass ich noch kein bisschen mit Herrn Yilmaz weitergekommen war. Vielleicht musste ich ihn direkter nach seinem Problem fragen, um ihn aus der Reserve zu locken. Wenn ich ihm unterstellte, die zweitausend Euro unterschlagen zu haben – falls es sich tatsächlich um die einzige Unterschlagung handelte –, würde er möglicherweise wütend werden und sich verraten. Allerdings sollte er möglichst nicht derart wütend werden, dass er mir im wahrsten Sinne des Wortes an die Gurgel sprang. Ich musste versuchen, einen Mittelweg zu finden.

Bacon hüpfte noch einmal an mir hoch, dann erreichten wir

eine Grünfläche und ich ließ die Leine länger. Er lief mit der Nase am Boden vor mir her.

Natürlich wäre es nicht ungefährlich, einen potentiellen Mörder zu reizen. Und es war mir durchaus bewusst, dass ich Tom versprochen hatte, keine gefährlichen Recherchen mehr durchzuführen. Aber ich hatte mich ja schließlich auch entsprechend abgesichert: Hedi und Herbert wussten, dass ich Bacon Gassi führte und zu welchem Zweck. Ich konnte Herrn Yilmaz also notfalls damit drohen, dass sie dafür sorgen würden, dass er von Tom in die Mangel genommen würde, falls mir etwas zustieß.

Ich schaute nach oben. Der Himmel schien eintönig grau. Hoffentlich hatte der Wetterbericht recht gehabt, denn ich hatte keinen Regenschirm dabei.

Bacon zog die Leine in die Länge und verschwand hier und da im Gebüsch. Wenn uns ein anderer Hund entgegenkam, kürzte ich die Leine wieder, so, wie Herr Yilmaz es mir gezeigt hatte. Bacon machte alles klaglos mit.

Ich stopfte meinen Schal noch fester um den Hals. Der Wind pfiff an dieser Stelle immer besonders stark. Bacons Fell wurde mit jeder Böe in eine andere Richtung geschoben.

Allerdings bekam ich ein bisschen Angst, wenn ich an den Waffenschrank in Yilmaz' Flur dachte. Aber idealerweise konnte ich Yilmaz provozieren, ohne ihn direkt als Mörder zu bezichtigen. Ich wollte einfach zu gern wissen, wie er auf eine Andeutung zu der unsauberen Buchführung reagierte.

Wir befanden uns schon auf dem Rückweg. Bacon hatte in der Grünanlage mehrmals sein Bein gehoben und lief nun vor mir her nach Hause. Er hatte einen geradezu zufriedenen Gesichtsausdruck und ein gemütliches Tempo drauf.

Wir durchquerten den Vorgarten und ich klingelte an der Haustür. Bacon wedelte bereits mit dem Schwanz, bevor sich die

Tür öffnete. Dann sprang er Herrn Yilmaz kurz freudig an. Ich gab Bacon ein kleines Hundeleckerli zum Abschied. Herr Yilmaz bückte sich und streichelte den Hund, um danach wie immer die Leine vom Halsband auszuhaken.

»Was ich Sie noch fragen wollte, Herr Yilmaz ... Wegen des vakanten Kassenwart-Postens.«

Herr Yilmaz richtete sich auf, ohne die Leine vom Halsband gelöst zu haben. Seine Miene, die eben noch Freude über Bacons Heimkehr ausgedrückt hatte, verfinsterte sich zusehends. »Ich habe Ihnen doch bereits mehrmals gesagt, dass diese Funktion nicht mehr besetzt wird. Der Verein kommt gut und gerne mit einem Kassenwart zurecht, ein Stellvertreter ist nicht nötig.« Er steckte seine Daumen in den Hosenbund.

Ich streckte mich. »Frau Schäfer meinte aber ...«

»Was Frau Schäfer meint, interessiert mich nicht! Schließlich bin ich jetzt Kassenwart, und ich kann ja wohl am besten beurteilen, ob ein Stellvertreter nötig ist.« Herr Yilmaz zeigte sich sichtlich erbost.

Ich holte tief Luft. »Frau Schäfer hat mir einen Einblick in die Bücher gestattet.« Ich schaute ihn bedeutsam an.

Herr Yilmaz erstarrte.

»Das war hochinteressant.« Ich blickte ihm fest in die Augen.

Herr Yilmaz kniff die seinen zusammen. In diesem Moment hatte Bacon, der sonst üblicherweise längst von der Leine befreit worden und ins Wohnzimmer gestürmt wäre, das Warten satt. Er zog mich plötzlich ruckartig an Herrn Yilmaz vorbei in die von ihm gewünschte Richtung, während ich hörte, wie sein Herrchen hinter mir die Haustür schloss. Voller Entsetzen drehte ich mich um. Oh nein! Herr Yilmaz hatte sich vor die Haustür gestellt.

»Deshalb waren Sie die ganze Zeit so hartnäckig«, sagte er tonlos.

KAPITEL 14

Zittrig vor Angst ließ ich mir von Bacon die Leine aus der Hand reißen, aber ich konnte ihm keine Beachtung mehr schenken. Genau diese bedrohliche Situation hatte ich unbedingt verhindern wollen! Zwischen mir und der Haustür stand nun Herr Yilmaz, dem ich gerade offenbart hatte, dass ich von seiner Veruntreuung wusste. Mein Herz schlug mir bis zum Hals hinauf. Hatte er für zweitausend Euro getötet? Würde er es wieder tun?

Ich blickte mich panisch um. Gab es hier einen Hinterausgang?

»Sie wollen es wohl nicht anders«, sagte Herr Yilmaz und bewegte sich auf mich zu. Ich wich vor ihm zurück und versuchte, meine Angst nicht offenkundig werden zu lassen. Aber er richtete den Blick nur auf den Waffenschrank. Ich konnte seinen Gesichtsausdruck nicht deuten.

Vor Furcht wankend griff ich nach dem Erstbesten, was mir in die Finger kam: Eine Vase auf dem Sideboard. Doch während ich mich mit ausgestreckter Hand zur Vase drehte und Herr Yilmaz einen Schlüssel aus seiner Hosentasche zog, um den Waffenschrank zu öffnen, erblickte ich einen goldumrahmten Spiegel, der über dem Sideboard hing. Dieser sah wesentlich schwerer als die Vase aus und sollte mir ermöglichen, meinen Gegner kampfunfähig zu schlagen. Hastig langte ich nach dem Rahmen, um den Spiegel abzuhängen, als es auf einmal an der Tür klingelte. Und zwar Sturm.

Herr Yilmaz und ich hielten in unserem Tun inne und sahen halb erschrocken, halb erstaunt auf die Haustür. Hinter dem Glaseinsatz war eine große Gestalt zu erkennen. Sie betätigte wie verrückt die Klingel und hämmerte mit der anderen Hand wie wild an die Tür. »Aufmachen, Polizei!«

Tom! Eine Welle der Erleichterung schwappte über mich. Herr Yilmaz drehte sich von der Tür weg zu mir und sah mich gleichermaßen fragend wie erstaunt an, sodass ich etwas peinlich berührt von seinem Spiegel abließ.

»Ich komme schon«, rief Herr Yilmaz und schlurfte in sich zusammengesunken zur Tür. Als er öffnete, flog ihm Tom schon keuchend entgegen, die Augen suchend in den Flur gerichtet. Mit einem Schlag wurde mir klar, dass er meinetwegen gekommen war. Vor Erleichterung und Rührung schossen mir Tränen in die Augen.

»Ich dachte, wir hätten alles geklärt«, sagte Herr Yilmaz müde.

Tom fuhr sich mit der Hand durch die Haare. »Ja, ich, äh … Entschuldigung, ich dachte …«

»Ist jetzt auch egal«, sagte Herr Yilmaz und zeigte mit dem Daumen hinter sich. »Ich wollte Frau König hier sowieso etwas zeigen.« Dann drehte er sich um und ging erneut zum Waffenschrank.

Tom sah mich, immer noch heftig atmend, fragend an, und ich zuckte mit den Schultern und lächelte. Daraufhin entspannte sich Tom ein wenig, behielt Herrn Yilmaz aber weiterhin im Auge.

Als Herr Yilmaz den Waffenschrank öffnete, stellte sich Tom aufmerksam neben ihn. »Herr Yilmaz, was möchten Sie uns zeigen?« Er beobachtete genau, was Herr Yilmaz tat.

Statt des von mir erwarteten Gewehrs oder wenigstens eines riesigen Schlachtermessers holte Herr Yilmaz glücklicherweise nur zwei DIN-A4-Blätter aus dem Schrank und verschloss ihn danach wieder sorgfältig. »Gehen wir ins Wohnzimmer.« Er schlurfte voraus, und Tom und ich gingen hinterher. Tom fasste dabei kurz meine Hand und streichelte sie. Ich wischte mir rasch eine Träne fort.

Im Wohnzimmer erwartete uns das krasse Gegenteil der soeben erlebten Paniksituation. Bacon lag mit schläfrigen Augen in einem kuscheligen Hundekorb und wedelte ansatzweise mit dem Schwanz. Ich löste die Leine von seinem Halsband. Herr Yilmaz zeigte aufs Sofa und setzte sich in einen Sessel. Tom und ich nahmen aufgewühlt Platz.

Dann atmete Herr Yilmaz tief ein und schaute Tom an. »Ich habe Sie und Ihren Kollegen angelogen. Ich habe mich nicht wegen der Gestaltung des vorweihnachtlichen Basars mit Henrik – Herrn Germann – auf Burg Frankenstein gestritten, sondern wegen eines finanziellen Problems.«

Tom und ich lauschten gespannt.

»Ich wollte es Frau König gerade erklären. Dann kann es genauso gut auch die Polizei erfahren.« Herr Yilmaz lehnte sich erschöpft zurück. »Ich hatte immer die Hoffnung, dass ich es bis zum nächsten Jahresabschluss verschleppen könnte und es danach niemandem mehr auffällt. Aber Frau König war so hartnäckig, und die Anspannung war einfach zu viel für mich.« Herr Yilmaz rieb sich mit beiden Händen über das Gesicht, dann beugte er sich wieder vor.

»Henrik war immer zuverlässig. Er war der ideale Kassenwart. Ich habe die Vertretung nur übernommen, weil ich mir sicher war, dass er alles im Griff hatte und ich nur notfalls einspringen musste. Ich habe mit meinen Pflegehunden schon genug zu tun, da wollte ich nicht noch weitere Stunden in der Verwaltung ableisten.« Er lehnte sich erneut zurück. »Unser Sommerfest lief ziemlich gut, und ich hatte mitbekommen, dass wir über zweitausend Euro eingenommen hatten. Das Geld lag in der Kasse und Henrik fuhr anschließend in den Urlaub. Er hatte zuletzt einen bedrückten Eindruck gemacht, aber ich dachte, das müsse am Tod seiner Frau liegen, der ja erst ein paar Monate her war, und von seiner Krebserkrankung hatte ich auch erfahren. Jedenfalls hat Frau Schäfer – sie ist auch ein Mitglied des Tierschutzvereins – mich gedrängt, das Geld zur Bank zu bringen, weil wir bei uns im Schrank nicht so viel Bargeld herumliegen lassen wollen, und ich habe das dann auch gemacht. Beziehungsweise machen wollen.« Herr Yilmaz hielt kurz inne und rieb sich die Augen. »Das Geld war weg.« Er hob die rechte Hand und ließ sie dann kraftlos auf seinen Oberschenkel fallen. »Ich konnte es erst gar nicht glauben. Dann dachte ich, Henrik hat es doch noch vor seinem Urlaub zur Bank gebracht und den Beleg noch nicht abgeheftet, aber als ich per Online-Banking nachsah, fand ich keine entsprechende Einzahlung. Ich habe versucht, ihn im Urlaub zu erreichen, aber er ging nicht ans Handy. Was sollte ich machen, ich habe es erst einmal als Barauszahlung verbucht.«

Nicht Yilmaz, sondern Germann hatte das Geld unterschlagen? Konnte man Yilmaz das glauben? Aber er redete bereits weiter.

»Nach dem Urlaub hab ich Henrik angesprochen, da dachte ich immer noch, es klärt sich alles auf. Er hat zugegeben, das Geld genommen zu haben, aber er meinte, er würde es sehr bald zurückzahlen, er erwarte einen größeren Betrag, woher auch immer, und ich solle mich noch etwas gedulden. Das tat ich auch zu Anfang. Allerdings behielt ich das Kassenbuch vorsichtshalber trotzdem im Auge und entdeckte, dass Henrik die Auszahlung, die ich eingetragen hatte, wieder durchgestrichen hatte. Die Wochen gingen dahin, seine Ausflüchte wurden immer unglaubwürdiger, ich verlor die Geduld und korrigierte den Buchungsvermerk als gültig, er strich ihn wieder durch ... so ging das hin und her. Damit der Verein keinen Schaden erleidet – wir hatten vor, einen Oktokopter von dem Geld anzuschaffen ...«

»Was bitte?«, unterbrach ihn Tom.

»Einen Oktokopter«, erklärte ich. »Eine Drohne mit Wärmebildkamera, mit der man Kitze vor dem Ernten aufspüren und in Sicherheit bringen kann.«

Tom warf mir einen bewundernden Blick zu.

Herr Yilmaz fuhr fort. »Also wir brauchten das Geld, deshalb habe ich von meinem eigenen Ersparten zweitausend Euro auf das Vereinskonto eingezahlt und mir von Henrik einen Schuldschein unterschreiben lassen. Wahrscheinlich hätte ich ihn da längst beim Verein melden sollen, aber nachdem ich so lange damit gezögert hatte, sah ich in der Angelegenheit auch immer blöder aus, weil ich Henrik so lange gedeckt hatte.« Herr Yilmaz beugte sich vor und reichte uns die beiden Blätter über den Tisch. Während wir sie aufmerksam studierten, redete er weiter. »Henrik zahlte mir seine Schulden allerdings nicht zurück.« Er schüttelte den Kopf. »Ich war schon kurz davor, ihn doch beim Vorstand anzuzeigen, da erfuhren wir plötzlich von seiner Ermordung.«

Herr Yilmaz sank erschöpft in sich zusammen. »Was hätten Sie an meiner Stelle getan? Wären Sie zur Polizei gegangen und hätten gesagt, hört mal, da ist einer ermordet worden, der mir Geld geschuldet hat und mit dem ich mich kurz vorher in der Öffentlichkeit gestritten habe, aber ich war's nicht? Außerdem weiß ich ja nicht, ob er Spielschulden hatte oder in sonst was für üblen Kreisen verkehrte, mit denen kein normaler Mensch zu tun haben will. Und den Verein wollte ich auch nicht mit der Sache beschmutzen, da hätte die Presse ja sonst was draus machen können.« Herr Yilmaz fuhr mit der Hand in der Luft eine imaginäre Zeitungsüberschrift entlang: »Unterschlagung im Tierschutzverein, Kassenwart ermordet.« Er ließ die Hand sinken. »Solche Schlagzeilen hätten sich massiv auf die Spendenbereitschaft ausgewirkt. Nein, nein, da hätte ich lieber auf mein Geld verzichtet und Gras drüber wachsen lassen.«

Tom zeigte auf die Blätter. »Darf ich den Schuldschein und den Einzahlungsbeleg vorläufig behalten?«

Herr Yilmaz nickte.

»Hat Ihnen Herr Germann gesagt, wofür er das Geld benötigte, oder woher er einen größeren Betrag zu bekommen glaubte?«, fragte Tom.

»Nein, weder noch. Möglicherweise musste er seinen Urlaub davon bezahlen, aber gesagt hat er das nicht.«

»Und auch, wenn Sie das bei der ersten Befragung verneint haben, möchte ich Sie noch mal bitten zu überlegen, ob Sie bei Herrn Germann jemals ein anderes als das bei ihm registrierte Gewehr gesehen haben? Eines mit einem anderen Kaliber als .308 Winchester?«

»Nein, wirklich nicht. Allerdings hat Henrik mal so eine Bemerkung gemacht, von wegen wie leicht man im Darknet an Waffen käme ... Aber ich wollte keine falschen Beschuldigungen aussprechen und will das auch jetzt nicht.« Herr Yilmaz rieb mit seinen Händen über die Armlehnen des Sessels. »Werde ich jetzt verhaftet?«

»Nein«, versicherte Tom. »Wir werden natürlich die beiden Quittungen überprüfen, aber ich gehe davon aus, dass Sie die Wahrheit gesagt haben. Wie Sie das mit Ihrer Buchführung regeln, hat mich nicht zu interessieren.«

»Vielen Dank.« Herr Yilmaz setzte sich erleichtert aufrechter hin.

»Gut«, sagte Tom und sah mich an. Ich nickte leicht.

»Ich habe keine weiteren Fragen. Ich denke, dann können wir gehen. Äh, also ich gehe dann mal, ich weiß nicht, ob ...« Er schaute auf mich.

»Ja, ich gehe auch.« Ich stand auf, woraufhin auch die beiden Männer sich erhoben. »Herr Yilmaz, Sie werden sicher verstehen, dass mein Wunsch, für den Verein als Kassenwartin tätig zu werden, verflogen ist.«

»Oh, das, ja, natürlich. Ich würde Sie nur bitten, wenn es möglich ist, die Unstimmigkeiten in der Buchführung nicht herumzuerzählen, denn es wäre für die Pfotenfreunde überaus nachteilig.«

»Ja, sicher, das verstehe ich völlig.« Ich reichte ihm die Hand, dann schaute ich mich nach Bacon um. Er lag in seinem Körbchen und schlief wie ein Baby. Ich bückte mich zu ihm hinunter und legte ein Hundeleckerli vor seine Schnauze. Seine Nase zuckte leicht und er gab ein kleines Schmatzgeräusch von sich. Tschüss, Bacon, du süßer Fratz.

Tom und ich verließen das Haus. Als wir den Vorgarten durchschritten, fragte mich Tom mit gedämpfter Stimme: »Wo steht dein Auto?«

»In der nächsten Seitenstraße links.« Ich deutete mit dem Arm in die besagte Richtung.

Kaum waren wir in die Seitenstraße abgebogen und damit hinter dem Eckhaus verschwunden, griff Tom nach mir und umarmte mich. »Ich hatte solche Angst um dich!«

Bei mir hatte die Situation in Herrn Yilmaz' Hausflur einen mittleren Panikanfall ausgelöst, aber ich wollte nicht noch Öl ins Feuer gießen, indem ich meine eigene Furcht hervorhob.

Tom schmiegte sich an mich. »Ich konnte dich nur halb in der Tür stehen sehen, und auf einmal schien er dich ins Haus hineinzuzerren.« Er küsste mich auf den Hals und umschlang mich noch fester.

Ich lachte leise. »Das war Bacon, der mich plötzlich an der Leine vorwärts zog. Allerdings hatte ich wirklich nicht die Absicht, das Haus so weit zu betreten. Ich bin sehr froh, dass Herr Yilmaz nichts mit dem Mord zu tun hat. Eigentlich tut er mir sogar leid. Er wollte sich sowohl gegenüber seinem Freund als auch gegenüber seinem Verein loyal verhalten und ist dabei zwischen die Stühle geraten.«

Es fing an zu nieseln, aber wir kümmerten uns nicht darum.

Tom streichelte meinen Rücken. »Ich war mir übrigens nicht ganz sicher, ob du den Hund noch weiter ausführen möchtest, deshalb habe ich nicht zu erkennen gegeben, dass wir zusammengehören. Doch langsam glaube ich, dass deine plötzliche Hundeliebe nur aus dem Wunsch resultierte, etwas über Herrn Yilmaz herauszufinden, habe ich recht?«

»Ja, ich habe mich eben von Bacon verabschiedet. Und ich werde mich auch von diesem Fall verabschieden.« Ich wand mich ein wenig, aber wenn Tom mir so nahe war, konnte ich ihn nicht anlügen. »Ich gebe es zu, ich hatte eine Heidenangst, als Herr Yilmaz plötzlich zwischen mir und der Haustür stand und dann auch noch auf den Waffenschrank zulief. Das war sogar für meine Nerven zu viel.« Umso schöner war es jetzt, von Tom im Arm gehalten zu werden.

»Darüber bin ich höchst erleichtert. Lass uns ...«

»Aber warte mal, wieso warst DU überhaupt hier? Mir kommt es so vor, als ob du mich absichtlich beobachtet hättest und nicht allein für eine erneute Befragung von Herrn Yilmaz hierhergefahren bist.« Ich drückte Tom ein wenig weg und fixierte ihn mit meinen Augen.

Tom sah ertappt aus. Erst schaute er leicht lächelnd die Straße hinunter, dann wieder auf mich. »Ja, ich gestehe. Dieses ständige Gassigehen schien mir so untypisch für dich, dass mich der Verdacht befiel, der Hund müsse nur als vorgeschobener Grund für deine Recherchen herhalten. Ich wollte sichergehen, dass du dich nicht in Gefahr bringst.«

Ich drückte Tom an mich. »Ich bin ehrlich gerührt. Wie du da ins Haus gestürmt bist, ich hätte beinahe angefangen zu heulen.«

Tom lachte. »Das habe ich gemerkt. Zum Glück war Herr Yilmaz schon so von der Rolle, dass ihm mein unpassender Auftritt nicht sonderlich auffiel.« Dann wurde er wieder ernst. »Aber das hätte alles ganz anders ausgehen können, wenn nicht der Hund, sondern Herr Yilmaz dich ins Haus gezerrt hätte.«

»Ja, dann hätte ich wahrscheinlich seinen teuren Flurspiegel zerdeppert. Den wollte ich nämlich schon abhängen, um ihn Herrn Yilmaz über den Schädel zu ziehen.«

»Was?« Tom lachte herzlich. »Alex, du hast keine Ahnung, was so ein Spiegel wiegt!«

Als wir nach dem aufschlussreichen Besuch bei Herrn Yilmaz wieder zuhause waren, klingelte mein Handy.

»Hi, ja, hier ist Markus. Also ich sitze hier in Erbach im Brauhaus und warte auf dich.«

Oje! Durch die ganze Aufregung mit Herrn Yilmaz und seinem Waffenschrank war mir völlig entgangen, dass Markus mich vor drei Tagen noch einmal kontaktiert und gefragt hatte, ob wir uns heute Nachmittag treffen könnten. Es fand wohl der zweite Teil seiner Fortbildung in Heidelberg statt, und da ich versäumt hatte, ihm abzusagen, hatte er es offensichtlich als Zusage aufgefasst. Ich bekam ein schlechtes Gewissen.

»Oh, das tut mir leid. Weißt du, heute war so viel los, dass ich unsere Verabredung völlig vergessen habe …«

»Geh ruhig«, rief Tom aus dem Wohnzimmer, »ich wollte sowieso mal wieder bei Lars vorbeischauen.«

»Warte«, sprach ich ins Handy, »bist du noch dran?«

»Klar«, antwortete Markus.

»Okay, wenn ich jetzt sofort losfahre, bin ich in einer Viertelstunde bei dir.«

»Super, dann bis gleich.«

»Wer war das?«, fragte Tom.

Ich lief zu ihm hinüber. »Oh, das war Sonja.« Ich hatte definitiv nicht vor, meine alte Beziehung mit Markus wieder aufzuwärmen, aber mit meinem Ex-Freund wollte ich Tom nun wirklich nicht belasten, zumal ich Markus heute endgültig abzufertigen gedachte. Dummerweise hatte ich gerade von einer Viertelstunde gesprochen, und mir fiel auf die Schnelle kein anderer fünfzehn Minuten entfernter Ort ein, an dem ich mich sinnvollerweise mit Sonja hätte treffen können. Also blieb ich in diesem Punkt bei der Wahrheit. »Wir treffen uns in Erbach, aber es dauert nicht lange. Eigentlich habe ich gar keine Lust mehr darauf.«

»Mach das doch, das lenkt dich etwas ab.« Tom lächelte mich an.

Mein Gott, warum musste Tom ausgerechnet jetzt so verständnisvoll reagieren, wo ich ihn anlog? Hätte ich nur nicht verschwitzt, Markus abzusagen!

Ich fuhr nach Erbach und nahm mir vor, das Treffen möglichst kurz zu gestalten. Aber auch, wenn ich wenig Lust darauf hatte, so beeilte ich mich doch höflicherweise, um Markus nicht länger warten zu lassen.

Er saß an einem schönen Tisch am Fenster. Ich entschuldigte mich sofort für meine Verspätung.

»Ist nicht schlimm«, wiegelte Markus ab. »Was möchtest du trinken?« Ich blickte auf sein Glas. Für Wein war es mir noch zu früh am Tag. »Einen Latte, bitte.«

Markus gab meine Bestellung auf. Dann griff er nach seinem Weinglas und drehte es hin und her. »Wie geht es dir? Du wirkst gehetzt.«

»Na ja, kein Wunder. Ich habe einfach zu viel um die Ohren. Ich engagiere mich jetzt auch im Tierschutz und führe Hunde aus.«

»Oh, das ist ja etwas ganz Neues.« Er stülpte kurz seine Unterlippe um. »Hätte ich gar nicht von dir gedacht.«

Ich zuckte mit den Schultern. »Menschen ändern sich. Du bist ja auch hier auf Fortbildung, um dich beruflich zu verändern.«

»Ja, das stimmt.«

Er lehnte sich zurück und redete eine Weile von seiner Karriereplanung, währenddessen wurde mein Latte serviert. Meine Gedanken schweiften ab. Ich überlegte, ob ich eine Ladung dunkler Wäsche zusammenkriegen würde. Den schwarzen Pulli wollte ich gerne nächste Woche im Büro …

»Und wie sieht es bei dir aus? War Heidelberg die richtige Entscheidung für deine Karriere?« Markus beugte sich etwas vor und legte beide Unterarme mit nach außen zeigenden Ellbogen auf dem Tisch ab.

»Ich weiß nicht, ich habe durchaus Aufstiegschancen in meiner jetzigen Firma. Die Arbeit macht Spaß, und mit den Kollegen verstehe ich mich auch sehr gut. Aber das war ja nicht der Grund für meinen Umzug. Ich bin für Tom hierhergezogen.« Ich nippte an meinem Getränk.

»Ach ja, dieser Tom. Ging das nicht ein bisschen schnell mit der Beziehung? Ich habe mich eine Zeitlang gefragt, ob er dich geschwängert hat.« Markus lachte, als sei diese Vorstellung absurd.

»Nein, aber wir denken durchaus über Familienplanung nach.« Was sollte die blöde Fragerei?

»Du musst zugeben, dass das alles nicht so richtig zu dir passt. Du warst doch immer mehr der Typ für die Großstadt. Weißt du noch, wie wir uns über die Fertigstellung der Elbphilharmonie gefreut haben? Wir haben es leider nie geschafft, zusammen hinzugehen.«

»Du hast wenige Monate nach der Eröffnung mit mir Schluss gemacht, wenn ich dich höflich daran erinnern darf. Abgesehen davon ist im Odenwald zwar nicht so viel los wie in Hamburg, aber man hat rundherum genügend größere Städte, die alles bieten, was den kulturell interessierten Menschen erfreut. Und in kleinerem Rahmen wird hier auch einiges mit viel Herzblut auf die Beine gestellt.«

Markus lehnte sich selbstgefällig zurück. »Aber Hamburg ist eine Weltstadt. In Hamburg pulsiert das Leben.«

»Soll ich es bedauern, den G20-Gipfel verpasst zu haben?« Langsam ging mir der Typ auf die Nerven. »Hat Hamburg diese Burgen? Leuchten die Wälder im Herbst in allen Farben und sieht man den Nebel weich wie Watte in den Tälern liegen, wenn man nur zum Einkaufen fährt? Stolperst du bereits über Wildtiere und Wildblumen, wenn du gerade einmal wenige Meter aus dem Haus gehst? Liegen verwunschene Wanderwege mit plätschernden Märchenbächen direkt vor deiner Haustür? Hast du eigentlich mal die Augen aufgemacht, als du von Heidelberg hierher gefahren bist?«

»Ja, ja, die Natur hier ist wirklich schön. Doch die Menschen kann man sich nicht wegdenken.«

An den umliegenden Tischen erstarben die Gespräche. Aber Markus fuhr mit unverminderter Lautstärke fort. »Ich wage zu bezweifeln, dass das durchschnittliche Bildungsniveau dem der Hamburger entspricht. Als Deutsch- und Französischlehrer fällt es mir natürlich sofort auf, wenn Champignons ohne g geschrieben werden.« Markus lachte. »Eine Odenwälder Stilblüte, die ich auf dem Weg von meinem Parkplatz hierher entdeckt habe.«

An den Mienen der Brauhausgäste, die an den beiden Tischen hinter Markus saßen, konnte ich ablesen, dass sie über Markus' Worte genauso empört waren wie ich. Wie hatte ich nur jemals mit diesem peinlichen und völlig unmöglichen Mann zusammen sein können?

»Solche Fehler lassen sich doch auf der ganzen Welt finden. Ich weiß nicht, was das speziell mit der Region hier zu tun haben soll. Ich kann dir jedenfalls versichern, dass es hier weit weniger Brennpunktschulen gibt als in Hamburg. Falls es hier überhaupt eine gibt. Auch das solltest du als Lehrer wissen.«

»Ich bin aber nicht nur Lehrer, sondern auch ein Mann. Und ich kenne dich gut genug, um zu wissen: Das hier passt alles nicht zu dir. Du bist kultiviert, klug, hast studiert ... Du brauchst einen ebensolchen Partner, der dir geistig gewachsen ist.« Markus sah mir bedeutsam in die Augen.

Hatte Tessa doch recht gehabt mit ihrer Prophezeiung eines Abwerbeversuchs beim zweiten Treffen? Markus schüttelte verständnislos den Kopf. »Jetzt hängst du hier mit diesem Polizisten rum, einer Art hinterwäldlerischem Möchtegern-Rambo.«

»Sag mal, hast du sie noch alle?« Ich schlug mit beiden flachen Händen auf die Tischplatte und wäre beinahe vor Wut aufgestanden. Nur die erschrockenen Blicke der uns umgebenden Gäste brachten mich dazu, mich zusammenzureißen und auf halbem Wege wieder zu setzen.

»Tom ist der intelligenteste Mann, den ich in meinem ganzen Leben getroffen habe«, zischte ich Markus in dem Versuch, meine Lautstärke zu drosseln, zu. »Und von wegen Rambo! Ich kenne niemanden, der auch und gerade in schwierigen Situationen einen derart kühlen Kopf bewahrt wie er. Im Gegensatz zu dir übt er seinen Beruf nicht aus, um Karriere zu machen, sondern weil ihm diese Aufgabe wichtig ist und weil er einen sinnvollen Beitrag zur Gesellschaft leisten möchte. Darüber hinaus ist er mutig, fürsorglich, großzügig ... Ach, Scheiße, Markus, er hat einfach alle möglichen positiven Eigenschaften, die dir fehlen. Er ist die Liebe meines Lebens.«

Mehrere Augenpaare signalisierten mir, dass Markus nicht der Einzige war, der meinen Ausführungen gelauscht hatte. Aber das war mir egal.

»Beruhige dich, bitte. Dein Verhalten ist peinlich.« Markus sah sich verstohlen um.

Ich schaute ihn erbost an. Tief durchatmen, dann zahlen und gehen. Ich entdeckte die Bedienung und hob meine Hand, als sie zu mir hersah. Ich bezahlte, ohne ein weiteres Wort an Markus zu richten.

»Bitte, bitte.« Markus' Betonung suggerierte ein: Du wirst schon sehen, was du davon hast. Er machte eine wegwerfende Handbewegung. »Ich will dir deinen Glauben nicht nehmen.« Er täuschte wenig überzeugend ein Einlenken vor. »Ich kenne deinen Freund ja gar nicht. In meiner Vorstellung handelt es sich nun mal um eine Art ungebildeten Bauerntrampel ...« Markus hob den Kopf an und richtete seine Augen schräg hinter mich. Fast im gleichen Moment legte jemand beruhigend seine Hand auf meine

Schulter. Ohne mich umzudrehen, wusste ich, dass es sich um Tom handelte.

Markus sah verunsichert zwischen Tom und mir hin und her, während Tom sich neben mich setzte. Er lehnte sich lässig zurück, streckte seine Füße weit aus und legte den Arm über meine Schultern. Dann richtete er seine stahlgrauen Augen auf Markus, der sichtlich auf seinem Stuhl schrumpfte. »Reden Sie nur weiter.«

KAPITEL 15

»Dein Freund, was?« Markus verzog seinen Mund zu einem verunglückten Lächeln, das eine Mischung aus Scham, Trotz und Angst ausdrückte.

Tom und ich starrten ihn nur an.

Markus machte einen letzten Versuch. »Nun, dann haben Sie ja jetzt die Gelegenheit, meine Sichtweise zu revidieren.« Er lächelte herausfordernd. »Sie könnten mich zum Beispiel mit einem Zitat von Nietzsche oder Sartre ernsthaft beeindrucken.«

So ein dämlicher Idiot. Nur Feiglinge duellierten sich auf ihrem eigenen Fachgebiet. Würde Tom mit seinem polizeilichen Fachwissen kontern?

Markus' hämisches Grinsen wurde immer breiter.

Tom jedoch verzog keine Miene. »Ich muss gar nichts revidieren. Ich muss niemandem etwas beweisen. Ich muss auch nicht mein mickriges Selbstwertgefühl aufwerten, indem ich andere abwerte. Es wird Sie vielleicht erstaunen, aber ich bin sehr glücklich.« Tom streichelte mich mit der Hand, die auf meiner Schulter lag, zärtlich am Hals. »Sie hingegen sind ihr eigener Huis-clos-Bewohner.«

Ein Gast, der am Nebentisch mit dem Rücken zu uns saß, kommentierte Toms Aussage, ohne sich umzudrehen, mit einem laut vernehmlichen »Yeah«. Die ihm gegenübersitzende Frau kicherte.

Markus zog die Augenbrauen hoch. Dann holte er wortlos seine Börse hervor, legte einen Zehneuroschein auf den Tisch und verließ uns ohne weiteren Gruß.

»Ich hasse diese Schwanzlängenvergleiche.« Tom seufzte gekünstelt. »Jedes Mal muss ich irgendeinen Idioten in seine Schranken weisen.« Seinen Mund umspielte ein kaum unterdrücktes Lächeln.

Ich hatte das Gefühl, dass Tom das Duell gewonnen hatte, aber ich verstand noch nicht vollumfänglich, weshalb.

»Was heißt Huis clos?«

Tom vollführte eine Vierteldrehung und zog dabei gleichzeitig mich herum, bis wir uns gegenübersaßen und Tom seine Füße rechts und links von meinen Beinen aufgestellt hatte. Er strich mir mit der Hand eine Strähne zurück. »Das ist ein Drama von Sartre, in dem drei Menschen in einem Raum gefangen sind und wechselseitig als Folterknechte fungieren. Es handelt von Lebenslügen und Schuld und zeigt, dass sich die Eingeschlossenen gegenseitig die Hölle bereiten, wofür der Raum sinnbildlich steht. Im Grunde tragen sie die Hölle mit sich herum.«

»Das kenne ich gar nicht. Und ich bin beeindruckt, dass du noch viel gebildeter bist, als ich dachte.« Ich kicherte. »Du Odenwälder Bauerntrampel.«

Tom lachte. »Hatte ich vielleicht ein Glück, dass er Sartre aufgelistet hat und nicht Camus oder wen auch immer. Durch ›Huis clos‹ musste ich mich im Französischunterricht in der Schule quälen.«

Ich lachte mit, aber dann wurde ich wieder ernst. »Bist du mir gefolgt? Bist du gekommen, weil Markus sich so unverschämt verhalten hat?«

Tom lachte erneut. »Nein. Mit dem wärst du locker selbst fertig geworden.« Dann sah er mich bedeutsam an und strich mir über die Wange. »Als du sagtest, ich sei die Liebe deines Lebens, konnte ich nicht mehr an mich halten. In diesem Moment bekam ich das unwiderstehliche Bedürfnis, dich zu knutschen.«

Wir lächelten uns an, und Tom ließ seinen Worten Taten folgen. An den Nachbartischen fing jemand an zu klatschen und zwei, drei andere Gäste schlossen sich kichernd an. Ich fühlte die Wärme in meine Wangen strömen und musste lächeln, und auch Tom begann zu lachen, was das Knutschen unmöglich machte. Er deutete eine Kopfbewegung in Richtung Ausgang an, und ich nickte. Er nahm mich an der Hand und wir verließen das Brauhaus.

»Wo steht dein Wagen?« Ich schaute mich um.

Tom zeigte auf ein wenige Meter entferntes Auto, das ich nicht kannte.

»Ein Dienstwagen? Und so unverschämt geparkt?«

Tom grinste. »Das Lasermikrofon musste möglichst passgenau ausgerichtet werden.«

»Was?« Ich zog Tom hinter mir her zu dem Auto und schaute durch die Scheiben ins Innere. Dort waren diverse mir unbekannte Geräte zu sehen, teils auf dem Armaturenbrett, teils lagen sie auf dem Beifahrersitz. Auf dem Fahrersitz befand sich ein Kopfhörer. Kein Wunder, dass Tom meine an Markus gerichteten Worte so genau kannte.

Ich drehte mich um und verschränkte die Arme vor der Brust. »Das macht nicht den Anschein, als ob du mir einfach nur hinterhergefahren wärst oder dich im Brauhaus an den Tisch hinter mir gesetzt hättest.« Ich schaute Tom streng an.

»Nein.« Tom griff nach meiner Taille und zog mich an sich. »Ich war um deine Sicherheit besorgt. Spätestens, seit mir klar war, dass du in meinem Mordfall ermittelst. Deshalb habe ich einen Peilsender an deinem Auto angebracht ...«

»Was für ein Ding?« Ich wich ein wenig zurück, um Tom in die Augen sehen zu können.

»Einen Peilsender. Ich konnte dir ja nicht immer direkt hinterherfahren. Nachts im Dunkeln geht das unauffälliger, aber tagsüber ...«

»Ach! Meine Fahrt nach Fischbachtal?«

Tom nickte.

»Meine Fahrten zu Herrn Yilmaz?«

Tom nickte wieder. »Bei dieser Observierung hast du ja gemerkt, wie wichtig meine Nähe für dich hätte sein können ...«

Ich wollte mich bereits wieder an Tom anlehnen, als ich erneut zurückwich. »Meine Aufenthalte am Reitstall vielleicht auch? Ich hatte einmal den Eindruck, jemand würde mich aus dem Wald am Parkplatz heraus beobachten.«

»Ja, da war ich nicht ganz so geschickt.« Tom lachte. »Es tat mir nur leid, dass du mich offensichtlich bemerkt hast und wieder zurück in den Stall geflüchtet bist. Allerdings hat es mich etwas beruhigt, dass du darauf bedacht bist, Gefahren aus dem Weg zu gehen.«

»Wie lange geht das schon so?«

Tom wartete, bis ein Spaziergänger an uns vorbeigelaufen war, dann antwortete er: »Seit dem Dienstag, an dem du mir verkündet hast, im Eichenstall reiten gehen zu wollen. Nach dieser Aussage war ich davon überzeugt, dass du in meinem Mordfall ermitteln wolltest.«

»Stimmt, du hast abends angeblich noch an deinem Motorrad herumgeschraubt und hattest die Rückseite deiner Jacke voller Steinchen. Ich habe mich schon gefragt, warum man sich für Motorradreparaturen auf den Rücken legen muss, aber der Gedanke ist dann wieder verschwunden.«

Tom wollte mich küssen, aber mir fiel eine Unstimmigkeit in seiner Geschichte auf, deshalb drückte ich ihn noch einmal weg.

»Irgendwie bist du so unruhig heute«, beschwerte er sich.

»Ich will das jetzt wissen«, beharrte ich. »Flunkerst du mich auch nicht an? Ich sagte, ich reite im Eichenstall, und fünf Minuten später installierst du den Peilsender? Du läufst doch wohl nicht ständig mit so einem Ding in der Tasche herum?« Ich sah ihn eindringlich an.

Er fuhr sich mit der Hand durch die Haare. »Okay, ich hatte den Peilsender schon vorher besorgt. Als du so unheimlich lange nicht von deinem Date mit Christian, der vorgeblichen Zeugenbefragung, zurückkamst. Und als du zurückkamst, hattest du diese Tierhaare auf dem Pulli. Ich wollte nicht misstrauisch sein, aber ich habe mir montags den Peilsender schon mal vom Job mit nach Hause genommen«, erklärte Tom und lächelte mich entschuldigend an.

»Ich bin nach der Zeugenbefragung zu Dirk Zengel gefahren und habe mir die Fotos vom Halloweenfest angesehen«, erklärte ich. »Und Dirk hat eine Katze, die ich auf den Schoß genommen habe.«

Tom lachte erleichtert, dann wurde er wieder ernst und sah mich liebevoll an. »Ich weiß, dass Christian ein sehr attraktiver Mann ist. Tessa ist ihm bei unserem gemeinsamen Cafébesuch ja beinahe auf den Schoß gesprungen. Ich wusste nicht, ob du ...« Er strich meine Haare zurück.

»Ja. Christian ist ein sehr attraktiver Mann«, antwortete ich freiweg. »Auch ich habe das registriert. Er ist gutaussehend und charmant und der Traum jeder Schwiegermutter. Aber mir persönlich ist er zu, sagen wir, glatt. Keine Ecken und Kanten. Kein

Profil. Und sein größter Nachteil: Er ist nicht du.« Ich schob meine Hände unter Toms Jacke und streichelte ihm den Rücken.

»Das stimmt.« Er grinste breit. »Ich käme niemals auf die Idee, dir außer der Reihe Pralinen zu schenken.«

Ich hatte mich doch noch einmal dazu durchgerungen, mit Bacon Gassi zu gehen. Er war einfach zu niedlich! Vielleicht konnte ich mit Tom darüber reden, ob wir den Hund eventuell adoptierten. Jedenfalls empfand ich für ihn wie für ein kleines Baby, das ich gerne beschützen wollte.

Ich klingelte an Herrn Yilmaz' Haustür und er öffnete sie missmutig. Warum war er nur so schlecht gelaunt? Ich hingegen begrüßte ihn freundlich, ebenso wie Bacon mich. Er kam durch den Flur auf mich zugelaufen, wedelte mit dem Schwanz und zog seine Leine hinter sich her. Ich ging sofort in die Knie, um ihn zu streicheln.

Herr Yilmaz bückte sich, um die Leine aufzuheben, aber als ich aufstand und die Hand danach ausstreckte, wollte Yilmaz sie mir nicht geben. Nanu? Ich griff nun vehement nach der Hundeleine und zog daran, aber Herr Yilmaz ließ nicht los und hielt dagegen. Bacon sah uns von unten mit seinen großen Hundeaugen an und verstand die Welt nicht mehr. Wir zogen und zerrten beide mit aller Kraft und begannen, zu ächzen und zu stöhnen. Doch keiner wollte nachgeben. Unterdessen fing auch noch Bacon an zu bellen und schoss unruhig hin und her, soweit es die Leine zuließ.

Plötzlich ließ Herr Yilmaz los. Er drehte sich abrupt um und ging zum Waffenschrank, und mich erfasste eine fürchterliche Angst. Ich nahm Bacon hoch und umschloss ihn mit meinen Armen, um ihn zu schützen. Natürlich hätte er für mich viel zu schwer sein müssen, um ihn einfach so auf den Armen zu tragen, aber nun war er federleicht. Herr Yilmaz holte ein Gewehr aus dem Schrank und meine Furcht wuchs ins Unermessliche. Der Schweiß brach mir aus und durchnässte meine Bekleidung in Sekundenschnelle. Ich war wie gelähmt, obwohl ich eigentlich wusste, dass dumm herumstehen vermutlich die schlechteste Überlebenstaktik darstellte.

Herr Yilmaz lud das Gewehr und hob es an, um auf mich zu zielen. Aber in diesem Moment machte die Haustür einen ohrenbetäubenden, klirrenden Lärm und Glassplitter flogen nur so durch die Luft. Tom hatte sich wie in einem Actionfilm durch die Tür geworfen und fiel nun nicht minder heftig auf Herrn Yilmaz. Sie kämpften um das Gewehr, wobei es einige Schüsse abgab; ich zog nur den Kopf ein, da ich immer noch nicht fortlaufen konnte. Ich versuchte, Bacon mit meinem Körper zu schützen.

Endlich hatte Tom Herrn Yilmaz besiegt. Er warf das Gewehr auf den Boden und kam auf mich zu. Hinter ihm schien die Sonne durch die Tür und ließ seine Konturen einem himmlischen Wesen gleich aufleuchten. Er umschlang mich und Bacon liebevoll mit seinen Armen und küsste mich. Meine Erleichterung war unbeschreiblich.

Doch nach einigen Sekunden spürte ich einen Ruck an meinen Armen. Ich schaute nach unten: Statt Bacon hielt ich nun ein Baby auf dem Arm, und Tom hatte sich in Markus verwandelt, der mir mein Baby aus den Armen ziehen wollte. Nein! Die Stimmung kippte schlagartig, Markus war nun mein Widersacher, und ich wusste, dass ich mein Baby mit meinem Leben verteidigen, dass ich bis aufs Blut um mein Baby kämpfen würde!

Aber Markus war stark. Er war grausam stark. Warum nur konnte ich mich nicht vom Fleck bewegen? Mein Leben wäre zu Ende, wenn ich mein Baby verlieren würde. Ich schrie und heulte, aber die Zugkraft, die von Markus ausging, wurde immer stärker.

Meine Füße schienen auf dem Boden wie festgeklebt. Ich hielt mit jeder Faser meines Körpers an meinem Baby fest, aber Markus hatte übernatürliche Kräfte. Sie zogen mein Baby mit sich fort. Nein, nein! Es rutschte mir aus meinen Armen. Nein! Markus umschloss es wie ein Dieb mit seinem Körper und wandte sich ab. Diese verfluchte Lähmung! Er entfernte sich in einem Business-Kostüm, aber ich hatte keine Zeit, mich darüber zu wundern. Mein Baby! Bitte nicht! Ich brach zusammen. Dies war der schlimmste Moment in meinem ganzen Leben. Mein Baby! Eine grausame Leere tat sich auf. Mein Gesicht von Tränen bedeckt, lag ich hoffnungslos und voller Verzweiflung auf dem Boden. »Mein Baby!«, wimmerte ich.

»Ist ja gut.« Jemand streichelte meinen Arm. »Alex, wach auf! Schscht«, versuchte Tom, mich zu beruhigen.

Nein! Meine Qualen waren endlos. Schmerz und Elend würden mich für den Rest meines Lebens begleiten.

Aber Tom streichelte nun meine Wange. »Es ist alles gut, Alex. Das war nur ein Traum.«

Langsam realisierte ich, dass ich nur geträumt hatte, und bemühte mich, richtig wach zu werden. Mein Kopfkissen fühlte sich tatsächlich feucht an und mein Herz schlug immer noch wie wild. Ich hörte auf zu weinen. Aber das schreckliche Gefühl, dass mir jemand mein Baby entrissen hatte, ließ sich nicht vertreiben.

»Oh, Tom. Ich hatte einen furchtbaren Traum.«

Tom rückte noch näher an mich heran und legte seinen Arm um mich. »Was hast du geträumt?«

Ich versuchte, dieses ungeheuerliche Gefühl der Verzweiflung abzuschütteln. »Erst hat Herr Yilmaz mich und Bacon bedroht, dann kamst du und hast ihm sein Gewehr entrissen, aber auf einmal hatte ich nicht Bacon, sondern ein Baby auf dem Arm und Markus wollte es mir wegnehmen. Ich konnte mich gar nicht bewegen, ah, diese beschissene Lähmung, aber so sehr ich mich auch anstrengte ... Und dann hat er mir mein Baby weggenommen.« Ich schniefte. »Ich fühle mich immer noch dermaßen schrecklich, als ob alles real gewesen wäre. Ach so, und zum Schluss hat Markus ausgesehen wie ich auf der Arbeit.«

Tom drückte mich an sich. »Das sind die Nachwehen deiner heutigen Angst in Herrn Yilmaz' Haus. Aber es war nur ein Traum.« Tom hielt seine Nase in meine Haare. »Niemand wird dir dein Baby wegnehmen«, flüsterte er. »Ich denke eher, dass du selber es bist, die mit ihren widerstreitenden Bedürfnissen nicht klarkommt. Ich kann dir versprechen: Niemand wird unser Baby entführen. Dazu müsste er erst an mir vorbeikommen.« Tom drückte mich noch einmal. »Versuch zu schlafen.« Er atmete in meine Haare.

Nie wieder würde ich in einem Mordfall ermitteln! Das war einfach zu viel für meine Nerven. Solche Alpträume wünschte man seinem schlimmsten Feind nicht. Keine Kontaktaufnahme zu Verdächtigen, keine Observationen, keine Recherchen! Nie wieder!

Ich schmiegte meine Füße an Toms Füße und genoss seine Wärme.

Na ja, zumindest nicht so schnell wieder.

Ich folgte dem Auf und Ab von Toms Brustkorb und lauschte auf seinen Atem, bis ich wieder einschlief.

»Gude, Alex.«

»Hallo, Hedi, n'Abend, Jungs.« Ich zog einen Stuhl zurück, um mich zu setzen, und wandte mich gleich an Hedi. »Schön, dass du auch heute Abend in Marens Kneipe zu finden bist. Wo hast du Herbert gelassen?«

»Ach, der wollte an einer Skatrunde teilnehmen, und das ist

überhaupt nichts für mich. Deshalb hat er mich hier in der Hessenstubb abgesetzt.«

Guido tauchte plötzlich neben mir auf. »Dein Apfelwein, Alex.«

»Danke, Guido.«

»Noch einen Gespritzten, bitte.« Heinz hob sein leeres Glas und reichte es Guido.

»Sie tut es.« Schorsch lehnte sich lässig auf dem Stuhl zurück und fixierte mich.

»Was?« Ich sah ihn fragend an.

»Heute tut sie es.« Er machte eine unbestimmte Handbewegung.

»Was denn?«

»Sie tut es nicht oft, aber heute trinkt unsere Alex Alkohol.«

Ich seufzte. »Ich sage es freiheraus, Apfelwein schmeckt mir gar nicht, aber ich habe vor, mich zu betrinken. Zumindest mit der geringen Menge, die bei mir dafür nötig ist. Tom holt mich nachher ab und fährt mich heim.« Ich trank einen Schluck.

»Und was ist der Grund für dein hemmungsloses Besäufnis mit einem Glas Apfelwein?« Heinz lächelte und strich sich mit Daumen und Zeigefinger über den Kinnbart.

»Eigentlich habe ich ja nicht wirklich im Germann-Mordfall oder in Toms aktuellem Mordfall ermittelt. Aber wenn ich es getan hätte, dann müsste ich mir jetzt eingestehen, dass sich die beiden Verdächtigen in Luft aufgelöst haben. Ich habe nichts erreicht. Im Gegenteil, ich stecke in einer absoluten Sackgasse. Besser gesagt bin ich bereits über die Schwelle des Ausgangs getreten: Ich passe.« Ich hob die Hand wie zum Schwur, bewegte sie kurz nach hinten-außen und legte den Unterarm wieder auf dem Tisch ab.

»Das tut mir leid«, sagte Hedi. Sie legte ihre Hand tröstend auf meine.

»Wer war denn verdächtig?«, fragte Schorsch und beugte sich wieder vor. »Nur mal so interessehalber.« Er spielte mit seinem Bierdeckel.

Mike, der bisher nur auf sein Glas zu starren schien, blickte auf.

Ich machte eine wegwerfende Handbewegung. »Den einen kennt ihr nicht, der war im gleichen Tierschutzverein wie Germann und hatte sich mit ihm kurz vor dem Mord gestritten. Aber die Spur führte ins Leere.« Ich nahm einen kräftigen Schluck aus meinem Glas. Hoffentlich würde mich diese Nacht nicht wieder so ein schrecklicher Alptraum heimsuchen!

Guido kam mit Heinz' Bestellung.

»Guido.« Hedi lächelte. »Horschemol.«

»Ah, die Dame beherrscht wie ihr Mann den Dialekt der Einheimischen«, sagte Schorsch anerkennend.

Hedi strahlte. »Ich möchte ja auch bald wie eine Einheimische behandelt werden.« Dann wandte sie sich wieder an Guido. »Kannst du mir bitte noch eine Schorle bringen?«

»Eine Schorle für die Dame«, wiederholte Guido und verschwand.

Ich drehte mein Glas hin und her.

Mike stand auf und verschwand in Richtung Toiletten.

»Und der andere Verdächtige?«

Ich hatte befürchtet, dass Schorsch nachhaken würde. Aber Kerstin Trumpfheller wohnte in Beerfelden, und ich musste mit meinem Geplapper vorsichtig sein.

»Ach, na ja, das war nur so eine Standard-Vermutung von mir. Wenn jemand ermordet wird, dann guckt man sich doch immer erst mal in der Verwandtschaft und im Freundeskreis nach einem

Täter um. Man fragt sich, wer vom Ableben des Ermordeten profitiert und so weiter. Aber ich lag mit meiner Vermutung völlig falsch.«

»Kerstin Trumpfheller«, sagte Heinz und nickte leicht.

»Nun ja, wie gesagt, das war ja nur ...«

»Doch, doch«, unterbrach mich Schorsch, »das hat schon was für sich. Sie erbt ja jetzt 'ne Stange Geld. Die könnte durchaus ihren Mann abgemurkst haben.«

»Nein«, widersprach ich automatisch, »nicht ihren Mann, sondern ihren Schwager.«

»Die Trumpfheller den Germann?«, fragte Schorsch. »Ihren Schwager?«

Alle sahen mich erstaunt an.

»Aber ist ja nur so ein Gedankenspiel gewesen«, wiegelte ich rasch ab. »Sie hat ein wasserdichtes Alibi für die Zeit des Halloweenfests.«

»Für's Halloweenfest?«, fragte Heinz.

Ich nickte und trank meinen Apfelwein aus bis auf einen letzten Schluck.

»Das hat sie allerdings«, fuhr Heinz fort und schaute auf Mikes leeren Platz. »Da war sie doch mit Mikes Freund aus.«

Ich blickte auf. »Das wusste ich gar nicht. Mit dem Fahrrad-Freak?« Aber das war nun eigentlich auch egal.

»Genau. Der ist Schreiner. Wie heißt er noch mal?« Heinz überlegte. »Ich glaube, Hasso. Irgend so ein Hundename. Frag Mike, wenn er zurück ist.« Er zeigte auf Mikes leeren Platz.

Machte es noch Sinn, Mike danach zu fragen?

»Wo bleibt er eigentlich so lange?« Heinz schaute auf Schorsch.

Der grinste süffisant. »Direkt nach ihm ist auch die Schnellbacher Petra aufs Klo. Wenn ich was merk, wird geheiratet.« Schorsch nippte immer noch grinsend an seinem Glas.

»Mike und die?« Heinz wackelte mit dem Kopf von links nach rechts. »So auf die Schnelle?«

»Klar.« Schorsch schaute zu den Toiletten. »Er ist ja noch nicht zurück.« Er lachte.

In dem Moment trat Mike aus der Tür.

Schorsch stellte sein Lachen ein. »Okay, das war doch etwas zu schnell. Für dieses Tempo ist er zu labbeduddelisch. ›Er‹ im doppelten Wortsinne.« Er lachte erneut, und Heinz lachte mit.

»Was bedeutet labbeduddelisch?«, fragte Hedi.

Heinz und Schorsch hörten auf zu lachen. Heinz räusperte sich. »Das bedeutet ... hm ... so etwas Ähnliches wie ... höflich.«

Mike setzte sich wieder zu uns.

»Mike«, fragte Hedi, »was bedeutet: labbeduddelisch?«

Heinz und Schorsch hoben gleichzeitig die Hand, um Mikes Antwort zu unterbinden, aber Mike reagierte nicht schnell genug. »Schlaff.« Dann schaute er verwundert auf Heinz und Schorsch.

Ich kicherte in mich hinein. Es sollte den Jungs eine Lehre sein, Hedi anzuflunkern.

Hedi sagte zunächst nur: »Aha!«, und errötete leicht, dann aber wandte sie sich an Heinz und Schorsch und tippte dabei energisch mit dem Zeigefinger auf die Tischplatte, um ihre Worte zu unterstreichen. »Wenn ihr mich für dabbisch haltet, dann habt ihr euch geschnitten!«

Heinz und Schorsch lächelten peinlich berührt, und Schorsch hob sein Glas. »Auf Hedi!«

Wir taten es ihm nach und stießen unsere Gläser aneinander. »Auf Hedi!«

Hedi drehte sich in Richtung Theke um. »Wo bleibt denn

Guido mit meiner Schorle?« Aber fast im gleichen Moment kam Guido angelaufen. Er stellte das Glas vor Hedi.

»Hammersbald?« Hedi lächelte ihn an, aber Guido schaute perplex.

»War meine Aussprache nicht gut?« Hedi blickte verunsichert auf Schorsch.

»Schon«, sagte Schorsch, »aber die Situation war vielleicht nicht so ganz passend.«

Guido sammelte ein leeres Glas ein und verließ uns kopfschüttelnd.

»Ja«, Heinz räusperte sich erneut, »wo waren wir stehengeblieben?«

»Alex kommt mit ihren Ermittlungen nicht voran«, sagte Schorsch.

»Ich habe sie eingestellt«, widersprach ich. »Das heißt, eigentlich hab ich sowieso gar nicht richtig ermittelt.«

»Mike, wie heißt denn jetzt dein Freund, der mit der Trumpfheller an Halloween tanzen war?«, fragte Schorsch.

Mike blickte auf. »Hanno.«

»Siehste«, sagte Heinz zu Schorsch, »da war ich doch nah dran mit Hasso.«

Ich griff nach meinem Glas.

»Beim Halloween-Tanz ist der Hanno endlich mal zum Zug gekommen.« Schorsch grinste dreckig. Doch direkt danach wurde er ernst und warf einen schnellen Seitenblick auf Hedi. »Also, ich meine, da konnte er seinen Schwarm mal einen ganzen Abend lang im Arm halten.«

Ich trank mein Glas leer.

Mike zuckte mit den Schultern. »Ob das so viel Spaß gemacht hat, wo sie doch die ganze Zeit unter einem Gespenster-Kostüm gesteckt hat.«

»Wie bitte?« Mein Glas, das ich gerade hatte abstellen wollen, fiel mir aus der Hand, legte die letzten Zentimeter im freien Fall zurück und landete klirrend auf der Tischplatte, wo ich es mit ein paar fahrigen Bewegungen wieder zurechtrückte.

Alle Blicke richteten sich auf mich.

»Sie hatte ein Gespenster-Kostüm an?« Ich überlegte fieberhaft. War sie vielleicht doch irgendwie beim Tanzfest ausgebüchst und hatte rasch zwischendurch den Mord an ihrem Schwager begangen?

»Was ist daran so verwunderlich?«, fragte Heinz.

Ich dachte immer noch nach, was Hedi dazu veranlasste, an meiner statt zu antworten. »Alex fragt sich nur, warum …«

Ich legte Hedi meine Hand auf den Unterarm und sie verstummte.

Dann antwortete ich selbst. »Das ist verwunderlich, weil sich eine Frau bei einem Date eigentlich immer so vorteilhaft wie möglich präsentieren möchte.« Ich warf Hedi einen schnellen Blick zu. Je weniger Infos sich über meine Recherchen verbreiteten, desto besser. »Und ich kann mir beim besten Willen nicht vorstellen, dass sie unter einem Bettlaken besonders attraktiv gewirkt hat.«

»Nee«, bekräftigte Schorsch, »dafür hätte sie schon AUF dem Bettlaken liegen müssen.« Er lachte schallend, und Heinz und Mike stimmten ein.

Als sie sich wieder beruhigt hatten, sagte Mike: »Ist auch egal. Sie wollte sich danach sowieso nicht mehr mit ihm treffen.«

»Ich hab mir gleich gedacht, dass sie sich nicht mit einem Schreiner einlässt«, konstatierte Schorsch.

Das Gespräch drehte sich danach um so spannende Themen wie die Auftragssituation von Handwerkern, das Reinigen von Dachrinnen und die beste Art, Schnecken zu vernichten, aber ich hörte gar nicht mehr richtig hin. Zu sehr dachte ich über die Bedeutung des Gespenster-Kostüms nach.

Gegen elf wurde ich immer müder und war froh, als schließlich eine Nachricht auf meinem Handy eintrudelte. »Oh, Tom steht draußen vor der Tür mit dem Motorrad und will mich abholen.«

Schorsch grinste. »Steig auf, Alex!«, imitierte er Toms Stimme.

Aha, Schorsch meinte wohl, mich mit Toms Befehlston aufziehen zu können. Herberts Interpretation von Toms Anweisungen war mir aber noch sehr präsent. Ich stand auf, stützte meine Hände auf die Tischplatte, beugte mich zu Schorsch vor und grinste ebenfalls. »Erstens sagt Tom nicht ›Steig auf, Alex!‹, sondern nur ›Steig auf!‹, und zweitens sagt er das nicht, um mich zu bevormunden, sondern weil er sich um mich sorgt. Bei so einer gefährlichen Tätigkeit wie dem Motorradfahren dienen klare Anweisungen nämlich der Unfallverhütung.«

Schorsch schaute perplex.

Selbst Mike ließ sich nun zu einer Anmerkung hinreißen: »Jetzt hat sie es dir aber gegeben, Schorsch.«

Hedi hob mahnend den Zeigefinger und sah lächelnd auf Schorsch. »Uffbasse!«

Ich zog meine Schuhe aus. »Ja, und stell dir vor, Mike ist mit diesem Hanno Müller befreundet, der das Alibi für Kerstin Trumpfheller liefert.«

Tom hängte seine Jacke über einen Kleiderbügel. »Ich weiß.« Er gab sich lässig.

»Aber warum hat mir denn keiner gesagt, dass Frau Trumpfheller auch bei dieser Halloween-Tanzveranstaltung mit Hanno

Müller ein Gespensterkostüm getragen hat? Das ist doch irgendwie seltsam, dass ...«

»Was?« Tom hatte gerade den Kleiderbügel an die Garderobe hängen wollen und hielt inne. »Hat Mike das gesagt?«

Ha! Wieder konnte ich Tom mit einer recherchierten Information weiterhelfen.

»Ja. Ist es nicht seltsam? Es legt doch in gewisser Weise nahe, dass Frau Trumpfheller zwischendurch ausgebüchst und auf die Burg Frankenstein gefahren ist, wo sie ihren Schwager dann ermordet hat.«

Tom hängte seine Jacke an die Garderobe und blickte nachdenklich auf den Boden. »Nein, das ist wirklich ausgeschlossen. Hanno Müller schwört, dass sie ihm den ganzen Abend nicht von der Seite gewichen ist, außer vielleicht, um drei Minuten auf die Toilette zu verschwinden. Er hat auf mich sehr glaubwürdig gewirkt und hat den Ernst der Lage verstanden.« Tom wirkte angesäuert.

»Du musst dich nicht ärgern, dass du das mit dem Kostüm übersehen hast. Womöglich hat es auch gar nichts zu bedeuten.« Ich lief zum Bad und Tom folgte mir.

»Doch, es ärgert mich ungemein. Auch wenn der Vorwurf weniger mich als vielmehr meine Mitarbeiter trifft, die Hanno Müller befragt haben.«

»Aber wer denkt schon an die Verkleidung. Wenn sie als Zombie gegangen wäre, hätte es niemanden interessiert.« Ich griff nach der Zahnpasta.

»Genau das hätte man erfragen müssen.« Tom schnallte sich den Gürtel auf. »Das macht einen guten Ermittler aus.« Er zog sich ungehalten die Hose herunter.

»Sei nicht so streng. Ihr seid unterbesetzt und steht unter Zeitdruck. Jeder übersieht mal was. Außerdem sehe ich nicht, was uns diese Erkenntnis vom doppelten Gespenster-Kostüm bringt. Sollte jemand, der Kerstin Trumpfhellers Kostüm kannte, sich in ein ähnliches geschwungen und Germann ermordet haben, um sie zu belasten? Woher sollte er wissen, dass diese Fotos gemacht wurden?« Ich steckte die Zahnbürste in den Mund und fing an, meine Zähne zu schrubben.

»Das ist keine große Kunst.« Tom zog sich seinen Pulli über den Kopf. »Auf der Halloween-Veranstaltung auf Burg Frankenstein ist immer die Presse zugegen.« Er ließ den Pulli auf die bereits auf dem Boden liegende Hose fallen. »Aber dann hätte er sich auch das Schlangen-Tattoo von der Trumpfheller stechen lassen müssen, um den Verdacht auf sie zu lenken. Das ist zwar nicht völlig unmöglich, aber doch eher unwahrscheinlich. Er hat es nicht auffällig genug vorgezeigt, als dass man ihm diese Absicht unterstellen könnte.« Tom griff nach seiner Zahnbürste.

Ich spuckte ins Waschbecken. »Okay, aber es bleibt noch die Variante, dass jemand anderes unter dem Gespenster-Kostüm gesteckt und mit Hanno Müller getanzt hat und der Trumpfheller so das Alibi verschafft hat.«

»Nein, daran glaube ich nicht. Wenn du über mehrere Stunden ein Date mit jemandem hättest, der unter einem Gespenster-Kostüm versteckt wäre und sich als Tom Brugger ausgeben würde, das würdest du doch auch merken.« Tom nahm sich die Zahnpastatube.

»Ach, solange der Mann groß und dunkelhaarig wäre, wäre mir der Rest eigentlich egal«, behauptete ich und sprang anschließend kichernd zur Seite, um von Tom nicht in den Po gezwickt zu werden.

»Ich habe übrigens Wolter Berleburg gefragt, ob er nicht einen sehr gut ausgebildeten Spürhund brauchen könnte.« Tom verteilte großzügig die Zahnpasta auf seiner Bürste.

»Wolter? Wegen Bernd? Das wäre ja toll.«

»Ja, sein letzter Hund ist doch vor ein paar Monaten eingeschläfert worden. Wolter hat zwar behauptet, er wolle keinen Hund mehr, aber als ich ihm von Bernd erzählt habe, hat er ganz glänzende Augen bekommen. Er will mit Frau Schäfer Kontakt aufnehmen und sich Bernd mal ansehen.« Tom steckte sich die Bürste in den Mund und begann, seine Zähne zu putzen.

»Du bist ein Schatz. Bernd hätte ein gutes neues Herrchen mehr als verdient. Hoffentlich klappt die Vermittlung.« Ich fing an, mich auszuziehen. »Morgen habe ich übrigens meine letzte Reitstunde. Dann ist die Zehnerkarte verbraucht.«

»Wirs nichma weimiln?«, fragte Tom.

»Was?«

Tom spuckte ins Waschbecken. »Wirst du nicht mehr weiterermitteln? Es würde meine Nerven sehr beruhigen, wenn ...«

»Nein«, unterbrach ich ihn, »die Situation in Yilmaz' Hausflur hat mich kuriert. Bei der Trumpfheller ist für mich auch Hopfen und Malz verloren. Irgendwie waren meine Anstrengungen diesmal nicht so von Erfolg gekrönt. Dabei hätte ich schwören können, dass sie einen Liebhaber hat, der vielleicht die Morde in ihrem Auftrag begangen haben könnte. Ich hätte ihr wahnsinnig gerne noch eins ausgewischt.«

Tom spülte seinen Mund aus. Dann frage er: »Warum so persönlich?«

»Ach ...« Sollte ich es Tom sagen? Ich zog langsam meine Schlafanzughose über. »Ich wollte dich nicht beunruhigen, aber ... bei der Reitstunde vor vier Tagen bin ich vom Pferd gefallen.«

»Was?« Tom sah mir über den Badspiegel verärgert in die Augen. »Warum hast du mir das nicht gesagt?«

Ich zog den BH aus und legte ihn über den Badewannenrand.

»Weil ich gefürchtet habe, du könntest exakt so reagieren, wie du es jetzt tust.«

Tom drehte sich um und nahm mich in die Arme. »Ich bin nur besorgt. Weißt du, wie gefährlich die Reiterei ist? Es passiert immer wieder, dass Menschen ins Wachkoma fallen, nachdem sie vom Pferd gestürzt sind. Ich bin froh, wenn du dieses Hobby aufgibst.« Er drehte sich erneut zum Spiegel und bürstete sich rasch die Haare durch. »Aber was hat das mit der Trumpfheller zu tun?«

»Der Unfall kam überhaupt nur zustande, weil ich so einen blöden Gaul reiten musste, der für seine Zicken bekannt ist. Ich glaube, die Trumpfheller hat Schnappi extra eine kleine Verletzung zugefügt, damit ich dieses schreckhafte Pferd zugeteilt bekomme. Und dann hat sie während meiner Reitstunde einen Luftballon zerplatzen lassen, damit das Pferd durchgeht und mich abwirft.«

Bei den Worten »Luftballon zerplatzen« hatte sich Tom wieder zu mir gedreht. »Alex, das hättest du mir sagen sollen!« Er deutete vorwurfsvoll mit der Bürste auf mich.

»Ich weiß.« Ich zog mir rasch das Schlafanzug-Oberteil über den Kopf, um ihm nicht in die Augen sehen zu müssen. »Aber ich wollte erst meine Liebhaber-Theorie bestätigt sehen, bevor ich mit dir darüber rede.«

»Was für eine Theorie?«

Ich zog noch einmal energisch an meinem Oberteil, damit der Halsausschnitt endlich die dickste Stelle meines Kopfs passierte. »Ach, ich dachte, Frau Trumpfheller hätte vielleicht ein Verhältnis mit dem Reitlehrer.«

»Diesem Werkmann? Gab es dafür ein Indiz?« Tom legte die Bürste beiseite.

»Leider nein. Ich habe in diesem Fall auf ganzer Linie versagt«, gestand ich zerknirscht ein. Ich zog die Hose über das Oberteil.

»Na, na!« Tom umarmte mich. »So krass würde ich das nun nicht sagen ...« Er streichelte meinen Rücken, dann lachte er liebevoll. »Du hast ja wieder einen sehr kuscheligen Superman-Dress an.«

»Was denn?«, rief ich empört. Ich drückte ihn ein wenig weg und sah an mir herunter. »Das ist ein super Aldi-Schlafanzug für neun fünfundneunzig. Guck dich doch mal an, willst du etwa so ins Bett gehen? T-Shirt, Unterhose und Strümpfe?«

Nun war Tom es, der an sich heruntersah. »Nein. Das Eingeständnis deiner Eskapaden hat mich aus dem Konzept gebracht. Ich ziehe mir Boxershorts an.« Er sah sich suchend um. Dann drehte er sich noch einmal zu mir und zeigte grinsend auf meinen Schlafanzug. »Zum Glück ist bald Weihnachten, dann schenke ich dir was Ordentliches. Aber knapper bemessen.« Er drehte sich wieder um. »Und das meine ich nicht auf den Preis bezogen.«

KAPITEL 16

Ich hatte Überstunden abgebaut, sehr früh im Büro Schluss gemacht und nahm mir ausgiebig Zeit, Schnappi zu putzen. Ein bisschen, so musste ich mir eingestehen, hatte ich ihn ins Herz geschlossen und bedauerte aus diesem Grund ein klein wenig, dass heute meine letzte Reitstunde stattfinden sollte. Heute Abend würde ich dann erfahren, ob Christian noch eine Idee zu dem doppelten Gespenster-Kostüm gehabt hatte, über das Tom heute mit ihm reden wollte. Auch wenn ich nicht mehr vorhatte, selber zu recherchieren, interessierte mich doch der weitere Verlauf der Ermittlungen. Heute Abend würde ich Tom auch die Sache mit dem Tattoo ...

»Hey, Alex, so früh heute?« Stella stand plötzlich neben uns und kraulte Schnappi am Hals.

»Ja, ich wollte mir heute Zeit nehmen ... Ich habe dir noch nicht gesagt, dass dies die letzte Stunde meiner Zehnerkarte ist.« Meine Bürstenstriche wurden langsamer.

»Ja, und? Musst du erst auf eine neue sparen? Ich dachte, du bist mit einem Polizisten zusammen, der wird doch ein paar Euro verdienen?« Stella grinste spitzbübisch.

»Nein, das heißt ja ... woher weißt du denn das?« Ich hielt im Bürsten inne.

»Hier am Stall wird doch über alles und jeden getratscht.

Kerstin Trumpfheller hat sich auch schon nach dir erkundigt. Hat mich ein bisschen gewundert, weil für eine Reitbeteiligung an Whoopi reicht es bei dir noch nicht.«

Ich sah Stella konsterniert an und sie bemühte sich um Schadensbegrenzung.

»Also, das hat natürlich nichts speziell mit dir zu tun«, erläuterte sie geschwind. »Für eine Reitbeteiligung braucht man einfach mehr Erfahrung. Mindestens ein Jahr, würde ich mal schätzen.« Sie kitzelte Schnappi an der Oberlippe, sodass seine Lippen zuckten.

»Na, dann bin ich ja froh.« Ich nahm meine Bürsterei wieder auf. »Ich dachte schon, du hieltest mich für den letzten Loser.«

»Nein, nein«, versicherte Stella rasch, »ich habe mich nur gewundert ... reitest du gar nicht mehr weiter?« Sie sah mich fast erschrocken an.

Ich drehte mich vollends zu ihr um. »Nein, ich mag Schnappi wirklich, aber das Reiten an sich ist doch nicht meine Sache.«

»Oh, das tut mir echt leid! Ist es wegen deines Sturzes von Herrn Lehmann? Ich kann Herrn Werkmann fragen, ob du in Zukunft immer Schnappi bekommst.« Sie strich Schnappi über sein Hinterteil und blickte mich erwartungsvoll an. »Komm schon, Alex, ich helfe dir auch weiter beim Satteln.«

»Das ist unheimlich nett von dir, aber ich bin einfach nicht der geborene Pferdemensch.«

Stella ließ die Schultern hängen. »Schade. Du bist mir echt sympathisch.«

»Du mir auch. Deshalb habe ich dir noch ein kleines Abschiedsgeschenk gemacht.«

»Echt?« Stella sah sich suchend um. »Wo ist es?«

»Mein Geschenk an dich habe ich mit Herrn Werkmann besprochen. Mir ist im Laufe meiner Reitstunden klargeworden, dass die Reitschüler oft ziemlich steif im Sattel sitzen. Die Reiter, die schon länger dabei sind, können viel geschmeidiger einsitzen. Jedenfalls wundert es mich nicht mehr, dass Schnappi es im Rücken hat. Und da habe ich mit Herrn Werkmann abgesprochen, dass Schnappi auf meine Kosten eine physiotherapeutische Behandlung bekommt.«

Stella sprang auf, sodass Schnappi aus seinem Dämmerschlaf erwachte und mit großen Augen auf sie blickte; dann umarmte sie mich herzlich.

»Danke, danke! Das ist so was von toll! Das wird Schnappi unheimlich guttun!«

»Moment mal.« Ich schob Stella etwas von mir fort und sah ihr in die Augen. »Das ist mein Geschenk an Schnappi, aber deines hab ich noch gar nicht verkündet.«

Stella sah mich erwartungsvoll an.

»Die Physiotherapie soll Herr Hofmann durchführen, und ich habe Herrn Werkmann mitgeteilt, dass du dich opferst, den Termin mit ihm auszumachen und Schnappi zur Behandlung vorzuführen.« Ich grinste bis über beide Ohren.

Stella hatte mich zunächst noch ungläubig angesehen, doch nun breitete sich über ihr Gesicht ebenfalls ein immer ausgeprägteres Grinsen aus und sie umarmte mich erneut herzlich. »Alex, du bist die Beste! Das ist das tollste Geschenk, das ich je bekommen habe!«

»Nicht so stürmisch.« Ich lachte. »Und ich hoffe sehr, dass du etwas daraus machst. Also seine Nummer oder eine Woche als Praktikantin in seiner Praxis müssen schon dabei rausspringen.« Ich kicherte.

»Ja, ja, ganz bestimmt! Kann ich irgendetwas für dich tun? Soll ich dir Schnappi fertig machen? Soll ich dir die Füße küssen?« Stella sprang herum und Schnappi beäugte sie verwundert.

Nachdem Stella sich wieder beruhigt hatte, half sie mir, Schnappi zu bürsten. Dabei vernahm ich in einiger Entfernung Frau Trumpfhellers kratzige Stimme, und ich schaute mich um. Sie stand an der Umzäunung des großen Reitplatzes und sprach mit Herrn Werkmann. Heute hatte sie nur eine Jeans statt der üblichen Reitklamotten an. Mir fiel wieder ein, dass Stella eben erzählt hatte, dass sich Frau Trumpfheller nach mir erkundigt hatte. Hatte das mit meiner unfreiwilligen Showeinlage am Apfelbaum gegenüber ihres Hauses zu tun? Ich beäugte sie mit Misstrauen.

Nach ein paar Minuten lief ich zur Putzkiste, um die Bürste gegen einen Mähnenkamm zu tauschen. Als ich wieder bei Schnappi stand und über seinen Rücken hinwegsehen konnte, kam Frau Trumpfheller aus Whoopis Gebäude und lief zu Herrn Werkmann.

Äh, Moment mal. Ich rieb mir ungläubig die Augen. Frau Trumpfheller stand in Jeans bei Herrn Werkmann UND sie kam in Reithosen gerade auf ihn zugelaufen? Ich erstarrte.

»Ist was?« Stella sah mich verwundert von Schnappis anderer Seite an.

»Äh, ja. Ich sehe Frau Trumpfheller gerade doppelt.« Ich zeigte verwirrt auf die Szenerie hinter Stellas Rücken. Sie drehte sich um.

»Ach, die andere ist doch ihre Schwester. Stimmt, die sehen sich ziemlich ähnlich.« Sie wandte sich wieder Schnappi zu.

Die Schwester sprach jetzt mit Herrn Werkmann, wodurch ich ihr Gesicht von der Seite sehen konnte. Okay, sie waren keine Zwillinge, aber die Verwandtschaft war deutlich zu erkennen. In diesem Moment fiel mir auch wieder ein, dass Tom eine Schwester erwähnt hatte, und Conni hatte sogar ihren Namen gewusst: Monika Trumpfheller. Die Trumpfheller-Schwestern waren von ähnlicher Größe und Statur und hatten die gleiche tiefe, kratzige

Stimme. Und plötzlich kam mir ein ungeheuerlicher Gedanke, sodass mir vor Schreck der Kamm in Schnappis Mähne steckenblieb: War es möglich gewesen, Monika Trumpfheller ein Gespenster-Kostüm überzuziehen und Hanno weiszumachen, es handele sich um Kerstin Trumpfheller? Mir wurde heiß und kalt zugleich.

In diesem Augenblick drehte sich Kerstin Trumpfheller, die jetzt neben ihrer Schwester stand, um und ihr Blick fiel auf mich. Frau Trumpfhellers Miene versteinerte sich schlagartig. Offensichtlich waren mir meine Gedanken auf der Stirn abzulesen.

»Ich muss mal kurz telefonieren«, sagte ich langsam zu Stella, ohne meine Augen von Frau Trumpfheller abzuwenden. Diese wandte sich aber wieder ihrer Schwester zu und zog sie ein Stück zur Seite, was Herrn Werkmann wohl veranlasste, sich zu verabschieden. Ich wählte Toms Kontakt und entfernte mich etwas vom Putzplatz.

»Hi, Alex!«

»Hallo, Tom, ich habe eben eine Beobachtung gemacht ...« Ich flüsterte nahezu.

»Ist alles in Ordnung? Du klingst so komisch.« Tom klang besorgt.

»Ja, das heißt nein ...« Monika Trumpfheller drehte sich kurz um und sah mich mit zusammengekniffenen Augen an, dann lief sie in Richtung Ausgang.

»Bist du vom Pferd gefallen? Soll ich dich abholen?« Im Hintergrund quietschte Toms Bürostuhl.

»Nein, hör zu. Frau Trumpfhellers Schwester sieht Frau Trumpfheller verteufelt ähnlich. Und sie hat dieselbe kratzig-tiefe Stimme. Ich glaube, der Freund von Mike, dieser Hanno, der hat auf dem Halloweenfest nicht mit Kerstin Trumpfheller getanzt, sondern mit ihrer Schwester Monika. Und in dieser Zeit ist Kerstin Trumpfheller seelenruhig zur Burg Frankenstein gefahren und hat Henrik Germann das Messer in den Rücken gerammt. Warum auch immer.«

»Verdammt!«, fluchte Tom, und sein Bürostuhl quietschte heftig. »Die Schwester wurde von Günter interviewt und Kerstin Trumpfheller von mir. Folglich hat keiner die Verwechslungsgefahr bemerkt. Da sieht man, wo dieser unsägliche Personalmangel hinführt.«

Ich hörte Toms Schritte und das Öffnen seiner Bürotür.

»Ich sage Christian Bescheid. Wir werden sofort Monika Trumpfheller in die Mangel nehmen. Wenn du recht hast und sie den Rollentausch gesteht, werden wir Kerstin Trumpfheller umgehend festnehmen.« Tom schnaufte, als würde er beim Gespräch rennen. Oder vor Aufregung. Dann hörte ich das Geräusch einer sich öffnenden Tür. »Christian!«

Ah, Christian saß wohl auch gerade in der Erbacher Polizeidirektion. Ich blickte mich um. »Diese Monika hat den Stall eben verlassen.« Ich sah ihr verstohlen hinterher.

Toms Stimme klang kurz etwas weiter weg. »Günter, fahr den Wagen vor! Steffi!« Tom schien seine Mitarbeiter eilig einzusammeln. Dann hielt er sich das Handy wieder an den Mund. »Alex, du bleibst jetzt schön am Stall unter Leuten. Ich melde mich, sobald ich mit Monika Trumpfheller gesprochen habe. Sei bitte vorsichtig!«

»Du auch. Ich liebe dich.«

»Ich dich auch.«

Ich steckte das Handy wieder ein und atmete tief durch. Tom würde alles regeln, dessen war ich absolut sicher. Ich ging die paar Schritte zum Putzplatz zurück. Dort stand Schnappi schon fix und fertig gesattelt und aufgetrenst.

»Viel Spaß bei deiner letzten Reitstunde!« Stella drückte mir lächelnd die Zügel in die Hand.

Den letzten Ritt auf Schnappi bestritt ich mit gemischten Gefühlen. Einerseits mit Wehmut, da ich mich danach von Schnappi verabschieden musste, andererseits fragte ich mich ständig, wie es Tom beim Verhör oder gar der Festnahme von Monika Trumpfheller ergehen mochte. Ob sie danach auch Kerstin Trumpfheller festnahmen? Dann hätte ich ihr aber gehörig eins ausgewischt für den Höllenritt auf Herrn Lehmann. Ich hatte sie nicht mehr am Stall gesehen, seit sie sich von ihrer Schwester getrennt hatte.

Ich rieb mir vorsichtig über die Innenseite der Knie. Vor einigen Tagen hatte ich Stella von meinen wundgerittenen Knien vorgejammert und sie hatte mir den Tipp gegeben, vor der Reitstunde Pflaster auf die Stellen zu kleben. Hoffentlich hatte das geholfen.

Schnappi hatte ich gleich nach der Stunde in die Box geführt, dort angebunden und abgesattelt; nun bürstete ich ihm noch einmal über den verschwitzten Rücken. Der Nachmittag war noch nicht vorbei, und ich überlegte, was ich mit dem Rest des Tages anfangen könnte, nachdem ich zuhause geduscht und etwas gegessen hätte. Auf einmal klingelte das Handy und ich zog es rasch aus der Tasche.

»Hallo, Tom!«

»Alex, wir sind gerade unterwegs zu dir zum Eichenstall. Ich kann nur sagen: Ich bin von deinem Spürsinn beeindruckt. Dein Verdacht hat sich absolut bestätigt, Monika Trumpfheller hat gestanden, sich als ihre Schwester ausgegeben zu haben und unter dem Gespenster-Kostüm mit Hanno Müller tanzen gegangen zu sein. Sie hat es allerdings als Schabernack dargestellt, den sie im Auftrag ihrer Schwester mit einem unliebsamen Verehrer hatte treiben wollen. Ob diese Behauptung auf Dauer Bestand haben wird, wird sich zeigen. Jedenfalls werden wir nun Kerstin Trumpfheller festnehmen, da ihr Alibi geplatzt ist.«

Toms Lob machte mich so stolz, dass ich mich mindestens fünf Zentimeter größer fühlte. Seine Anerkennung bedeutete mir unglaublich viel! »Oh, das freut mich sehr, so ist zumindest Christians Fall gelöst, und vielleicht ist das auch irgendwie der Schlüssel zu deinem Fall.« Ich bürstete Schnappi langsam weiter.

»Ja, das sagt mir mein siebter Sinn auch. Hör zu, das Problem ist, wir haben Kerstin Trumpfheller eben nicht zuhause angetroffen und es ...«

Toms Stimme rückte in meiner Wahrnehmung plötzlich in den Hintergrund. Durch die Gitterstäbe der oberen Hälfte von Schnappis Box konnte ich Kerstin Trumpfheller vorbeilaufen sehen. Sie stierte mit einem seltsam abwesenden Blick, der in mir die Alarmglocken schrillen ließ, wie ein Schlafwandler vor sich hin.

»Äh, Tom?« Ich hatte seine Worte nicht aufgenommen, da meine ganze Aufmerksamkeit von Frau Trumpfheller eingenommen wurde.

Sie bog jetzt immer noch wie geistesabwesend in Schnappis Box ein. Wie aus der Ferne hörte ich Tom »Alex?« fragen. Ich wurde von einem unguten Gefühl ergriffen. Selbst Schnappi machte einen seitlichen Schritt von Frau Trumpfheller weg auf mich zu.

»Legen Sie das Handy weg«, sagte Frau Trumpfheller tonlos. Sie hob ihren rechten Arm an, und ich war dermaßen geschockt, dass mir die Bürste aus der Hand fiel: In ihrer Hand glänzte ein riesiges, furchterregendes Messer!

»Tom!« Mein Hilferuf war kaum noch hörbar, so sehr versagte mir vor lauter Panik die Stimme.

»Handy weg!«, schrie Frau Trumpfheller jetzt hysterisch und sprang mit dem drohend in meine Richtung gerichteten Messer einen Schritt auf mich zu, sodass Schnappi erschrocken zurückwich. Ich war ebenfalls zurückgeschreckt, und während sich Frau Trumpfheller mit irrem Blick und weit aufgerissenen Augen weiterhin auf mich zubewegte und ich mich von ihr fort, streckte ich eine Hand beschwichtigend vor und ließ unterdessen mit der anderen das Handy für sie gut sichtbar in die Tasche gleiten. Dies tat ich jedoch, ohne das Telefonat zu unterbrechen. Ich ließ das untere Ende des Handys oben herausschauen, in der Hoffnung, das Mikrofon würde Tom einen Eindruck von den Geschehnissen vermitteln.

Mein Rücken stieß an ein Hindernis und mein Herz schlug mir bis zum Hals. Ich stand jetzt dicht an die Boxenwand gepresst und sah keinen Fluchtweg für mich. Immerhin war Frau Trumpfheller nun ebenfalls vor mir stehengeblieben, richtete allerdings immer noch das Messer auf mich und fing jetzt an zu sprechen.

»Warum mussten Sie Ihre Nase in Dinge stecken, die Sie nichts angehen?«, fragte sie giftig.

»Ich habe die Leiche Ihres Schwagers nun mal gefunden, dafür kann ich nichts.« Ob sie auf die Unschuldsnummer hereinfiel?

»Es ist alles reibungslos gelaufen, bis Sie gekommen sind.« Sie blickte mich hasserfüllt an.

Ich überlegte fieberhaft, wie ich diese Furie beschwichtigen könnte.

»Die Ähnlichkeit mit Ihrer Schwester hätte die Polizei sowieso noch herausgefunden.«

»Die Polizei!« Sie schnaubte verächtlich durch die Nase, dann bewegte sie das Messer kurz in meine Richtung. »Welchen von den zwei Ermittlern lassen Sie denn nun über sich drüberrutschen, oder treiben Sie es gleich mit beiden?«

Es war lächerlich, aber ihre ordinäre Anschuldigung gab mir etwas von meinem Selbstbewusstsein zurück. »Ich bin mit Tom Brugger verlobt. Und das war ich schon, bevor ich die Leiche gefunden habe.«

Frau Trumpfhellers Arm senkte sich um wenige Zentimeter. »Du kapierst doch gar nichts, du blöde Kuh. Henrik hatte seine Strafe verdient! Er wollte mir alles kaputt machen ...«

Während Frau Trumpfheller zeterte, drang ein seltsames Geräusch in mein Bewusstsein. Schlug mein Herz vor lauter Angst nun schon ungewöhnliche Töne an? Nein, tatsächlich! In der Ferne hörte ich die Sirenen von zwei Polizeiwagen. Ich riss mich zusammen, um mir die in mir aufkeimende Hoffnung nicht anmerken zu lassen.

»... den Fuchs getötet ...« Frau Trumpfheller schlug mit ihrer freien Hand auf Schnappis Hinterteil, sodass dieser erneut am Strick zerrte. »... und er hat meinen Mann getötet!« Frau Trumpfhellers Stimme ging abermals in ein Kreischen über und ihr Arm versteifte sich und wirkte bedrohlich angespannt. »Er wollte mir alles nehmen! Wäre er doch einfach an seinem Krebs verreckt!« Ihr Gesicht verzerrte sich zu einer irren Fratze.

Die Sirenen kamen immer näher. Ich musste Frau Trumpfheller unter allen Umständen hinhalten, bis Tom hier wäre. Wenn Tom da wäre, wäre alles gut, davon war ich überzeugt. Ich versuchte, meine irrwitzige Atemfrequenz zu kontrollieren.

»Das ist ja schrecklich«, rief ich aus. »Warum haben Sie das nicht der Polizei gesagt? Mein Verlobter hätte sofort ...«

»Dieser Brugger, der hat doch gar nichts geschnallt. Und er sollte auch nichts schnallen. Es ging niemanden etwas an, was wir mit dem Geld gemacht haben. Der Henrik hat es doch ohnehin nicht gebraucht!« Ihre Stimme überschlug sich erneut. Möglicherweise lag es auch daran, dass die Polizeisirenen nun dermaßen laut erklangen, dass ich die zugehörigen Wagen bereits in der Anlage wähnte. Plötzlich verstummten sie.

»Ich kann das nicht beurteilen, denn ich kannte Herrn Germann ja gar nicht«, sagte ich so sanft wie möglich und bemühte mich, das Zittern in meinen Worten zu unterdrücken. Vor dem Gebäude nahm ich Stimmen und Getrappel wahr. »Wenn er tatsächlich Ihren Mann erschossen hat, hätte er natürlich entsprechend bestraft werden müssen, da gebe ich Ihnen recht.«

Endlich hörte ich rennende Schritte in unserem Stallgebäude. Bitte, Tom, hilf mir!

Frau Trumpfhellers Hand krampfte sich derart fest um das Messer, dass die Knöchel weiß hervortraten. Aber dass ich ihr recht gegeben hatte, schien ihr zumindest etwas den Wind aus den Segeln genommen zu haben, denn sie schaute mich nun unschlüssig an.

Auf einmal kam eine Gestalt hinter der Boxenwand in mein Sichtfeld gerannt. Tom bremste scharf ab und drehte sich, einen breitbeinigen, leicht gebeugten Stand einnehmend, mit ausgestreckten Armen zu uns. In den Händen hielt er eine Waffe, mit der er Frau Trumpfheller anvisierte. »Polizei! Legen Sie das Messer ab!«

Ich konnte sehen, wie Frau Trumpfhellers Brustkorb sich anhob, als ob sie gleich wieder losschreien wollte, aber eine zweite Gestalt kam ihr zuvor. Christian sprang nun ebenfalls von der Seite in mein Sichtfeld, baute sich in ähnlicher Manier wie Tom schräg hinter ihm auf und richtete gleichfalls eine Pistole auf Frau Trumpfheller. Diese wollte erneut Luft holen, als ein dritter Mann, vermutlich Christians Mitarbeiter, sich neben Christian postierte, seine Arme mit gezückter Waffe vorstreckte – und mich anvisierte. An meinem irritierten Blick schien er jedoch seinen Fehler zu erkennen und bewegte, ohne eine Miene zu verziehen, die Arme langsam wenige Zentimeter zur Seite, bis seine Waffe auf Frau Trumpfheller zeigte.

Erleichtert versuchte ich, meine bebenden Hände unter Kontrolle zu bringen. Erst jetzt wurde mir bewusst, dass sich der kalte Schweiß auf meinem Rücken mit frischem, heißem Schweiß auf meiner Haut mischte. Hinter den drei Polizisten drückte sich Stella an den gegenüberliegenden Boxenwänden entlang und schaute mich mit großen, erschrockenen Augen an.

Frau Trumpfheller machte mit ihrem Messer fahrige Bewegungen auf mich zu. »Verschwindet, oder ich steche sie ab!«

Ich betete inständig, dass Tom sie erschießen würde, bevor es dazu käme.

Doch zu meinem Entsetzen bückte er sich jetzt und legte seine Pistole vor sich auf den Boden.

Ich betete inständig, dass Christian Frau Trumpfheller erschießen würde, bevor sie mich abstechen konnte.

»Niemand möchte Ihnen etwas tun«, sagte Tom beschwichtigend. »Sehen Sie, ich habe meine Waffe weggelegt.« Tom hob seine beiden leeren Hände an und zeigte Frau Trumpfheller seine Handinnenflächen. »Ich komme jetzt zu Ihnen in die Box.«

»Verschwinden Sie!« Frau Trumpfhellers Stimme überschlug sich.

Ich wusste nicht, was Tom vorhatte, aber ich machte mich bereit, seitlich von Frau Trumpfheller wegzuspringen.

»Ich will nur mit Ihnen reden«, sagte Tom ruhig. Er betrat die Box. »Sehen Sie, ich bin völlig unbewaffnet. Ich würde gerne mehr darüber erfahren, was Ihr Schwager Ihnen und Ihrem Mann angetan hat.« Tom näherte sich langsam, indem er einen Bogen um Schnappis Hinterteil schlug.

Frau Trumpfheller bewegte das Messer ein wenig in seine

Richtung, aber es reichte für mich nicht aus, um aus ihrem Stichradius zu entkommen.

»Er hat ihn erschossen! Henrik hat ihn erschossen! Er war ein verdammtes Schwein!«

»Ich habe versucht, ihm das nachzuweisen, aber er hat das Gewehr verschwinden lassen.« Tom stand jetzt nahezu auf Armeslänge schräg hinter Frau Trumpfheller, die immer hektischer und unberechenbarer mit dem Messer herumfuchtelte.

»Bleiben Sie stehen, sonst stech ich Ihre Freundin ab! Sie wollten uns was anhängen, aber das hätte ich niemals zugelassen! Henrik hat seine Strafe verdient! Er hat alles zerstört!«

Frau Trumpfheller stocherte wieder mit dem Messer in meine Richtung, und mein Rücken verschmolz mit der Boxenwand. Tom stand meiner Einschätzung nach noch zu weit weg, um einzugreifen. Die Stichwaffe dicht vor meinem Bauch erstickte ohnehin meinen Wunsch, Tom möge nähertreten, da ich fürchtete, Frau Trumpfheller könnte ihre Drohung wahr machen und mir das Messer in den Körper stoßen.

In diesem Moment, in dem sich meiner Wahrnehmung nach die gesamte Welt auf das Geschehen in Schnappis Box konzentrierte, explodierte in der Stallgasse plötzlich und unerwartet ein gewaltiges »Hachchchchiiiih!«.

KAPITEL 17

Alle Köpfe flogen herum und schauten auf Christian, der entschuldigend mit den Schultern zuckte. »Heuschnupfen!«, erklärte er lächelnd.

Er hatte das Wort noch nicht vollständig ausgesprochen, als Tom blitzartig die Situation ausnutzte. Er sprang mit einem gewaltigen Satz vor und packte unnachgiebig Frau Trumpfhellers Hand, in der sie das Messer hielt. Gleichzeitig stieß er sie mit dem Körper von mir weg, sodass beide unsanft im Stroh landeten, wobei Frau Trumpfheller laut aufschrie. Schnappi hatte die Faxen dicke. Er zerriss, als ihm Tom und Frau Trumpfheller vor die Füße fielen, mit einer heftigen, rückwärtsgerichteten Kopfbewegung seinen Strick und rannte in die Stallgasse, wo er allerdings gleich von Stella in Empfang genommen wurde. Christian und sein Mitarbeiter steckten die Waffen ein, wobei Christian fortwährend niesen musste. Der Mitarbeiter eilte in die Box, wo er allerdings nur noch Tom helfen konnte, Frau Trumpfheller vom Boden hochzuziehen und ihr Handschellen anzulegen. Danach drehte sich Tom zu mir um und ich flog in seine Arme, wo ich sofort vor Erleichterung zu weinen begann.

Tom hielt mich stumm fest. Seine Umarmung sagte mehr als tausend Worte.

Außerhalb der Box schnäuzte sich jemand ausgiebig, dann

hörte ich Christians Stimme: »Ich muss hier raus, sonst schwellen mir die Augen zu. Volker, ich übernehme Frau Trumpfheller und führe draußen die Belehrung durch.«

Ich vernahm Schritte im Stroh, die weggingen und wiederkamen. Sicher in Toms Armen geborgen, konnte ich mich langsam wieder beruhigen. Zu unseren Füßen raschelte es. Ich sah an Tom vorbei und auf den Boden.

Ich schniefte. »Warum wühlt Christians Mitarbeiter im Stroh?«

»Schätze, er sucht das Messer. Er heißt Volker Sternburg.«

Der Genannte blickte auf. »Hallo. Ich hab's gleich. Denke ich.«

»Lass dir Zeit«, sagte Tom. »Wir haben es nicht eilig.« Er begann, mich zu küssen. Meine Wangen, meine Nase, meine Augen, meinen Mund. Das Zittern ließ nach und ich beruhigte mich immer mehr.

»Ich hab's!«, rief Sternburg plötzlich.

Aber wir beachteten ihn nicht. Ich hatte die Augen geschlossen und genoss Toms Zärtlichkeiten und die Geborgenheit seiner Umarmung. Wieder raschelnde Schritte im Stroh. Sie entfernten sich und verklangen allmählich in der Stallgasse.

Tom küsste mich immer noch. Er hatte mein Leben gerettet. Ich liebte ihn über alles. Er hatte es als Einziger gewagt, die Box zu betreten und sich unbewaffnet der durchgedrehten Trumpfheller zu nähern. Ich würde nie aufhören, ihn zu lieben. Ich ...

Ich schlug die Augen auf. In der Nähe der Box hatte sich jemand geräuspert. Wir ließen voneinander ab und drehten unsere Köpfe zur Stallgasse. Ach ja, dort stand immer noch Stella mit dem mittlerweile wieder tiefenentspannten Schnappi.

»Ich störe euch nur ungern«, sagte Stella, »aber Schnappi ist erst zwölf, und was ihr da treibt, ist nicht jugendfrei.« Sie grinste bis über beide Ohren.

Tom drückte mich noch einmal. »Alles okay?«

Ich nickte.

»Nein«, relativierte Stella nun ihre eigene Aussage, »das war nur Spaß. Ich hab gleich Reitstunde und müsste so langsam mal Schnappi loswerden, um Herrn Lehmann fertig zu machen.«

»Klar.« Ich strich meine strubbeligen Haare notdürftig zurecht.

Tom legte den Arm um mich und wir verließen die Box, in die Stella umgehend Schnappi führte. Als wir aneinander vorbeigingen, zwinkerte mir Stella zu. »Einen tollen Mann hast du dir da geangelt, Alex.«

Ich lächelte.

Wir hatten schon fast den Ausgang erreicht, da rief uns Stella hinterher: »Vielleicht überlege ich mir das noch mal mit dem Praktikum beim Tierarzt und mache lieber eines bei der Polizei!«

Beim Verlassen des Stalls verlangsamte ich kurz meine Schritte und schaute verblüfft auf die Szenerie. Im Hof standen ein Polizeiwagen und ein ziviles Fahrzeug, die offenbar mitten auf die Anlage gefahren und einfach dort stehengelassen worden waren. Darum herum standen sämtliche Mitarbeiter und Kunden des Eichenstalls, die gerade anwesend waren. Ich entdeckte Herrn Werkmann, der mit Christian redete. Frau Trumpfheller saß in dem Polizeiwagen zusammengesunken auf der Rückbank. Wenigstens hatte sie aufgehört, herumzuschreien.

Volker Sternburg kam uns entgegen und sprach Tom an. »Die Verhaftete hat sich beklagt, du hättest ihr bei der Festnahme Prellungen und Abschürfungen zugefügt. Sie will eine Anzeige gegen dich erstatten.«

Tom schnaubte durch die Nase. »Und wenn ihr die Klinge

beim Zustechen abgebrochen wäre, dann müsste ich ihr noch ein neues Messer bezahlen oder was? Himmel, heute beschwert sich aber auch jeder über jeden Scheiß.« Er verdrehte genervt die Augen.

»Sollen wir losfahren?«, fragte Sternburg.

»Ihr könnt schon mal vorfahren, ich komme gleich nach.«

Ich sah Tom fragend an.

»Tut mir leid, aber ich muss unbedingt beim Verhör von der Trumpfheller dabei sein. Verstehst du das, Alex?«

Ich nickte.

»Soll ich Volker bitten, dich heimzufahren?«

»Nein, nein, das geht schon. Warst du nicht auch mit Günter und Steffi aus der Polizeidirektion aufgebrochen?«

»Ja, aber die habe ich vorsichtshalber am Haus der Trumpfheller postiert, falls sie doch nach Hause zurückgekommen wäre.« Tom sah mir in die Augen. »Bist du sicher, dass ich dich allein lassen kann? Ich komme nach Hause, sobald es irgend geht.«

Ich nickte. »Ich komme zurecht, wirklich. Du brauchst dich nicht beeilen.«

Wir küssten uns.

»Bis dann!«

»Ich liebe dich.«

»Ich dich auch.«

Die drei Männer fuhren mit Frau Trumpfheller von der Anlage. Ich sah ihnen nach und ging dann zu meinem eigenen Wagen. Was für ein dramatisches Ende meines Gastspiels am Eichenstall! Ich fühlte mich immer noch etwas schwach auf den Beinen, aber ich würde die Zähne zusammenbeißen und es tapfer bis nach Hause schaffen. Ich wusste, wie wichtig Tom sein Beruf war, und natürlich wollte er jetzt auch seinen Mordfall aufklären. Ich würde mir in der Zwischenzeit ein Bad einlassen und Musik anstellen. Ich würde mir die Wampe mit allem, was ich im Kühlschrank vorfand, vollschlagen, und wenn Tom nach Hause kam, würde ich ihn mit all meiner Liebe überschütten, aus Dankbarkeit für seine heutige Heldentat. Ich konnte es immer noch nicht fassen! Zum Teufel mit unserem Streit über die Elternzeit. Ich sollte ihm viel mehr entgegenkommen. Er war so gut in seinem Beruf! Außerdem wollte ich ja tatsächlich viel Zeit mit meiner Familie verbringen. Schließlich schafften es auch andere Frauen, nach der Elternzeit wieder erfolgreich in ihren Beruf einzusteigen. So wie Tom mir heute gezeigt hatte, dass er sein Leben dafür einsetzte, mich zu schützen, so wollte auch ich ihm zeigen, dass er das Wichtigste in meinem Leben war.

Ich stellte die Scheibenwischer an. Ein leichter Nieselregen hatte eingesetzt, aber ich fühlte mich sicher und geborgen. Tom war es, der mir diese Sicherheit gab. Selbst wenn es mit dem Schwangerwerden vielleicht gar nicht klappen würde, selbst wenn wir versehentlich ein Dutzend Kinder bekämen: Es war alles egal, solange Tom an meiner Seite war. Und ich selbst würde den Platz an der seinen bis in alle Ewigkeit nicht mehr verlassen.

Ich stand vor der Abzweigung. Links ging es nach Beerfelden.

Aber in der anderen Richtung ging es zum Tattoo-Studio, und Tattoos waren für die Ewigkeit gemacht.

Ich fuhr nach rechts.

Ich hatte versucht abzuschätzen, wie lange Tom mit dem Verhör brauchen würde. Ich wusste, dass so eine Befragung sich auch mehrere Stunden hinziehen konnte, aber da ich außerordentlich hungrig war, hatte ich Hähnchen süßsauer anliefern lassen und Toms Portion in den Ofen gestellt, in der Hoffnung, er käme noch vor Mitternacht nach Hause. Tatsächlich traf er, bereits drei Stunden nachdem wir uns im Eichenstall getrennt hatten, zuhause ein.

Durch den Glaseinsatz der Flurtür konnte ich sehen, wie er sich die Schuhe abstreifte. Ich lief ihm entgegen und umarmte ihn lange.

»Alles in Ordnung?«, fragte Tom.

»Ja, mein Held«, flüsterte ich ihm ins Ohr.

Tom grinste. »Was gibt's zu essen? Hier riecht es nach Chinesisch.«

»Hähnchen süßsauer. Ich hole es dir.«

Ich lief in die Küche, nahm Toms Gericht aus dem Ofen und schnappte mir eine Gabel. Dann brachte ich ihm alles ins Wohnzimmer, wo er bereits mit auf dem Couchtisch abgelegten Füßen auf dem Sofa saß.

»Du bist ein Schatz.« Er nahm das Gericht entgegen.

»Kann ich dir noch etwas zu trinken bringen?«

»Ja, bitte erst mal ein Wasser. Vielleicht mit einem Schuss Apfelsaft.«

Ich lief erneut in die Küche und mixte Toms Getränk. Dann stellte ich es ihm auf den Couchtisch.

»Danke«, sagte Tom mit vollem Mund. »Das gefällt mir. Ich lasse mich jetzt jeden Abend von dir bedienen.«

»Morgen bist du mit Kochen dran. Aber heute hast du dir ein Verwöhnprogramm verdient.« Ich setzte mich neben ihn, legte meinen Kopf auf seine Schulter und einen Arm über seinen Bauch. So hörte ich ihm zu, wie er sich in rascher Abfolge Gabel um Gabel in den Mund schob und kaute. Innerhalb weniger Minuten war die ganze Portion verschwunden. Danach griff er zu seinem Glas und trank es in einem Zug leer. Schließlich lehnte er sich zurück. »Ein Nachtisch käme jetzt gut.«

Ich sprang auf. »Ich fürchte, wir haben kein Eis mehr. Dürfen es auch ein paar Trauben sein?«

»Gerne.« Tom streckte sich wohlig, während ich mit dem leeren Geschirr in die Küche verschwand. Ich wusch die Trauben, füllte sein Glas erneut und brachte beides ins Wohnzimmer. »Bitte sehr.«

»Wie wäre es, wenn du mich mit den Trauben fütterst?«

Ich sah Tom verwundert an, zog dann aber die erste Traube vom Kamm, um sie Tom in den Mund zu stecken. Bevor es dazu kam, nahm er sie mir jedoch ab und schob sie stattdessen mir in den Mund. Dann griff er nach dem Traubenteller.

»Ich wollte nur sehen, wie weit ich bei dir gehen kann. Es ist schön, dich auch mal in der devoten Variante zu erleben, aber wie ich dich kenne, hält diese Phase nicht bis morgen an.« Tom grinste und schob sich eine Traube in den Mund.

Ich setzte mich neben Tom und schluckte meine zerkaute Traube herunter. »Wahrscheinlich hast du recht, aber mit deinem heutigen Mut hast du mich einfach umgehauen. Christian oder sein Mitarbeiter hätten bestimmt nicht unbewaffnet die Pferdebox betreten. Überhaupt hatte ich Angst, dieser Sternburg hätte versehentlich dich treffen können, falls er auf Frau Trumpfheller geschossen hätte. Als er in meinem Blickfeld erschien, hat er erst mal mich mit der Waffe angepeilt.«

»Das kann im Eifer des Gefechts schon mal passieren«, nahm Tom ihn in Schutz. »Er ist noch nicht lange dabei.«

Ich zuckte mit der Schulter. »Es ist ja gut ausgegangen. Dank dir.« Ich schmiegte mich an ihn.

»Und dank Christians Heuschnupfen.« Tom lachte.

»Ja, ich frage mich, wie er die Ausritte mit seinem Freund bewältigt, wo er doch offensichtlich nicht in die Nähe von Heu gelangen darf.«

»Vielleicht nimmt er vorher ein Antihistaminikum«, mutmaßte Tom.

»Außerhalb vom Stallgebäude schien es ihm ja gleich besser zu gehen. Was wird eigentlich aus Frau Trumpfhellers Anzeige gegen dich?«

Tom schnaubte durch die Nase. »Mach dir keine Gedanken. Christian hat sie überredet, davon abzusehen.« Die nächste Traube verschwand in seinem Mund.

Ich lauschte seinen Kaubewegungen.

Schließlich stellte Tom den Teller mit dem abgeernteten Traubenkamm auf den Tisch. Dann lehnte er sich gemütlich zurück. »So, was kommt als Nächstes?« Er sah mich an und öffnete dabei kurz übertrieben die Augen.

Ich lachte. »Erzähl mir doch bitte, was bei eurem Verhör von Frau Trumpfheller herausgekommen ist. Ich hatte schon gefürchtet, es würde viel länger dauern.«

»Nein, das lief ziemlich glatt, dafür, dass sie erst relativ widerborstig erschien. Aber ich glaube, nachdem sie im Reitstall so hysterisch agiert hat, hatte sie ihr Pulver verschossen und wollte zum Schluss die Sache nur noch hinter sich bringen.« Tom rutschte noch etwas tiefer und drehte sich mehr zu mir. »Ich versuche, die Geschehnisse chronologisch zu ordnen.« Er streichelte meinen Arm. »Dieses Mietshaus, das die Germann-Brüder geerbt hatten, warf wohl eine ganze Menge Geld ab. Ihre Eltern, die damaligen Erblasser, hatten stets gut gewirtschaftet und sparsam gelebt. Das hat sich auf die Brüder übertragen. Henrik Germann war mit seinem Einkommen als Angestellter zufrieden und hat seinem Bruder, Jens Trumpfheller, die Verwaltung der Mieteinnahmen überlassen. Trumpfheller hat die Gelder von Henrik Germann zunächst auch gut angelegt. Dieser wollte die Ersparnisse erst als Rentner angreifen.«

»Das ist beneidenswert, wenn Leute so wenig Bedürfnisse haben und so leicht zufriedenzustellen sind.«

»Ja, warum nicht? Ich hatte im Leben schon öfter den Eindruck, dass es Menschen gibt, denen allein das Gefühl reicht, sich alles kaufen zu können, was sie wollen. Nun, das System lief einige Jahre sehr gut, bis zu dem Zeitpunkt, als Jens Germann Kerstin Trumpfheller heiratete. Sie bekam die Vermögensverwaltung ihres Mannes für ihren Schwager rasch mit und überredete ihren Mann, sich an Germanns Geld zu bedienen. Es läuft häufig so: Erst sind es nur ein paar hundert Euro, dann ein paar tausend ... Sie hat diesen Diebstahl natürlich für sich gerechtfertigt. Sie erklärte es damit, dass ihr Mann ja nun mal die Vermögensverwaltung innehatte und dafür auch eine Entlohnung verdient hätte. Außerdem bräuchte Germann das Geld gar nicht, man sehe ja, dass er mit seinem bescheidenen Lebensstil zufrieden sei, sie hingegen benötigte schließlich dieses und jenes ... skrupellose Betrüger finden immer Gründe.« Tom nahm eine Haarsträhne von mir in die Hand und spielte damit.

»Ist das nicht aufgefallen?«

»Das hat Christian sie auch gefragt. Nein, stell dir vor, der Germann hat seine vom Bruder verwalteten Mieteinnahmen sogar noch jedes Jahr brav versteuert. Aber das so versteuerte Geld wanderte dann immer weniger in irgendwelche Anlageformen, sondern vielmehr in Frau Trumpfhellers Taschen. Ihr Mann muss laut den Nachbarn unterm Pantoffel gestanden haben und hat alles gemacht, was seine Frau wollte.«

Toms Bauch gluckerte und ich strich mit der Hand zärtlich darüber.

»Aufgefallen ist es erst nach dem Tod von Germanns Frau und der nachfolgenden Krebserkrankung von Henrik Germann«, fuhr Tom fort. »Er wusste, dass er nicht mehr lange zu leben hatte, und wollte seine restliche Lebenszeit mit Reisen verbringen oder sich sonst etwas Gutes tun. Deshalb ging er zu seinem Bruder und forderte seine Ersparnisse ein. Tja.«

»Gott, wie grausam! Hätte ihm Jens Trumpfheller nicht sein eigenes Vermögen geben können?«

»Ich weiß nicht, wie viel von dem Geld, das Jens Trumpfheller zustand, noch übrig war. Das werden wir in den nächsten Tagen recherchieren. Jedenfalls haben die Trumpfhellers keinen Cent herausgerückt.«

»Und dann hat Germann den Fuchs erschossen?«

»Richtig. Er wollte den Trumpfhellers damit Angst einjagen und sie dazu bringen, ihm das ihm zustehende Vermögen herauszugeben.«

»Warum ist er nicht stattdessen zur Polizei gegangen oder hat seinen Bruder vor Gericht verklagt?«

»Weil er wusste, wie lange solche Prozesse sich hinziehen können. Vermutlich wäre er schon längst an seiner Krebserkrankung gestorben, bevor ein endgültiges Urteil gefällt worden wäre. Frau Trumpfheller hat es nicht so direkt gesagt, aber man konnte durchaus heraushören, dass sie die Sache aussitzen und auf Germanns Tod warten wollte.«

»Was für ein Drama! Ehrlich gesagt kann ich verstehen, dass Germann zur Waffe gegriffen hat.«

Tom hielt mit dem Streicheln kurz inne. »Beim Fuchs – meinetwegen. Seinen eigenen Bruder zu erschießen ist allerdings noch mal eine völlig andere Hausnummer.«

»Warum hat er nicht Kerstin Trumpfheller anstelle seines Bruders erschossen? Schließlich war sie die treibende Kraft.«

»Das mag sein, aber der Bruder hatte ihn doch nicht weniger betrogen als sie. Und dem eigenen Bruder verzeiht man eine solche Kaltherzigkeit noch weniger als einer angeheirateten Verwandten.«

»Und warum hat Frau Trumpfheller ihren Schwager nicht spätestens nach dem Mord an ihrem Mann angezeigt?«

»Ich habe da eine Vermutung: Zum einen hätte die Aufdeckung der Geschehnisse nach wie vor für sie bedeutet, dass sie wegen Unterschlagung und Untreue hätte belangt werden können. Wäre die ganze Schweinerei ans Tageslicht gekommen, hätte sie zudem ihren Ruf ruiniert. Zum anderen bestand weiterhin die Möglichkeit, dass Henrik Germann zeitnah stirbt, sie das erschlichene Vermögen samt dem von ihrem Mann geerbten halben Mietshaus behalten hätte und womöglich sogar noch ihren Schwager hätte beerben können. Und schließlich – aber auch das ist meine eigene Einschätzung und wurde von Frau Trumpfheller so nicht direkt bestätigt – hatte sie kurz nach dem Mord ihren Racheplan geschmiedet. Ich weiß nicht genau, wann sie auf die Idee kam, aber ihr war bekannt, dass Germann jedes Jahr auf das Halloweenfest ging, und ich denke, dass sie dies zeitnah als geeignete Gelegenheit ins Auge gefasst hat. Jedenfalls hat sie zugegeben, dass sie das Messer bereits Tage vorher in der Burg versteckt und Germann dort unter dem Gespenster-Kostüm ermordet hat.«

»Und die Schwester, diese Monika?«

»Die hat sich bei ihrer eigenen Befragung unwissend gestellt. Kerstin habe nur ihrem ungeliebten Verehrer eins auswischen wollen und sie deswegen gebeten, sich als Kerstin auszugeben und mit Hanno Müller zum Halloween-Tanz zu gehen. Zu der Ermordung Germanns habe sie keinen Zusammenhang gesehen.«

»Wer's glaubt. Am Eichenstall haben sie so getuschelt und mich mit derartigen Blicken bedacht, dass ich meinen Hintern darauf verwetten könnte, dass Monika Trumpfheller genau Bescheid wusste.«

»Kerstin Trumpfheller hat nur zugegeben, dass sie ihre Schwester Monika für den Rollentausch eingespannt hat, um selbst ein Alibi zu haben, und als Grund habe sie Monika gesagt, Hanno Müller eins auswischen zu wollen. Wenn beide dabei bleiben, wird es nicht einfach werden, auch Monika zu belangen.« Tom streckte sich. »Aber wenigstens haben wir die Haupttäterin überführt.« Tom sah mir in die Augen. »Woran du einen nicht unerheblichen Anteil hast.«

Ich kuschelte mich an ihn. »Ich bin froh, dass ihr das so schnell aus der Trumpfheller herausgebracht habt. Ich fürchtete schon, ich müsste heute alleine ins Bett steigen.«

»Nein, wir haben sozusagen ›Guter Bulle, Böser Bulle‹ gespielt.« Toms Bauch vibrierte leicht.

»Ach. Lass mich raten, wer den bösen Bullen gegeben hat?« Ich kicherte.

»Ich gebe zu, Christian ist einfach der bessere Schleimer von uns beiden. Aber die Zusammenarbeit verlief wirklich gut. Ich musste nur zuweilen ein paar kleinere Korrekturen einfordern …«

»Was für Korrekturen?« Ich drehte kurz meinen Kopf, um in sein Gesicht schauen zu können. Tom sah müde aus.

»Na ja, sagen wir, ich musste ihn einnorden. Er war in gewisser Hinsicht überambitioniert.«

Soso. Ich wurde ganz schläfrig.

Tom streichelte weiter meinen Arm. Er fuhr mit der Hand nach oben …

»Au!« Ich zuckte zurück. Das hatte ich in der ganzen Aufregung völlig vergessen.

Tom hatte rasch seine Hand zurückgezogen. »Entschuldige.« Er sah mich verunsichert an.

»Nein, nein, ich habe, ehrlich gesagt, nicht mehr daran gedacht. Ich wollte dir noch was zeigen.«

Tom stutzte erst, dann legte er sich demonstrativ die Hand vor die Augen. »Oh nein, nicht schon wieder. Hast du dir noch ein zweites Tattoo stechen lassen?« Er spreizte seine Finger ein wenig, um durch die entstandene Öffnung hindurchzuäugen.

Ich setzte mich aufrechter hin und schob den Ärmel hoch. Tom ließ seine Hand sinken und blickte gespannt auf meinen Arm. Je weiter ich den Ärmel hochschob, desto breiter wurde mein Lächeln.

»Es ist leider etwas angeschwollen, aber Ralph hat mir versichert, dass das Tattoo sich dadurch nicht verzieht.«

Tom starrte ungläubig auf seinen Namen auf meinem Arm, dann fing er an zu lächeln. »Ernsthaft? TOM? Du trägst jetzt für immer und ewig meinen Namen auf deinem Körper?«

Ich freute mich, weil er so positiv reagierte. »Ja. Für immer und ewig.« Ich strahlte ihn an.

Tom wirkte gerührt. »Das ist ...« Dann verschwand sein Lächeln plötzlich und er zog die Augenbrauen leicht zusammen. »Das ist der gleiche Arm, auf dem sich das Pferde-Tattoo befunden hat.«

Ich lachte befreit. »Ja, nur dass es sich dabei nicht wirklich um ein Tattoo, sondern nur um eine Vorlage handelte. Ich musste mich so sehr zusammenreißen, um nicht laut loszuprusten, als ich eure entsetzten Gesichter gesehen habe! Zum Glück habt ihr gedacht, mein Grinsen würde nur meine eigene Freude über mein neues Pferde-Tattoo ausdrücken.«

Tom kitzelte mich an den Rippen. »Du kleine Hexe! Deshalb wolltest du es mir nie bei Tageslicht zeigen.«

»Hör auf!«, kicherte ich. »Das war alles voll anstrengend! Ich musste das Teil nach dem Duschen jedes Mal von Neuem aufbringen.«

»Dann bin ich ja froh, dass du künftig nicht mehr so lange das Bad besetzt.«

Wir beruhigten uns wieder und hingen eng umschlungen auf der Couch.

»Ich fühle mich sehr geehrt durch dein Tattoo«, sagte Tom nach einer Weile.

»Das war der Plan«, murmelte ich. »Du siehst, du musst mich gar nicht mehr heiraten, ich binde mich auch freiwillig an dich. Nur das mit der Elternzeit müssen wir noch klären.«

»Ach ja, hm, dazu wollte ich dir auch noch etwas sagen.«

Ich öffnete verschlafen die Augen.

Tom holte tief Luft. »Alex, ich verstehe, dass dir dein Job genauso wichtig ist wie mir der meine. Und ich weiß, dass deine Fähigkeiten nicht auf Kochen und Windeln wechseln beschränkt sind. Bitte entscheide frei und unabhängig, wie viel Elternzeit du übernehmen willst, und egal wie deine Entscheidung ausfällt, ich übernehme den Rest. Sofern der Rest nicht mehr als die Hälfte beträgt.«

Oh. Das kam unerwartet. Die Worte klangen irgendwie vertraut in meinen Ohren, aber ich war zu ergriffen, um den Gedanken weiterzuverfolgen. Tom zeigte tatsächlich Verständnis für meine berechtigten Ansprüche! Tränen der Rührung füllten meine Augen. Ich drückte Tom an mich.

»Das werden wir sehen.« Ich wischte mir rasch über die Augen. »Ich möchte mindestens die Hälfte der Zeit nehmen, eher sogar mehr. Aber ... das hat ja keine Eile.«

Tom strich über meine Haare. »Lass uns ins Bett wechseln, bevor wir auf der Couch einschlafen.«

KAPITEL 18

Der gestrige Tag mit Frau Trumpfhellers Festnahme steckte mir immer noch in den Knochen. Meine Arbeit hatte ich heute mehr schlecht als recht hinter mich gebracht. Ich fläzte auf unserer Couch und surfte ziellos durchs Internet, während Tom draußen an seinem Motorrad schraubte.

Noch fast die komplette Arbeitswoche lag vor mir. Hoffentlich konnte ich ein paar Überstunden abbauen oder gleich den Freitag freimachen.

Mein Handy klingelte und ich schaute aufs Display. War das nicht Christians Nummer?

»Alex König.«

»Hallo, Alex, hier ist Christian. Jetzt, wo Toms und mein Fall aufgeklärt sind, wollte ich mich gerne von dir verabschieden und mich für die gute Zusammenarbeit mit dir bedanken. Es wäre mir unhöflich vorgekommen, einfach so auseinanderzugehen, ohne danke zu sagen.«

»Oh, das ist sehr nett von dir! Mir hat es auch Spaß gemacht, mit dir zu ermitteln. Wer weiß, vielleicht ergibt sich in Zukunft noch einmal eine solche Gelegenheit.« Das war zwar so dahingesagt, aber im nächsten Moment fiel mir dann doch ein, dass ein Kontakt zur Polizei, der an Tom vorbeiging, möglicherweise in Zukunft zu meinem Vorteil sein könnte. Falls ich noch mal irgendwelche Recherchen betreiben sollte ...

»Ja, das wäre wirklich schön. Ich finde dich sehr sympathisch.«

Oh, das war recht unverblümt. Vielleicht war dies meine einzige Chance, das letzte verbliebene Rätsel seit dem Germann-Mord zu lösen.

»Sag mal, ich hoffe, die Frage ist nicht zu direkt ... aber ich überlege schon die ganze Zeit, von wem ich diese anonyme Pralinensendung bekommen habe. Sie war nicht zufällig von dir?«

Christian lachte. »Entschuldige, dass ich lache. Nein. Ich hätte dir liebend gerne Pralinen geschenkt, und nicht nur das, aber ich wollte Toms und meine Zusammenarbeit in unseren Mordfällen nicht aufs Spiel setzen. Außerdem schien es mir zwecklos. Tom hat ständig von eurer baldigen Hochzeit gesprochen ...«

Baldige Hochzeit? Davon wusste ich ja gar nichts!

»Als Ermittler würde ich mich sogar zu der Aussage hinreißen lassen, dass Tom mir nicht ohne Hintergedanken die Ernsthaftigkeit eurer Beziehung vor Augen halten wollte. Er ist sehr aufmerksam, was dich betrifft. Ich bin davon überzeugt, dass die Pralinen von ihm kamen. Und du scheinst auch ernsthaft an ihm zu hängen, deshalb ... Aber ich freue mich für euch. Ihr seid ein schönes Paar. Sag mir Bescheid, wenn sich daran etwas ändert.« Christian lachte erneut.

»Äh, ja, also, vielen Dank. Dann mach's gut und danke für den Anruf.«

»Tschüss, Alex.«

So sah das also aus! Wenn Tom sich dermaßen darum bemüht hatte, Christian von mir fernzuhalten, dann fand ich es auch absolut schlüssig, dass er mir die anonyme Pralinensendung geschickt hatte, allerdings nicht, wie Christian dachte, um mir schlichtweg eine Freude zu machen. Tom hatte mich vielmehr glauben lassen wollen, dass die Sendung von Christian gekommen wäre, um meine Reaktion zu testen. Wahrscheinlich hatte Tessa sogar recht gehabt mit ihrer Annahme, dass Tom nach außen den coolen Unwissenden gegeben hatte, aber innerlich bereits vor Wut geplatzt war. Er hatte mir eine Falle gestellt. Na warte!

Ich setzte mich wieder auf die Couch und nahm den Laptop in die Hand. Nach einer Viertelstunde hörte ich den Schlüssel in der Haustür. Ich sprang auf und öffnete die Flurtür. »Na, hat alles geklappt mit deinem Motorrad? Hast du überhaupt noch genug gesehen?«

Tom zog sich die Jacke aus. »Ja, die Beleuchtung reichte aus. Jetzt schnurrt es wieder wie ein Kätzchen.« Tom grinste. »Hat jemand angerufen? Ich meine, ich habe deine Stimme gehört.« Er zog sich einen Schuh aus und stellte ihn auf die Matte neben die anderen.

»Ja, das war Christian.« Jetzt musste ich mich zusammenreißen und durfte bloß nicht zu früh losprusten. Ich strahlte Tom an. »Stell dir vor, er hat zugegeben, der Absender der anonymen Pralinensendung gewesen zu sein.«

»Waaaas?« Tom, der bereits seine Hände an den zweiten Schuh gelegt hatte, kämpfte mit dem Gleichgewicht und fing an, auf einem Bein herumzuhüpfen. Dann flutschte der Schuh von seinem Fuß, er verlor völlig die Balance und fiel rücklings mit dem Hintern zwischen unsere aufgereihten Schuhe. »Dieser blöde Wichser! Wenn ich den in die Finger kriege, dann staubt's!«

DANKE

Folgenden Personen, die zur Entstehung dieses Buches beigetragen haben, möchte ich hiermit danken:
Kim Gruber für die Informationen über Merkmale zur Bestimmung des Todeszeitpunkts.
Dem kleinen Jungen, der auf dem Bergfried der Veste Otzberg zunächst auf die Plattform stürmte, dann enttäuscht stehen blieb und sagte: »Man sieht ja gar nichts!«
Christiane Kobus vom Polizeipräsidium Südhessen für die sehr freundlichen Auskünfte über die hessische Polizeiarbeit (Abweichungen von der Realität sind allein mir anzulasten und in der Regel der Dramaturgie geschuldet).
Gabriele Liedtke vom Jagdschutz Dreieich / Forstamt Langen für die Auskünfte zur Aufzucht und Auswilderung von Füchsen.
Sabine May für den wichtigen Hinweis auf im Odenwald weitverbreitete, typische Nachnamen.
Stephanie Müller für die Schilderung des Ablaufs von Bestattungen im Bestattungswald »12 Apostel« in Nonrod.
Elke Oeß für die Informationen zu den Namen der rund um Oberzent angesiedelten Reitställen (die ich explizit NICHT in dieser Geschichte mitspielen lassen wollte).
Bernd Quambusch für das Teilen seiner sehr fundierten Kenntnisse zur Ausbildung von Spür- und Rettungshunden.

Meiner Zugbekanntschaft auf der Fahrt im ICE 1521 von Frankfurt nach München (ich meine, die gemeinsame Fahrt ging nur bis Nürnberg oder Ingolstadt) am 22.09.2018 für die Überlassung der Geschichte des Kennenlernens seiner Frau nebst Überraschung am Kicker-Tisch.
Nicht zuletzt meiner Familie, Nona Roßbach und Gerald Kloos, für ihre hilfreichen Kritiken, ihre Geduld und ihre Liebe.